トニー・ジャット

記憶の山荘■私の戦後史

森 夏樹訳

みすず書房

THE MEMORY CHALET

by

Tony Judt

First published by The Penguin Press, 2010

Japanese translation rights arranged with
The Wylie Agency (UK) Ltd, London through
The Sakai Agency Inc., Tokyo

ジェニファー、ダニエル、ニコラスに

目次

第二部

第三部

はじめに

この小さな本に収められたエッセーは刊行を目的として書かれたものではない。私はこれをただの自己満足のために書きはじめた――そしてこれはまた、ティモシー・ガートン・アッシュの励ましを受けて書いたものでもある。彼はこれを少しずつ私の思索の内部資料として使うようにといってくれた。私は自分でも、書きはじめているものがいったいどんなものになるのか、まったく分からなかったのだと思う。したがって出来上がってきた、私としてもはじめての作品を自信をもって支えてくれたティムには感謝している。

この新聞連載《フイユトン》を書いていた途中で、私はその内の一つか二つをワイリー・エイジェンシーにいる私の代理人たちや、「ニューヨーク・レビュー・オブ・ブックス」のロバート・シルヴァーズに見てもらった。そして、彼らの熱意に元気づけられた。が、しかし、このエッセーは私にある倫理上の問題をもたらした。それはこれが、直後の出版を予定して書かれたものではなかったために、短い一篇一篇にはまったく内部の編集者――正確にいえば私的な検閲者――の目が入っていなかったからだ。エッセーには両親や私の幼年時代、それに前妻たちや現在の同僚たちのことが書かれている。私は彼らの語るがままにしておいた。これには率直さという美点がある。したがって私は、ここに書かれたものが、彼らの感情を害することのないようにと願うばかりだ。

オリジナルの原稿に手を入れたり、書き換えることはしなかった。この原稿は長年の仲間であるユージーン・ルシンの援助と協力を得て書かれたものだ。これを読み終えて分かったことは、私がまったく隠し立てをしていないこと、それにときには、私が愛する人々に対して遠慮会釈のない批判をしていることである。その一方で、それほど心のこもった関心を持ちえなかった人々に対しては、ほとんどの場合、私は思慮深く沈黙を守った。おそらくこれはこれでよかったと思う。私の願いは、両親や妻、それにとりわけ息子たちが、懐かしい思い出の中で書いたこのエッセーを読み、その中から、いつまでも変わらない彼らに対する私の愛情の、さらなる証を読み取ってくれることだ。

1　記憶の山荘《シャレー》

「山荘《シャレー》」は私にとって、きわめて独特なイメージを呼び起こす言葉だ。小さなペンションが目に浮かぶ。それはシュズィエールのさびれた村にあったファミリーホテルである。村はフランス語圏スイスのスキー場で、金持ちの来るヴィラールのふもとにあった。われわれが冬休みをそこで過ごしたのは一九五七年か、あるいは一九五八年だったに違いない。スキーをしたことが――私の場合はそり滑りだが――非常に忘れがたい思い出となったわけではない。覚えていることといえば、よく両親と叔父が凍てついた歩道橋を、とぼとぼとスキーリフトへ向かって歩いていったことくらいだ。彼らは日がな一日をスキー場で過ごしたが、アプレ・スキーに浮かれ騒ぐことだけは、山荘《シャレー》の静かな夜のために控えていた。

私にとってはこの静かな夜が、つねに冬の休暇の最良部分をなしていた。くりかえし行なわれる雪の楽しみは、昼下がりになると、どっしりとしたアームチェアや生ぬるいワイン、それに中身のしっかりとした田舎料理によって中断された。そしてそれはまた、オープンラウンジで過ごす長い夜によっても。ラウンジの長い夜は、見知らぬ人たちの間でゆっくりと解けていった。しかし、それは何という人たちだったことか。シュズィエールの小さなペンションがおもしろいのは、うだつのあがらないイギリスの俳優たちを明らかに引き寄せていたことだ。彼らは、山のはるか上にいる成功した者たちから遠く離れて、その人たちの関心が届かない影の中で休暇を過ごしていた。

次の晩もわれわれはペンションにいた。ダイニングルームではセックスにまつわる口汚い言葉が飛び交っていた。それを耳にした母は飛び上がって驚いた。母がこの種の汚い言葉をまったく知らなかったわけではない――彼女が育った所は古いウェスト・インディア・ドックス［ロンドン東部ドッグズ島］とは目と鼻の先だ。そして彼女は、自分の育った社会から女性のヘアドレッシングという、ばかていねいな世界へと入り、そこで見習いの修業をした。そのために彼女は、自分の家族がこのような卑猥な言葉にさらされることに我慢ができなかったのである。

ジャット夫人は部屋をまっすぐに横切り、不愉快なテーブルへ行くと、子供たちがいるのでやめてほしいといった。私の妹はまだ一歳半にも満たない。そして私は、妹を除けばホテルにいたたった一人の子供だった。この要求はおそらく、私のために行なわれたものだったのだろう。騒ぎ立てていた若い俳優たちは――あとから推測すると、彼らは役を貰えずに暇をもてあましていたのだと思う――すぐに謝って、デザートをいっしょに食べないか、とわれわれを誘ってくれた。

彼らは驚くべき一団だった。とりわけ、いま彼らの真ん中に座り、すべてを見て（すべてを聞いて）しまおうとしている十歳の少年にとっては。が、この時点ではまだすべては知られていなかった。しかし、彼らの中には、輝かしい未来に突き進んでいった者たちがいた。アラン・バデル。彼はこのときはまだ、すぐれた映画（『ジャッカルの日』）に出演の実績を持つ、有名なシェイクスピア俳優ではなかった。しかし中でも、たまらない魅力を発していたのがレイチェル・ロバーツだ。やがて彼女は、傑作といわれた戦後のイギリス映画の中で、失望し幻滅する労働者階級の妻として偶像化された（『土曜の夜と日曜の朝』『孤独の報酬』『オー！　ラッキーマン』）。私の面倒をみてくれたのはロバーツだったが、彼女はウイスキーで勢いづいたバリトン声で口にできないような呪いの言葉をぶつぶつ吐いていた。それは彼女の未来にほとんどどんな幻想も残さなかったが［後年ロバーツは台所で自殺］、子供だった私の未来にはかなりの混乱をもたらした。それとこの休暇の間に、彼女は私にポーカーやトランプカードの手品をいろいろ教えてくれた。それといっしょに、とても忘れることができないほどたくさんの罵り言葉も。

おそらくこうした理由からなのだろう、シュズィエールの表通りに面したスイスの小さなホテルは私の記憶に残った。長年にわたり私がそこで眠ってきた他の建造物、それもたしかにおなじ木造の建造物だったのだが、それとくらべてみても、このホテルは記憶の中でいちだんと深い、いちだんと好ましい場所を占めている。われわれがそこに逗留したのは十日間ほどだったし、ここへ戻ってきたのも一度だけ短い間のことである。しかし今日でさえ、この場所の居心地のよい暮らしぶりを私は刻明に描き出すことができる。

そこには楽しみに耽ってこしらえた、無用の長物といったものはほとんどなかった。まず中二階へと入る。それが小さな地上階のスペースと主要階のビジネスルームを分離させている――この中二階が作られた意味合いは、アウトドアスポーツで使用され、水のぽたぽたと滴り落ちる身の回りの品（スキー、ブーツ、ストック、ジャケット、そりなど）を、ラウンジの乾燥して心地のよい環境から引き離すことだった。ラウンジはフロントを挟んで両側にあるのだが、そこには大きくて人目を引く窓が据え付けられていた。窓から見えるのは、村の主要道路とそれを取り囲む険しい渓谷だ。ラウンジのうしろにはキッチンと従業員の業務用スペースが続いている。そしてそれを隠すようにして、広くてひどく急な階段があり、それが上のベッドルームの階へとつながっている。

ベッドルームの階は、きちんと、おそらくは意図的に二分されていた。左手には家具付きの部屋があり、さらに先へ行くと、それより小さい、水を使うことのできない一人部屋が続いている。この階は狭い階段によって屋根裏部屋の階へと通じていた。屋根裏部屋は（スキーシーズンのピーク時を除けば）従業員のために作られたスペースだった。確認したことはないが、おそらく貸室は十二以上あっただろう。それにラウンジが三つ、その回りに共用のスペースがある。ここはつましい収入で生活をする、小さな家族のための小さなホテルで、地理的な位置を無視した野心などけっして抱くことのない質素な村に建てられていた。スイスにはこのようなホテルが一万軒ほどあるに違いない。私はいま、たまたまその中の一つを、ほとんど目に見えるほど完璧に近い形で思い出している。

満ち足りた記憶を思い出させる楽しいものとして、それからの五十年間で、シュズィエールの山荘《シャレー》について思い出したことなどあっただろうか。しかし私が二〇〇八年に、筋萎縮性側索硬化症（ＡＬＳ）と診断され、再び旅に出ることは十中八九あるまいと即座に理解するに至ったとき——実際、自分の旅行について書ける状態にでもなれたら、それだけでも非常に幸運なことだ——しつこく頭に思い浮かんだのがシュズィエールのホテルだった。それはなぜだろう。

神経変性疾患という、この特殊な病気が持つ顕著な性質は、それが過去や現在そして未来について、はっきりと考えるようにあなたに働きかけることだ。が、疾患はまた着実に、内省を言葉に換える手段を、それがどんなものであれ奪い取ってしまう。まず第一に、自分ではもはや書くことができなくなる。あとはアシスタントに頼むか、自分の考えを記録するために機械に頼るか、そのどちらかだ。それから両脚がだめになり、移動がもたらす便益よりも移動するという単なる事象だけに注意を集中せざるを得ないという難儀きわまりない複雑さなしでは、新しい経験をできなくなってしまう。

次にあなたは声を失いはじめる。それは、さまざまな機械や人間の仲介を通して話さなくてはならないという比喩的な意味だけではない。文字通りまったく声を失う。横隔膜筋があなたの声帯に十分な空気を送り込んで、意味のある音声を絞り出すのに必要な圧力の変化をもはや与えることができないのだ。この時点までには、四肢がほとんど確実に麻痺してしまっていて、他の者が目の前にいようがいまいが、あなたは無言の不動状態を長時間強いられることになる。

言葉や考えを伝える伝達者《コミュニケーター》になお留まっていたいと願う者にとって、この疾患は異常な難題を課す。黄色の用紙つづりは、すでに役立たずの鉛筆といっしょにどこかへ消えてしまった。すがすがしい公園の散歩や、ジムで行なうトレーニングも消えた。そこではアイディア（思い付き）もシーケンス（場面）も、あたかも自然淘汰によるかのように落ち着く所へ落ち着く。親しい友だちと交わす実りあるやり取りも消えていった――ALSによる減退の中途段階でさえ、犠牲者はたいてい、自分が言葉を構成するよりはるかにすばやく思考を巡らしている。そのために、会話はそれ自体が不完全で苛立たしいものとなり、最後は自己破滅的になってしまう。

私はまったくの偶然だったが、このジレンマから抜け出す方法に遭遇したのだと思う。罹患して数カ月が過ぎたとき、自分が夜の間に、頭の中で物語を丸ごと書いていることに気がついた。おそらく私は忘却を求めていたのだろう。動き回る羊たちに代えて、類似の効果をもたらす物語の複雑さを採用した。が、この小さな訓練をくりかえす内に、私は自分が、自分自身の過去の織り合わされた切片を――レゴブロックのように――再構築していることに気がついた。しかもそこで述べられている過去は、これまで私が夢にも思ってみなかったものだった。過去の再構築それ自体はけっして大きな手柄ではない。意識の流れが私を運んで、蒸汽機関車からドイツ語のクラスへ、また、ロンドンを走るバスの入念に組み立てられた路線から、両大戦間に企てられた都市計画の歴史へと連れていく――そしてそれは、たやすく溝をつけて、興味のある方向へと、どこへでも流れていくことができた。しかしもしそうだとしたら、次の日、半ば埋まってしまった溝を、私はどのようにして元に戻すことができるのだろう。

ヨーロッパの真ん中にある心地よい村で過ごした幸せな日々の懐かしい思い出が、より実質的な役割を果たしはじめるのはこのときである。近代の思想家や旅行家が、こまごまとしたことや物事の描写を頭の中に保存し、それを思い出すのに使った記憶術に私は長い間魅了されてきた。これに関してはフランシス・イェイツが、ルネサンスについて書いたエッセー〔『記憶術』のこと〕の中でみごとに描いている――そしてさらに近年では、ジョナサン・スペンスが、中世の中国へ旅したイタリアの旅行家について『マテオ・リッチの記憶の宮殿』の中で報告している。

このように記憶者を目指す者たちが、自分たちの知識をしまっておくために建てたものは、単なる宿屋や住まいではなかった。彼らは宮殿を建てたのである。が、私は自分の頭の中に宮殿を建てたいとは思わなかった。本物の宮殿がつねに私には、どう見ても無節操で道楽が過ぎているように感じられたからだ。トマス・ウルジー〔一四七五頃―一五三〇〕のハンプトンコートにしても、ルイ十四世のヴェルサイユにしても、行き過ぎた贅沢はつねに役に立とうとするより、むしろ、こちらに強い印象を押しつけようとしているかに見える。静かで音のない私の夜に、このような記憶の宮殿を思い浮かべることはとてもできなかった。それは私が、きらびやかなスパンコールの付いた衣装を、自分のためにあつらえる気になれないのとおなじだ。が、記憶の宮殿がだめだというのなら、記憶の山荘《シャレー》ではどうだろう。

山荘《シャレー》の利点は次のような点にあった。それは非常に細かな所まで、かなりリアリスティックに心の中で思い描くことができる――玄関前の階段脇にあった雪止めのレールから、ヴァレの風を寄せつけない内側の窓まで。が、それだけではない。山荘《シャレー》は私がくりかえし何度も訪れたいと思う場所でもあった。記憶の宮殿が、無限に構成され再分類化される思い出の貯蔵庫として働くためには、少なくともそれは一人の人物にとって、きわめて魅力のある建物でなくてはならない。毎晩、幾日も幾週も幾月も、そしていまでは一年中、私はこの山荘《シャレー》に舞い戻っている。すり減った石の階段を上り、馴染みのある短い廊下を通り抜けて、二つか、あるいはおそらくは三つあった肘掛け椅子の一つ――タイミングよく人の腰掛けていない椅子――に腰を下ろす。そしてそこから、筋の通って確かな信頼性をそなえた考えを生みたいという願いのもとに、次の日になったら私が書くことになるだろう何かで使おうともくろんでいる、物語や議論や実例を、呼び出し、分類し、整理しておいた。

さて、それでどうなるのか？　ここで山荘《シャレー》は記憶を呼び起こす引き金の役目から、こんどは記憶装置へと変身する。いいたいことや、それがもっともよく表現される場面について、おおまかに知ることのできたいま、私はやおら肘掛け椅子から立ち上がり、山荘《シャレー》の戸口へと引き返す。ここからやり直すのである。たいていはとっかかりの収納用クロゼット――たとえばスキーなどを入れる――から、さらに重要な場所へと向かう。それはバーやダイニングルーム、ラウンジ、そして、カッコウ時計の下に取り付けられた、オールドファッションの木製キーラック、さらには、うしろの階段の上方にまで散らばっている、やや乱雑な本のコレクションなどだ。そしてそこから、いくつかあるベッドルームの一つへと向かう。こうしたすべての場所にはそれぞれに、物語というか説明に役立つ実例の中で、足がかりとなる役目が振り当てられていた。

　このシステムはたしかに完全とはほど遠い。重複は何度もくりかえされるし、新しく話が出来上がるたびに、著しく異なったルート地図が作られなくてはならない。それは直前に作られて、似た特徴を持つ地図と区別がつかなくなってしまうからだ。これについては、私もしっかりと確認しなければならない。したがって、第一印象を打ち捨ててしまって、食べ物はすべて一つの部屋に結びつけたり、誘惑やセックスはもう一つの部屋に、知的なやりとりは第三の部屋に、といった風に結びつけてしまうやり方は実は賢明ではない。われわれがあてにしている陳腐な心の家具の論理を信用するより、むしろ、ミクロの地理学（それはたとえば、この引き出しは、あの壁際のあの戸棚のものといった具合）に頼る方がいい。

　びっくりすることに、数時間後に回収できるように自分の考えを空間的に並べることなどそもそも難しいのではないかと思えるという人がじつに多い。私はこれを、身体的な拘禁状態から来る普通ではない制約は認めたうえでも、工夫のなかでもいちばん容易な工夫だと思うようになった――それはほとんど機械的に、ともすれば印象や思い出に元々あったもっともらしい混同を再配列しかねない、実例や場面や矛盾をきちんとアレンジできるように、私を仕向けてくれるのである。

　男性であることが助けになっていないかどうか私には分からない。これまで男性は概して、車を駐車場に入れたり空間的な配置を思い出したりすることが、人物や印象の記憶がもとめられるテストではすぐれている女性にまさっているといわれてきた。私は子供の頃、地形を一度、それもほんのちょっと学んだだけの見知らぬ都市を、地図を見ながら車で通り抜けるマップリーディングが得意だった。が、それとは逆で、野心あふれる政治家に必須の条件とされる能力については、まったく私は持ち合わせていなかったし、いまも持ち合わせていない。それはディナーパーティーの出席者全員について、各人の国内における位置関係や政治的偏見を思い起こしつつ、パーティーの舵を取りながら、しかもファーストネームで別れを告げることのできる能力である。ここでもまた記憶を助ける工夫はどうしても必要になるが、私はこうした工夫にはまだ一度も出くわしたことがない。

この原稿を書いている時点（二〇一〇年五月）で私は、病気の発症以来、次のような仕事を仕上げたことになる。政治について書いた小さな本、そして公開の講演を一回、私の暮らしについて感じたことを書いた新聞連載《フィユトン》が二十数回分、さらに、二十世紀の本格的な研究について受けたかなり多くのインタビュー。このような仕事はすべて、夜分、記憶の山荘《シャレー》を訪問した経験と、そのあとで、経験の中身を順繰りに、そしてこまごまとしたことまで、努力して思い出したものを元に仕上げたに過ぎない。いくつかの仕事は内側を見ている――家やバスや人をはじめとして。また、他の仕事は外側を見ている。何十年にわたって行なってきた政治上の観察と政治的な関与、そしていくつかの大陸を渡り歩いた旅行、教職、それに論評。

たしかにこんな夜もあった。私はレイチェル・ロバーツの向かいにいかにも心地よげに座っていたり、あるいは何一つない、がらんとした空間と向き合っているような夜だ。そんなときには、人々や場所が入れ代わり立ち代わりさまようように入ってきては、またふらふらと出ていってしまう。こんな風に何一つ生み出すことのできないときには、私はあまり長くそこに居残ることはしない。木で作られた古い玄関のドアまで引き返し、そこから表へ出てベルナーオーバーラントの山腹へと向かう——地理を子供らしい連想の赴くがままに任せて——そして、やや気むずかしげにベンチに座る。ここではレイチェル・ロバーツの話をうしろめたそうに、しかしうっとりと耳を傾けている小さな聞き手から、少女ハイジの内省的なアルムおじさんへと変身する。そして私は数時間、目覚めがちな眠りから、眠気を誘う自覚状態へと移行しながら過ごす。そしてやがて目が覚め、いらいらとした気持ちで気がつくのだが、それは前の晩努力したにもかかわらず、そこから何一つ創造して保管し、きちんと思い出すことができなかったことだ。

生産性の低い夜は、ほとんど身体上のフラストレーションを引き起こす。たしかに自分に向かっていうことができるだろう。おい君、君は正気でいられただけでも誇りに思うべきだよ——君が重ねて多産でなくてはならないなどと、いったいどこに書いてあるというんだ。が、しかし私は、これが運命と簡単にあきらめてしまったことに、ある種のうしろめたさを感じている。こんな状況下で、これ以上ましなことができる者とはいったい誰なんだろう。答えはもちろん「よりよい私」だ。そして驚くべきは、われわれが四六時中、いまの自分より、さらによりよい自分になるよう求めていることである――その達成がどれほど難しいかを十分に知りながら。

　良心がわれわれの感情を刺激するこの特殊な悪ふざけに、私は腹を立てているわけではない。しかし、これには夜を押し開いて、その暗黒面をさらすという危険がある。それは過小に評価されるべきものではない。眉間にしわを寄せて、やってくる人のすべてを睨みつけているアルムおじさんは幸せな人ではない。彼の憂鬱は、クロゼットや引き出しや棚や廊下を、想起された記憶の生み出す副産物で満たしながら過ごす夜に、ほんのときおりではあるが追い散らされる体のものだった。

　いつも不満を示す私の分身たるアルムおじさんは、目的を達成できないままに、山荘《シャレー》の戸口でただ座っているだけではないことに注意していただきたい。彼は座りながら、ジタンを吸い、ウイスキーグラスを揺すりつつ、新聞をめくる。そして雪の散らばった道路をけだるそうな足取りで横切り、ノスタルジーをかき立てるように口笛を吹く――それから、たいていは自由な人のように振る舞う。これが彼のなし得るすべてといっていい夜がある。そこにあったのは、彼を気難しい気分にさせた喪失の思い出だったのか。あるいは単に、記憶に残ったタバコという慰めだったのか。

　しかし別の夜には、私は彼の前をまっすぐ通り過ぎていく。すべては動きはじめ、人の顔は甦り、実例はふさわしいものとなる。セピア色の写真はいきいきとした色を取り戻す。「すべてはつながる」。そして数分と経たない内に、私は自分の物語と自分の登場人物たち、説明、それにやる気を手にする。アルムおじさんや、私の失った世界を思い出させるおじさんのしぐさは、もはやいかなる重みもない。過去が私を取り囲み、私は必要なものを手にしている。

しかし、それはいったいどの過去なのか。夜の闇の中で、鞘《さや》に収められたようにして横になっているときに、私の頭の中で形をなしている小さな歴史は、これまでに私が書いてきたものとは違っている。私の職業がどれほど超論理的な要求を突き付けてきても、私はつねに「理性の人」だった。「歴史」に関するあらゆる常套句《クリシェ》の中で、私がもっとも引かれたのは、われわれは実例を挙げながら教える哲学者に他ならないという定言だ。これは真実だといまでも思う。そして私はいまもなお、自分が明らかに遠回りをしながらそれを行なっていることに気がついている。

はじめの頃の私は、自分を学問上のジェペット爺さんと見なしていたのかもしれない。断定と証拠から小さなピノキオを組み立てるジェペット爺さんだ。ピノキオは、パーツの論理的な構成の妥当性と、それぞれのパーツに必要とされる公正さに基づいて、真実を語ることで命を吹き込まれる。が、しかし、最近の私の著作には、さらに多くの帰納的な性質が加わっている。その価値は本質的に印象主義的な効果にある。おかげで私は、私的なものと公的なもの、道理に基づいたものと直感されたもの、想起されたものと感じられたものを首尾よく結びつけ織り合わせることができた。

これが、どのようなジャンルに入るのかは分からない。その結果として作られた小さな男の子たちは、演繹的に組み立てられ、あらかじめ厳密にデザインされた先行のピノキオたちにくらべると、たしかに関節も若干ゆるめに作られてはいるが、はるかに人間的だ。より論争的な形としては——「3 質素な生活」がおそらくそうだろう——無意識の内に思い出されるのが、カール・クラウスのウィーンというテーマで書いた新聞の連載記事《フイユトン》で、長い間忘れられていたものだ。それは隠喩に富み暗示的で、この種の差し迫った内容の割にはほとんど軽すぎるといっていいほどだ。しかし、別のものは——もう少し心やさしい調子で、「4 食べ物」かあるいはおそらく「6 パトニー」を思い出す——まったく違った目的にも役立つ。「アイデンティティー」を模索する」語り手の散文から、すでに馴染みの重々しい抽象語を取り除くことで、語り手はそれと求めることをしなくても、すでに埋もれてしまった輪郭をはっきりと見つけ出すことに成功するのかもしれない。

これらの連載記事《フイユトン》を読み返していて思うのは、私がけっしてそうなることのなかった人物に遭遇することだ。数十年前に私は、文学の勉強をしてはどうかというアドバイスを受けた。賢明な教師にそれとなくいわれたことは、歴史があまりに簡単に、私の直感に合致するように働いてしまうということだ——つまり歴史は、目の前にやってきたものをそのまま、なんの苦もなく私が受け取ることを許してしまう。文学は——とくに詩は——余儀なく私に、自分の中にある見慣れない言葉や文体（いずれはそこに、ある種の親しみを発見するのかもしれないが）を見つけ出すようにと仕向ける。が、私は、教師のアドバイスに従わなかったことが心残りだなどと、とてもいうことはできない。というのも、私の保守的な知的習性がこれまでに十分な働きをしてくれたからだ。しかし、何かが失われてしまったと思ってしまう。

　このようにして私は、自分が子供のように、理解の範疇をはるかに越えて物事を観察していたことに気がついた。おそらく子供はみんなこんな風にしているのだろう。その場合、私を特徴づけているのは壊滅的な健康障害が私に与えたチャンスだ。病気が一貫した方法で、このような観察を回復するチャンスを与えてくれた。しかし、はたしてそうなのだろうか。「グリーンラインバスの匂いをあなたはどんなふうにして記憶しているのですか」、あるいは「フランスの片田舎のホテルが、あなたに強い印象を与えたわけですが、そのホテルのこまごまとした点についてはどうなのですか」と人々から尋ねられたときに推測できるのは、すでに私の中に、何か小さな記憶の山荘《シャレー》のようなものが作られつつあったのではないかということだ。

　しかし、それはまったくの見当違いである。私はただ子供らしい過去を生きただけだ。そしておそらく、私はその過去を他の過去の断片と結びつけたのだが、その数が、大半の子供たちより多かったということだろう。が、それを未来に使用するために、私の記憶の中に移し替えたと想像することにはどうみても無理がある。私は孤独な子供だったし、自分の考えを人にはいわずに、自分だけの秘密にしていた。が、これが私を特別なものにしたと考えることはできないだろう。この数カ月の間にそれほどまでにたやすく、私に記憶が戻ってきたのなら、そこには違った理由があると思う。

私の職業の利点は、一つのストーリーを作り、それに実例やディテール、説明などを書き入れることができることだ。戦後の歴史家として、沈黙の中でおのれ自身に質問を投げかけ、自分の人生をすでに生き抜いてしまったかのように、そのディテールを思い出しながら、一つの物語を手にできるという利点がたしかに私にはある。そしてその物語は、そうでもしなければばらばらに分離してしまう思い出を結びつけて、それに潤色を施す。率直にいえば——最近書いた私の記事がほのめかしているように——私とおなじような記憶を持つ、他の多くの人々から私を識別しているのは、記憶を使用するさまざまな機会を私が持っていることだ。この点だけでも、私は自分をたいへん幸運な人間だと思う。

まだ未成年のいる家庭を持っていた健康な男が、六十歳のときに、突如不治の変性疾患に見舞われ、やがて死ななくてはならない。その男に幸運があるなどというのは、悪趣味のきわみだと思われるかもしれない。しかしそこにはある種の幸運以上のものがある。運動ニューロン疾患の犠牲になることは、たしかにある時点で神々を立腹させたことだったのだろう。これについてはもはやいうべきことは何もない。が、しかし、もしあなたがこのことで苦しまなければならないのだとしたら、蓄えの十分な頭を持つ方がいい。リサイクル可能で多目的な、実用に役立つ思い出の断片で頭を満杯にしておくこと。そうすれば、つい分析的になりがちな心でも、すぐにその断片を利用できるからだ。足りないものは食糧戸棚だけだった。人生を底引き網にかけているあいだに運よくこの戸棚も見つけられたことは、私にはよほどの幸運と思えてならない。それを役立てることができたならと願っている。

トニー・ジャット
ニューヨーク
二〇一〇年五月

2 夜

私は運動ニューロン疾患を患っている。私のケースはこの疾患の一種で筋萎縮性側索硬化症（ALS）、ルー・ゲーリック病と呼ばれるものだ。運動ニューロン疾患自体はそれほど珍しい病気ではない。パーキンソン病、多発性硬化症、それよりいくらか軽症のさまざまな病気が一括してこの名称で呼ばれている。ALSの特徴――神経筋疾患系では、もっとも見かけることの少ない特徴だが――はまず、感覚の喪失が起こらないこと（これはよくもあり、悪くもあるのだが）。そして第二に痛みがないこと。他のほとんどすべての重病や命に関わる病気とは対照的に、この病気に罹患した者は、ゆっくりと最小の不快の中で自分自身が崩壊していく破局的な過程について、自由に思いを巡らすままにされる。

実際のところALSは、漸次強化される仮釈放のない監禁状態といってよい。まずはじめに指が一、二本使えなくなる。そして次に手足が、そして四肢が。ほとんどこれは避けがたい。胴体の筋肉は機能が低下し、麻痺したような状態になる。消化という観点からするとこれは現実的な問題である。が、またそれは生命を脅かす問題ともなる。はじめに呼吸困難が生じる。そして最終的に外部の援助なしでは呼吸ができなくなる。チューブとポンプ付きの装置という援助だ。この病気はさらに深刻な局面では、上位運動ニューロンの機能不全をともなう。飲み下すことや話すこと、顎や頭を動かすことすらできない（体の残りの筋肉は、下位運動ニューロンと呼ばれる神経細胞によって支配されている）。私は（まだ）この局面には至っていない。さもなければ、この文章を口述することなどとてもできないわけだから。

私の崩壊の現段階は前にも書いた通り、事実上、四肢が麻痺している状態だ。驚くべき努力の末に、やっと右手を少しだけ動かせる。左腕はほんの六インチほどだが、胸の方へ引き上げることができる。脚は、看護師が私を椅子から別の椅子へ移動できるように、まっすぐ伸ばしたときにはしっかりと固定されているのだが、とてもそれで私の重量を支えることはできない。どちらか片方の脚だけが、なお脚の中に残った自律運動をしている。こうして脚や腕は一定の位置に置かれると、私のためにそれを誰かが動かしてくれないかぎり、いつまでも状態はそのままだ。おなじことは胴体についてもいえる。その結果として、動けないことと体の重みのために、背中の痛みは慢性的な刺激となって苛立ちを誘う。腕を使うことができないので、かゆい所を掻くことができない。眼鏡の位置を直すこともできない。食べ物の片割れが歯に挟まっても、それを取り除くことができない。あるいは他の何であれ、われわれが一日に十度もくりかえして行なうこと——それは少し考えてみると確認できるのだが——ができないのだ。控えめにいっても、私は見知らぬ人々の親切に（そして他の誰かに）完全に依存している。

昼間の内は少なくとも、掻いてほしいといえば掻いてもらえるし、手直しもしてもらえる。飲み物も飲ませてもらえる。手足の位置をただ理由もなしに変えてもらうこともできる——何時間も続けておなじ姿勢を強制されることは、身体的に不快なことはもちろんだが、精神的にもほとんど我慢のできない状態になるからだ。それは体を伸ばし、曲げ、立ち上がり、あるいは横になり、走り、運動さえしたいという意欲を単に失うことではない。衝動が起こったときに、ほんの小さなことでもいい、何か代わりになるものを探すこと、さもなければ思いついた考えや、それに付随した筋肉の記憶を抑制する方法を見つけること、それ以外には何も——何一つ——施すべき手だてがない、そんな状態なのだ。

しかし、やがて夜はやってくる。私は就寝時刻を可能なかぎり、看護師が睡眠を取らなければならないぎりぎりの瞬間までひきのばしておく。ひとたび私がベッドへ向かう「気になった」ときには、いままで十八時間の間、そこで過ごした車椅子のまま押されてベッドルームへと入れられる。いくらか困難はともなうが（身長や体重、それに体全体のかさが減ってしまったとはいえ、私はずっしりと重く、力の強い男にとってさえ動かすのは難しい）、私はたくみにベッドの上へと移される。百十度の角度で座らせてもらい、畳んだタオルや枕で作ったスペースにむりやり押し込んでもらう。左脚はとくにバレエのときのように外側へ向かせる。それは左の脚が内側へと崩れていくのを、なんとか補い相殺するためだ。この行為にはかなりの集中力が必要だ。もし迷える脚をあやまった場所へ勝手に落ち着かせたり、あるいは、上腹部と脚や頭との調整を注意深くしてくれとしつこく頼むことをしないでいると、そのあとで夜の間に、くそいまいましい苦しみを受けることになる。

そしてブランケットを掛けてもらうのだが、手だけはブランケットの外へ出される。それは手を動かせるという幻想を私に与えるためだ。しかしいまでは——他の体の部位とおなじように——永遠の冷感を患っているために、結局それは、ブランケットに包み込まれているのとおなじことだった。髪の生え際から足の先まで、かゆい所はどこでも掻いてもらえるのだが、それもこれが最後となる。鼻に挿入されているバイパップ（人工呼吸器）を調整して、夜中にそれが滑って外れないようにしっかりと、必然的に不快なレベルにまで締め付けられる。眼鏡は外され、……私は横になる。現代のミイラのように、手は体から離すことができず、目先のものしか見えない。そして動くこともできない。一人で肉体という監獄の中にいる。夜の残りの時間、私に付き添っているのは私の思索ばかりだ。

もちろん、必要なときに助けを呼ぶことはできる。首と頭だけは別としても、筋肉を動かすことができない。そのために私の通信手段となったのは、ベッドサイドの赤ちゃん用インターコムだ。つねにそれは通話状態にされていて、ほんのわずかな呼びかけにも、ただちに応じて救援をもたらしてくれる。病気の初期の段階では、助けを求めて大声で叫びたいという誘惑は、ほとんど抵抗しがたいものだった。筋肉という筋肉は動く必要があると感じていたし、皮膚の隅から隅までかゆくて仕方がなかったからだ。膀胱は、どういうわけか夜の内に補充することになり、すぐに空にしてほしいと要求する。概して私が痛切に必要としたのは、灯りや同伴の再確認、それに人間的なやりとりといったごくありふれた慰めだった。しかし、いまとなって私が学んだことは、このようなほとんどの夜をそれなしですませること、つまり私自身の思索の中に慰めを見つけ、それを頼みとすることだった。

しかしこれは（私は自分にいいきかせているのだが）なかなか大変な仕事である。試みに問うて見るがよい。夜の間にどれくらいあなたは動くのだろうか。私は単に場所を変えるということをいっているのではない（たとえばバスルームへ行くとか。もちろんこれも動くことに変わりはないが）。私がいうのはどれくらいの頻度で、手や足の位置を変えるかということだ。寝入るまでにどれくらい体の部位を手で掻くのか。もっとも心地のよい位置を見つけるために、いったいどれくらい無意識の内に位置を変えるのか。ちょっと想像していただきたいのは、背中を下にして、動くこともできずに横になっていなければならない状態——仰向けに寝ている姿勢はけっして最上の寝位置ではない。それは私が耐えることのできる唯一の姿勢なのである——それも途切れることのない七時間の間を通してだ。そして、このカルヴァリ（磔刑《はりつけ》）を耐え得るものにする方法を考えつくよう、いやおうなく強いられた状態を想像していただきたい。それも一晩ではない。残りの生涯の間中である。

解決法は私の生活や思索、空想や記憶、誤った記憶などをスクロールすることだった。心をそれが包み込まれていた肉体からそらすために、利用できる出来事や人間や物語に出会うまで、それは続けられた。このような頭の体操は十分におもしろいものでなくてはならない。私の注意を引き、耳の中や腰背部の耐えがたいかゆみから、私を助け出してくれるものでなくてはならない。が、それはまた、眠りへと誘うプレリュードやそれを励ますものとして、十分に役目が果たせるほど、退屈で意外性に欠けるものでなければならなかった。不眠と身体的不快感の代替手段として、このプロセスが有効だということを確認するのにかなりの時間を要した。そしてそれは絶対に信頼のおけるものではけっしてなかったのである。が、しかし、このことをよくよく考えてみて、私はときおり驚いてしまうのだが、かつてはほとんど耐えがたかった夜間の苦しい試練を、これまでに毎夜、毎週、毎月、それほどの苦労もなくやり過ごしてきたように思う。私は夜、寝についたときとおなじ姿勢、おなじ気持ち、それにまったくおなじ浮遊した絶望状態で目を覚ます――現状では、これはかなりの成果と考えてよいのかもしれない。

このゴキブリのような存在は、それがたとえ毎晩完全に扱いやすいものになったとしても、度重なると耐えがたい。「ゴキブリ」で私がほのめかしたのは、もちろんカフカの『変身』に出てくる虫だ。この小説の中で主人公は、ある朝目を覚ますと、自分が虫に変身していることに気がつく。物語のポイントは主人公の家族の反応と、彼らの理解不能の状態だ。そして、それはおなじように、主人公自身の気持ちを説明するものでもある。到底あらがうことができないのは次のような考えだ。いくら最良で理解ありげな態度を見せ、この上なく寛容で思いやりのある友だちや身内といえども、この病気が犠牲者に課した孤立と監禁の感情を、彼らが理解したいと思うことなどありえないということ。どうすることもできない無力感は、一時的な危機の場合でさえ屈辱的なものだ——あなたが倒れたとき、さもなければ、見知らぬ人に肉体上の援助を求めたような場面を、想像するか思い出していただきたい。ALSのとりわけ屈辱的な無力さは終身刑だという認識、この認識に対する心の反応を想像していただきたい（われわれはこの文脈で無邪気に死刑の宣告を口にする。が、実のところ死刑宣告はむしろほっとした気持ちにさせるだろう）。

朝は何ほどかの小休止をもたらす。しかし、一日の残りの間中、ずっと車椅子へ移してもらえるという期待が気分を引き立たせてくれ、それがまた、夜を一人で旅してきたことについて何かを語っている。どんなことでもいい、何かをすること。私の場合には、純粋に思索的なことや言葉に関わることだが、それは有益な気晴らしになる——文字通りそれが、外の世界とつながる機会を、そして身体上の無気力からくる内にこもった苛立ちや不満を言葉で表現できる（しばしばそれは怒りの言葉になるが）機会を、もたらしてくれるといいのだが。

夜を生き延びる最良の方法は、昼間とおなじように夜を扱うことだ。私に夜通し話しかけ、それも二人でずっと目を覚ましていられるような、そんな気晴らしの話をしてくれる人、しかもその他には何もすることのない人、そんな人がいたらぜひ探し出してみたいものだ。しかし人はまたつねに、この病気の中にも、他の人たちの生活に必須な正常さのあることに気づいている。したがって私の夜は、一見、他の人たちの夜と似ている。私は寝る準備をする。ベッドに入る。私は起きる（あるいは、むしろ起きている）。が、その間にあることは、病気そのものとおなじように、人に伝えることができない。

普通の人なら、自然災害や独房についての記述で読むだけであろう、この生き抜くためのメカニズムを自分自身の中に発見したことを分かって、私は少しは満足すべきなのだろうか。私の病気が何か役に立つ側面を持っていることは確かだ。たとえば、私はメモを取ったり、メモの準備をしたりすることができない。しかし、そのおかげで、私の記憶力は――もともと良好なのだが――かなり改善された。それもジョナサン・スペンスによって魅力的に描かれた「記憶の宮殿」のテクニックに助けられて。しかし、この埋め合わせに対して感じる満足は、周知のごとくはかないものだ。冷たくて容赦のない鉄のスーツ、このスーツに縛りつけられていることに何一つ取り柄はない。頭の回転のよさを楽しむというのはかなり大げさないいようだ。それは確実に――いまの私にはそう思えるのだが――この楽しみに全面的に依存していない人たちによって誇張されたいい回しだろう。これとおなじことが、身体上の欠損に対して、非身体的な埋め合わせを見つけるようにと促す善意の激励についてもいえる。それは無益な行為だ。欠損は欠損であり、それをよりよい名前で呼んでみても、何一つ得られるものはない。私の夜はたしかに好奇心をそそる。が、それは、なければなくていいものなのである。

第一部

3　質素な生活

妻はチャイニーズレストランに、配達するときには紙箱を使った方がいいと大真面目で教えている。子供たちは、気候変動についてうんざりするほどくわしい。わが家は環境家族だ。彼らの基準からすると、私はエコロジカルな点で、まったく知識のなかった時代遅れの遺物ということになる。が、アパートメント中を歩き回って灯りを消したり、水が漏れていないか、水道の蛇口をチェックしているのは誰なんだ。古くなればすぐに代わりのものを求める時代に、新しいものを買わずに、好んで古いものを修理して使っているのは誰なんだ。残ったものをリサイクルし、古い包装紙を大切に取って置くのは誰なんだ。息子たちは友だちを肘で軽く突っつく。親父は貧乏の中で育ったんだ。それはまったく違う。私は息子たちの間違いを訂正する。私は質素な生活の中で育ったんだ。

戦後はすべてのものが不足していた。チャーチルはヒトラーに勝つために、イギリスを抵当に入れ、大蔵省を破産させた。衣類は一九四九年まで配給となり、安価で簡素な「実用家具」は一九五二年まで、食料は一九五四年まで配給が続いた。この統制は短期間だったが一時的に停止された。それは一九五三年六月に行なわれたエリザベスの戴冠式のときである。誰もが一ポンド余計に砂糖を割り当てられ、四オンスのマーガリンが貰えた。しかし、余計な寛大さによって施行されたこの措置は、日常生活の侘しい状態をことさら強調するのに役立っただけだ。

配給は子供にとって自然の秩序の一部だった。実際、配給が終わったあとも、長い間、母は私に「甘い物」(キャンディー)はまだ制限が続いているといい聞かせた。学校の友だちはみんな好き勝手に甘い物を食べていると抗議したら、あの子たちの親は闇市に行ってるに決まっていると、とがめるように説明された。戦争の傷跡がまだそこここに残っていただけに、母の話にはいっそう真実味があった。ロンドンは爆弾の被災であばただらけだった。家や通り、鉄道の操車場、あるいは倉庫などのあった場所が、いまでは縄で囲った、広い泥だらけの立ち入り禁止区域になっている。たいていその真ん中には爆弾が落ちた跡の窪みがあった。一九五〇年代のはじめ頃には不発弾もほとんど撤去され、被弾地は——相変わらず立ち入り禁止にされていたが——もはや危険な場所ではなくなっていた。しかし、この即席の遊び場は、小さな少年たちにとってたまらなく魅力的な場所だった。

配給と交付金が意味するところは、最低限の生活必需品を誰もが享受できるということだ。戦後の労働党政権のおかげで、子供たちは健康によい、いろいろな食品を無料で提供してもらえる資格を得た。脱脂粉乳だけではない。濃縮オレンジジュースやタラの肝油も——薬局でだけだったが、身元を明らかにすれば手に入れることができた。ジュースは薬を入れるような角瓶に入っていた。私はこのときのことを忘れていない。いまでも、コップに目いっぱい入ったジュースを見ると、これ以上ない罪悪感のようなものに襲われる。一度に飲んでしまわない方がいいんじゃないか。主婦や母親たちが、あふれんばかりに善意を押しつけてくる当局から、しきりに勧められていたタラの肝油についてはいわぬが花だろう。

幸運なことにわが家は、両親が働く理髪店の上にあるアパートメント（フラット式の集合住宅）を借りることができた。しかし、友だちの多くは基準以下の仮設住宅に住んでいた。イギリス政府は、一九四五年から一九六〇年代の中頃までに、大規模な公共住宅の建設計画を実施すると約束したが、どの政府もそれを実行しなかった。一九五〇年代のはじめには、何千というロンドン市民がなお「プレハブ住宅」で生活していた。住む家のない人々のためにアーバントレーラーが駐車した。表向きは一時しのぎだったが、それはしばしば何年もの間続いた。

戦後発表された新設住宅に関するガイドラインは必要最低限のものだった。寝室が三つある家は、少なくとも九百平方フィートの居住スペースを持つべきだという――この面積は現代のマンハッタンでは、ゆったりとした寝室が一つあるアパートメントほどの広さだ。振り返ってみると、このような住まいは狭苦しいばかりではなく、寒々としていて家具も不十分だった。それでも当時は長い順番待ちのリストがあり、それは地方自治体が所有し管理していた。このような住居が強く望まれていたのである。

首都を覆っていた空気は北京の嫌な日と似ていた。燃料としては石炭が最適だった――安価で豊富な上、国内で産出される。スモッグは年中起こる危険だった。私が思い出すのは、車の窓から身を乗り出して、縁石からの距離を父に教えようとしたときのことだ。顔が濃い黄色の煙霧に包まれてしまった——目の前で腕を伸ばすと、それより先は文字通り見ることができない。それに、臭いがすさまじい。しかし、誰もがみんなそれを「なんとかやり過ごしていた」。国民の気概やロンドン市民の「忍耐」力を説明しようとすれば、微塵の皮肉もなく、素直に想起できるのがダンケルクであり、ロンドン大空襲である——忍耐の対象は第一にヒトラー、そしてこれからはスモッグだった。

私は、第一次世界大戦について、少なくとも、この間終わったばかりの戦争とおなじくらいに理解できるほど大きくなっていた。巷には退役軍人や記念碑、支援を乞う嘆願があふれていた。が、おなじ時期のアメリカで見られたような、好戦的で、これ見よがしの愛国心はまったくといっていいほどなかった。戦争もまた飾り気のない質素なものだった。私には叔父が二人いた。彼らはモンゴメリー［一八八七—一九七六、モンティと呼ばれたイギリス陸軍の軍人］率いるイギリス第八軍とともに、アフリカからイタリアへと続く戦いに参加した。が、彼らが説明する物資の不足や作戦のあやまち、それに無能力の話に、戦いを懐かしむ風はないし勝者を誇る様子もない。帝国の記憶を呼び起こす、ミュージックホールの思い上がった歌［ジンゴソング］——

俺たちはやつらと戦いたくない。が、バイジンゴ！　やるとなりゃ、
　俺たちには船もあるし、兵隊だっている。
　　それに金だってあるよ。

——に、戦時中のラジオから聞こえるヴェラ・リンの嘆きの歌が取って代わる。「また会いましょう。どこかで、いつの日にか」［キューブリック監督『博士の異常な愛情』一九六四年のラストシーンでも流れる歌］。勝利の余韻の中でも、物事はけっしておなじようにはならないのだ。

ごく最近起こった出来事について、くりかえし話題に取り上げることは、親たちの世代と私自身の世代との間に橋を架けることになる。一九三〇年代の世界はなおわれわれとともにあった。ジョージ・オーウェルの『ウィガン波止場への道』、J・B・プリーストリーの『天使の舗道』、それにアーノルド・ベネットの『五つの町の微苦笑』などはすべて、当時のイギリスに非常によく語りかけていた。われわれの目にするところはどこにでも、帝国の栄光をやさしく想起させるものがあった——インドは私が生まれて数カ月のちに「失われていた」。ビスケット缶、鉛筆ケース、教科書、それにニュース映画など、これらのものがわれわれに思い出させるのは、われわれがいったい誰だったのか、そして、われわれが過去に何をなし遂げたのかということだった。「われわれ」という言葉は、もはや単なる文法上の規則ではない。ハンフリー・ジェニングスが、

一九五一年の英国祭〔ロンドン万国博百周年記念祭〕を祝ってドキュメンタリーを製作したとき、彼はこの映画を「家族肖像画」と呼んだ。家族はつらい目に遭ったかもしれない。が、われわれ家族はみんながいっしょにつらい目を見た。

戦後のイギリスに特有な物資の欠乏と陰鬱な状況を、耐え得るものにしたのはこの「一致団結の連帯感」だった。もちろんわれわれは本物の家族ではない。もしそうだとしても――オーウェルがかつて書き留めていたように――なお悪い連中が牛耳を執っていた。が、そんなことはどうでもいい。戦争からこの方、金持ちは目立たぬように低姿勢でいた。あの頃は、人目に付くような派手な浪費は、ほとんどといっていいほどなかった。すべての人がおなじように見えた。おなじような素材の服を着ていた。それはウーステッドやフランネル、それにコーデュロイ製だ。色も――茶色、ベージュ、グレーなど――地味で、誰もが驚くほど似た暮らしぶりだった。われわれ学校の生徒たちも、親たちが仕立ての悪い窮屈な服を着ていたので、なおさら文句もいわずに制服を受け入れた。一九四七年の四月に、いつも気難しいシリル・コノリーがわれわれの「くすんだ服、われわれの食料配給手帳、それに殺人の話」などについて書いた。「……ロンドンはいまでは、大都市の中でもっともだだっ広い、もっとも物寂しい、もっとも薄汚れた都市だ」

やがてはイギリスも戦後の窮乏から浮かび上がってくる――しかしヨーロッパの近隣諸国にくらべると、さっそうとした姿勢や自信にやや欠けるところがあった。記憶を一九五〇年代より前に戻すことができない人にとっては、「質素な生活」という言葉自体がもはや抽象的なものだろう。配給や統制はすでに去り、住まいも手に入るようになった。戦後のイギリスに特有の寒々しさは消えつつあった。石炭の代わりに電気や安価な燃料油が使われはじめると、スモッグでさえ収まってきた。

不思議なことに、戦後すぐの時代に上映されていた現実逃避のイギリス映画——マイケル・ワイルディングやアンナ・ニーグル主演の『パークレーンの春』（一九四八）や『メイフェアの五月』（一九四九）——に代わって、アルバート・フィニーやアラン・ベイツが演じる労働者階級の若者たちを主役にした、ハードボイルドタッチの「日常生活をあるがままに描く」映画が、埃だらけの工場地帯をバックに作られるようになった。『土曜の夜と日曜の朝』（一九六〇）や『或る種の愛情』（一九六二）。しかし、映画の背景として設定されているのは、質素な生活がなお残っていた北部である。ロンドンでこうした映画を観ることは、タイムワープによって、自分の子供時代をプレイバックするようなものだ。イギリスの南部では一九五七年に、保守党の首相ハロルド・マクミランが聴衆に向かって、あなた方の多くは「いままで、これほどよかったことなどなかった」といって安心させた。彼は正しかった。

最近になるまで私は、子供時代の早い時期に受けた影響を十分理解できないでいたと思う。見晴らしの効くいまの立場から振り返ってみると、よりいっそうはっきりと窮乏の時代の長所が見えてくる。そこへ戻りたいと思う者はいないだろう。が、質素ということは単にある経済的状態を指すだけではなかった。それは公的な倫理を目指すものだった。一九四五年から一九五一年の間首相を務めた労働党のクレメント・アトリーは――ハリー・トルーマンのように――カリスマ性のある戦時のリーダーの陰から現われて、時代の切り詰められた期待を具体化した。

チャーチルは彼のことを、「鼻にもかけず、驕りもしないことをたくさん持っている」控えめな男だと、からかい気味に書いた。しかしイギリスの現代史の中で、最大の改革時代を宰領したのはアトリーだった――これは二〇年後のリンドン・ジョンソンの業績に比肩し得る。しかも状況はジョンソンの時代にくらべて、いちだんと幸先のよくないものだった。アトリーはトルーマンとおなじように、金を使うことを極度に嫌って生き、死んだ――公職に就いていた期間中、受け取った物質的な利益はわずかなものだった。アトリーはエドワード王時代に、中産階級の（道徳的に真面目で、少々禁欲的な）改革者たちによってもたらされた黄金時代を代表する典型的な人物である。われわれの時代のリーダーの中で、はたして誰がいったい彼のように主張できるだろう――あるいは、その主張を理解できる者さえ、はたしているのだろうか。

公の生活における道徳的な誠実さとは、ポルノグラフィーのようなものだ。それは意味を明らかにすることは難しいのだが、一見すればただちに判る。道徳的な誠実さとは意図と行動の緊密な結合だ。つまり、それは政治的な責任の倫理である。政治はことごとく可能性を模索する技術だろう。しかし、その技術はまた倫理的な価値観を持っている。政治家を画家にたとえてみると、ルーズヴェルトはティツィアーノに、チャーチルはルーベンスになぞらえることができる。だとすると、アトリーはさしずめ政治家のフェルメールということになるだろうか。厳格で、控えめ――そして長い間過小に評価されていたわけだから。ビル・クリントンはサルヴァドール・ダリの高みを切望しているのかもしれない（そして自分はかなりの称賛を浴びていると思っていた）。トニー・ブレアはダミアン・ハーストの名声――と金銭欲――を目指している。

芸術における道徳的な誠実さといえば、表現形式の節約と審美上の抑制だろう。『自転車泥棒』［デ・シーカ監督］の世界だ。最近私は、十二歳になる息子に、フランソワ・トリュフォーが一九五九年に作った、古典的な名作『大人は判ってくれない』を見せた。息子は『デイ・アフター・トゥモロー』［二〇〇四］から『アバター』［二〇〇九］に至る、現代の「メッセージ」シネマを見て育った世代だ。その彼が唖然とした。「ずいぶん倹約している。ほんの少しで、たくさんのことをいってる」。まさしくその通り。われわれがエンターテインメントに使う豊かな資源は、われわれの目から、生産物の欠乏を隠蔽することだけに役立っていた。おなじように政治でも、絶え間のないおしゃべりと大げさな言葉使いが、ぱっくりと口を開けた空虚にマスクをしている。

質素な生活の反対は繁栄ではなく「奢侈と快楽《リュクス・エ・ヴォリュプテ》」［ボードレール『悪の華』］だろう。われわれは公的な目的を模索する代わりに、たえざる交易を行なってきた。そしてわれわれのリーダーたちには、もはやより高い志を期待していない。チャーチルが「血と労苦と涙と汗」だけを提供できた時代から六〇年経ったあとで、われわれの戦時の大統領は――弁論中やたらに教訓を口にするにもかかわらず——二〇〇一年九月十一日以降、なお買い物を続行せよということ以外、われわれに求めるものを何一つ考えることができなかった。コミュニティーに対するこの貧窮化した見識——消費の「連帯感」——こそ、いまわれわれを統治している者たちから、われわれが受け取るに値するすべてなのである。もしわれわれがよりすぐれた統治者を持ちたいと思うなら、彼らにはさらに多くを求め、われわれ自身には、さらに少なく求めることを学ばなくてはならない。少しだけ質素な生活が望ましいのかもしれない。

4　食べ物

まずい食べ物を食べて育ったという理由だけで、その食べ物に対するノスタルジーを感じないと結論づけるのは少々無理のようだ。私の青春期の食事は、伝統的なイギリス料理の中でも、もっとも元気の出ないものだけにしっかりと限定されていた。ときおりそれを緩和してくれたのは、ベルギーで少年期を過ごした父の色あせた思い出がもたらす、大陸由来のコスモポリタニズムの香りだった。そして、その間に散在していたのが、もう一つの先祖の伝統が呼び起こす週に一度の思い出だ。それは、東ヨーロッパ出身のユダヤ人だった祖父母の家で食べた安息日の夕食である。この奇妙なごたまぜの食習慣が、私の味覚を鋭敏にしてくれる効果はほとんどなかった――私が日頃からおいしいものに出会うようになったのは、フランスで大学院生として暮らすようになってからである。が、それは若い私のアイデンティティーをよりいっそう混乱させるばかりだった。

母は古いロンドンのイーストエンド、それも、もっともユダヤ人の少ない地域で生まれた。それは、バーデットロードとコマーシャルロードの交差するところで、ロンドンドックから数ブロック北へ行ったあたりだった。この地理的な不運が――数百ヤード北に位置していたステップニーグリーンのきわめてユダヤ色の強い文化的な環境が欠落していたため、周囲とほとんど関係ないと感じていた――彼女の性格の多くの面に、さもなければ興味深い面に関わりを持っていた。たとえば父と違って母は、イギリスの国王や女王を非常に尊敬していた。そして後年、女王がテレビでスピーチをしているときには、つねに自分もその間中、立ったままでいようとした。母はこちらが困惑するほど自分がユダヤ人であることを口外しなかった。われわれの家系の者たちはそのほとんどが、他とははっきりと異質で、イディッシュな性格の持ち主だが、彼女はそれとはまったく対照的だった。母方の祖母は毎年行なわれる儀式はもとより、ユダヤの伝統そのものにも無関心だったが、そのことに（また、彼女自身が育った街のきわめてロンドン子風な雰囲気に）母はあべこべの敬意を表していて、ユダヤの料理についてはまったくといっていいほど知識がなかった。

その結果として、私はイギリスの食べ物で育てられた。が、そこにはフィッシュアンドチップス、干しぶどう入りプディング、トッドインザホール、ヨークシャプディングはなかったし、他にも、イギリスの家庭料理のごちそうはなかった。母はこうした食べ物を、どことなく健康に害のあるものとして軽蔑していた。たしかに彼女は、非ユダヤ人たちに囲まれて成長したかもしれない。しかし、まさしくそのために、母の家族は隣人たちとの付き合いを避けて家に閉じこもりがちになり、彼らの家庭生活についてはほとんど知るところがなかった。恐れと疑惑の目で隣人たちを眺めていたのである。いずれにしても彼女は、「イギリスのごちそう」をどう調理すればいいのかまったく分からなかった。イギリス社会党にいた父の友だちを介して、母はベジタリアンやベーガン（完全菜食主義者）にときどき会う機会があり、それが彼女に黒パンや玄米、サヤインゲン、その他エドワード朝左派の食卓に出る「健康的な」食べ物の効力を教えた。が、彼女は「チャプスイ」を作れなかったのとおなじように、玄米を調理することもできなかった。彼女がしていたのは、当時のイギリスの料理人なら誰もが知っていた調理法だ。彼女は何でもかんでも、うんざりするほどボイルした。

こんなわけで、イギリスの食べ物といわれて私が連想するのは、結局、微細な味の欠如というより、いくつかの味そのものの欠落ということになる。私たちが食べていたのはホーヴィス社の黒パンだった。それは友だちの家でお茶の時間に出てくる、白い、ゴムを引いたようなトーストにくらべると、いかにも黒パンらしく、つねに、とびきり味けのないものに感じられた。家では肉もボイルして食べたし、青野菜もボイルした。ときにはおなじものを油で揚げて食べた（フェアな目で見ると、母は魚を、ともかくあるやり方で揚げることができた――が、それがイギリス風のものなのかユダヤ風のものなのか、私には判断がつかない）。チーズが出るときにはいつも――私にはその理由がまったく分からなかったが――オランダのチーズだった。お茶は四六時中飲んでいた。両親は炭酸飲料はだめだという――これも彼らの政治的なれ合いのもう一つの所産だ。そこで私たちは果物風味の、炭酸の入っていないソフトドリンクや、のちにはネスカフェを飲んだ。父親のおかげでたまにはカマンベールやサラダ、それに本物のコーヒーや、その他のごちそうが食卓に上ることもあった。しかし、母はそうした品々にも疑いの目を向けた。それは料理でも人間でも、大陸から入ってきたものに対して抱く疑惑とほとんどおなじものだった。

そんなわけで私は、毎週金曜日に、ノースロンドンに住む父方の祖母が、われわれのために用意してくれる食べ物には、それほど大きな違和感を感じなかった。祖父はポーランド系のユダヤ人で、祖母はリトアニアのユダヤ人村で生まれた。彼らの食べ物の味覚は北東ヨーロッパのユダヤ人のものだった。私が南部中央ヨーロッパ（とりわけハンガリー）のユダヤ風料理の風味や種類、それにこまやかな味わいといったものに接するようになったのは、何十年も経ってからである。セファルディの伝統的な地中海料理についても、私はほとんど知るところがなかった。ピルヴィストクからアントワープを経由して、ロンドンにやってきた祖母はサラダというものを知らない。青野菜に会ったことがなかった。したがって、ソースパンでそれをぐたぐたになるまで痛めつけることもなかった。しかし、ソースやチキン、魚、ビーフ、根菜、果物などについていえば、彼女は――刺激を受けることの少なかった私の舌には――まさしくマジシャンだった。

あの頃、金曜日の夕食で特徴的なことといえば、やわらかなものとばりばりと音を立てて食べるもの、そして甘いものと塩味のものとが、交互にくりかえし現われたことだ。じゃがいも、ルタバカ、そしてかぶは、いつもみんなキツネ色の焦げ目がついて、やわらかく砂糖漬けにされて出てきた。きゅうりやたまねぎ、それに小さくて安全な野菜はそのままで出されたり、ピクルスにして出た。肉はフォークから滑り落ちるほどで、すでに骨からずっと前に離れていた。肉もまたキツネ色に焦げてやわらかだった。魚は――ゲフィルテフィッシュ［団子の煮込み］にしたり、煮たり、塩漬けにしたり、油で揚げたり、薫製にして――四六時中食卓にあった。そして、香辛料で味付けして保存された魚の臭いが、いつも家中に立ち込めているような気がした。興味深いことだし、おそらく何かを物語っているのだろうが、私には魚の生の感触に関する記憶がない。それに、いったい何という魚だったのか（おそらくそれは鯉だったのだろうが）、その記憶もない。包装紙を見ないことには、分からなかった。

魚や野菜の他にはデザートが出た。さらに正確にいうと、それは「フルーツコンポート」だった。あらゆる種類のフルーツをとろ火で煮込んで煮詰めたもので、とりわけプラムや梨などが、メインの料理のあとに決まって現われた。ときにそれは厚みのある菓子に詰め込まれていた。この菓子は、プリム祭［ユダヤ暦アダル月（二月、三月）十四日］で食べるホメンタシェン［焼き菓子］として伝統的に使われていたものだ。しかしふだんはたいていコンポートはそのままの形で出た。飲み物はいつものことで、かなりユニークだが、大人たちには恐ろしく甘いワインが用意される。そして全員にレモンティーが出された。黒パンやハラー、チキンスープに入れたマツォーボール、それにあらゆる形とあらゆる種類のダンプリング（しかし、一つだけ共通している風味は――やわらかいことだった）などを横に置いて食べる食事は、過去半世紀にドイツとロシアの間、そしてラトヴィアとルーマニアの間で生まれた者にとっては、誰にでも見覚えのあるものだったろう。毎週、パトニーからピルヴィストクへと移送される私にとって、それは「家族」や「親しみやすさ」「懐かしさ」そして「ルーツ」を意味していた。金曜日の夜にわれわれが食べていたものについて、あるいはそれが自分にとって何を意味するかについて、私はイギリス人の学校友だちに説明しようと思ったことなど一度もない。自分でもそれを知らなかったと思うし、彼らに話してもけっして分かってもらえなかっただろう。

成長するにつれて私は、絶望的なまでに、そして救いがたいほど味けのないわが家の食生活に、いくらかでも風味を加える手段のあることに気がついた。当時のイギリスには、祖父母がたまたま風変わりな異国の出身者でさえなければ、興味深い食べ物に到達できる道は三つに限られていた。まずイタリア料理。これはなおソーホーに閉じ込められていて、野心的でおしゃべりな階層から分派した、慣習にとらわれることのない人々のものだ。ティーンエージャーで学生の私には、懐具合からして、とても手の届かない料理だった。次に挙げられるのが中国料理。これはとくに面白いものではなく、当時は広く食されていたが、商売上、とにかくそれはイギリスの味に合わせて調理されていた。本格的な中国料理のレストランは、六〇年代の中頃以前のロンドンだと、イーストエンドにしかなかった。中国の船員たちや、東アジアからやってきたほんのわずかな移民たちがやっていた。メニューは英語に訳されていないことがしょっちゅうだったし、出てくる料理も地元の人たちには馴染みのないものばかりだった。

脱出への道はインド諸国に向かって伸びていた。私の両親がインドレストランへ行ったことがあったとはとても思えない――母は奇妙な幻想に捕われていた。中国料理(彼女は中国料理については、何一つ知らないのだが)をなぜか「清潔」だといい、インド料理はどうも味つけでカムフラージュしているみたいで、たぶん床の上で料理しているのかもしれないという。私はこんな偏見を持ったことはないから、学生時代の年月と持ち金をずいぶん、ロンドンとケンブリッジにあったインド料理のレストランで費やした。そのときにはただ単に、インド料理がおいしいと思っただけだった。しかしいまとなってよくよく考えてみると、私は無意識の内に祖父母の食卓と結びつけていたのかもしれない。

インド料理もまた、風味の豊かなソースに煮すぎた蛋白質を浸して作られていた。パンはやわらかいし、調味料はスパイシー、野菜は香りがいい。デザートの代わりには、フルーツ風味のアイスクリームか異国風のフルーツコンポートがあり、それにビールが付いていれば最高だ。ビールは私の家庭ではけっして見ることのできない飲み物だった。父親がはっきりとはいわないが、きっと心のどこかで、パブにたむろしてビールをがぶ飲みする、イギリス人という民族に対して偏見を感じていたのだろう。彼は上品なワインを飲む根っからのヨーロッパ人だった。が、さもなければ、酒を飲み過ぎることに対して、ユダヤ人が昔から抱く偏見を彼も分け持っていたのかもしれない。

インドの食べ物は私をいっそうイギリス人にした。私と同世代のイギリス人は、そのほとんどがそうなのだが、私もまたいまでは、持ち帰り用や配達されるインド料理を、それが何世紀か前に持ち込まれたものとはいえ、すでに自国の料理そのものだと思っている。インド料理をとりわけイギリスの一つの側面として考えるほどに、私はすでにイギリス人だった。そのために、中国料理が地元の好物としてエスニックなものとされているここアメリカにいて、インド料理がないことを寂しく思う。しかしその一方で、私のイギリス人らしさは私に、東ヨーロッパのユダヤ料理、それも、非常にわずかだがイギリス風にアレンジされている料理を懐かしく思わせる（アメリカのユダヤ料理にくらべると、それは少し煮込み過ぎていて、スパイスはいくらか控え気味だ）。フィッシュアンドチップスに対して、私はもちろん懐かしい感情を呼び起こすことはできる。が、それは実をいえば、ふと心に浮かぶ食文化の「遺産の練習」以外の何ものでもない。子供の頃には、そんな食材を食べたことなどほとんどなかったのだから。もし正直に「過去の味覚の探索」をはじめるとすれば、私はまず、蒸し焼きにしたビーフと焼いたかぶからはじめるだろう。そして、チキンティッカマサラと、ハラーにからめて食べるきゅうりやオリーブのピクルス、それにキングフィッシャーのインドビールと甘いレモンティーが続く。それでは、記憶を呼び起こすきっかけとなるマドレーヌついてはどうだろう。それは、マドラス出身でイディッシュ語を話すウェーターが運んでくる、マツォーボール入りチキンスープに浸したナンだ。われわれは、われわれが食べたもの以外の何ものでもない。そして私はまさしくイギリス人なのである。

5　自動車

　母によると、父の頭の中は自動車のことで「いっぱい」だったという。彼女の意見では、家計のやりくりがいつもうまくいかないのは、もっぱら、あり金をすべて車につぎ込んでしまう夫の性癖のせいだった。このことについては、母のいい分が正しかったのかどうか、私にはそれを判断することができない――かなりはっきりとしていることは、母の宰領に任せていたら、家族は十年に一度、小さな車を買い替えるのがやっとだったということだ。しかし、称賛のまなざしで見つめる息子の同情に満ちた目にさえ、父はいささか車にはまりすぎているように見えた。中でもとりわけシトロエン社の車に。このフランスの会社が作り出す独特な製品は、私の子供時代や青春期を通して、わが家の前庭を飾っていた。ときに父はイギリス人特有の衝動買いをして、あとですぐに後悔することもあった――コンバーチブルのオースチンA40、スポーティーなACエース――そしてやや長続きのするDBパナールへの浮気。これについてはあとで詳しく述べる。が、しかし、くる年もくる年も、毎年のようにジョー・ジャットはシトロエンに乗り、シトロエンについて語り、シトロエンを一時も忘れることがなかった。

父がそれほどまでに内燃機関に血道をあげたのは、彼の世代とまったく足並みを揃えていたからだ。「自動車文化」が西ヨーロッパに入ってきたのは一九五〇年代である。そしてちょうどその時期に、父はその風潮に参加できる年齢に差しかかっていた。それに対して、第一次世界大戦以前に生まれた人々は、ヨーロッパ人なら誰もが車を入手し得るようになる前に中年を迎えていた。つまり三〇年代や四〇年代には、彼らの買える車は乗り心地が悪く、信頼性の低いことで悪評の、手狭な小型車に限られていた。そして、青春期がとっくの昔に過ぎてしまうまで、それ以上にすぐれた車を買うことなどできなかったのである。それとは逆に私の世代は、車とともに大きくなったために、取り立てて車には魅力を感じなかったし、憧れを抱くこともなかった。しかし、二つの戦争のはざまに生まれた男性にとって――そして、そう、ほんの一握りの女性にとっても――車は、新たに見つけた自由と繁栄を象徴するものだった。彼らは車を買うことができたし、そこには買うことのできる車がたくさんあった。ガソリンは安かったし、道路はなお欲望をそそるようにがら空きだった。

われわれ家族がなぜシトロエンに乗らなくてはならないのか、その理由を私は十分に理解していなかった。この件に関する父のイデオロギー上の立場は、シトロエンが道路を走る車の中でも、技術的に見て、もっとも進歩しているからというものだった。一九三六年に、シトロエン社が前輪駆動で独立懸架のトラクシオン・アヴァンをはじめて製造したとき、たしかにそれは真実だった――一九五六年、セクシーなまでにエアロダイナミックなＤＳ19が登場したとき、再びそれは真実となった。この車は類似のファミリーサルーンとくらべてみても、そのどれよりも乗り心地がよかった。それにおそらく安全でもあっただろう。が、その車がはたして信頼性のより高いものだったかどうかについては別問題だ。日本の自動車革命以前の時代には、どの車もとくに信頼のできるものではなかったから、どこか具合のわるくなったエンジン部品をいじくり回す父に工具を渡しながら、うんざりするような夕方を過ごして夜遅くなったことも、二度や三度ではなかった。

思い返してみると、父がシトロエンを買うことに執着したのは——私が子供の頃、われわれの家族はシトロエンを少なくとも八台買い替えた——彼の若年期と何か関わりがあるかもしれない。結局、父は一九三五年になって、はじめてイギリスにやってきた移民者だった——ベルギーで生まれて、ベルギーとアイルランドで成長した。そしてやがて父は、申し分のない英語を話すようになった。しかし、心の底ではなお彼は大陸人だった。サラダやチーズ、それにコーヒーやワインを好んだ彼の嗜好は、イギリスの飲食物に対して、食料として以外にはまったく関心を示さなかった母の傾向と、しばしば一致して絡み合うことがあった。このようにして父はネスカフェに腹を立て、カマンベールを好むのとおなじように、モーリスやオースチン、スタンダード・ヴァンガード、それにノーブランドのイギリス車を軽蔑して見下し、その代わりに無意識の内に大陸の方へ目を向けていた。

フォルクスワーゲン、プジョー、さらにルノーやフィアット、そしてその他の車でさえ、すぐ目の前にあり、簡単に手に入れることができた。それなのになぜわれわれの家族は「シトロエン」家族になったのか。このことについて私は、意識下で何か民族固有の要因が働いていたのではないかと考えたい。ドイツ車はもちろん問題外だった。イタリア車の評判（どのみち、われわれには買うことができないのだが）は最低だった。これは広くいわれていたことだが、イタリア人は何でもデザインをすることはできる――ただ彼らはそれを作り上げることができないのだと。ルノーは、創業者がナチスに積極的に協力したことで面目をつぶした（その結果として、会社は国営化されてしまっていた）。プジョーはちゃんとした会社だったが、その頃は自転車メーカーとしてのほうがよく知られていた。それにプジョーの車は戦車のようにつくられていて華やかさに欠けていた（ボルボについても同様のことがいわれていた）。そういうわけで、口に出したことはなかったが、父がシトロエンに執着した決定的な理由はおそらく、シトロエン王朝の名前の由来となった創業者がユダヤ人だったことだろう。

われわれの車についていては、いくぶん当惑させられる要素もあった。時代は質素と偏狭な愛郷心の時代である。そんなときにわれわれの車が、家族にそれとなく示すのは、強烈なまでにエキゾチックで「外国風な」性質だ――それがとりわけ母を不安な気持ちにさせた。そしてもちろん、われわれの車は（比較的）高価だったし、その上、これ見よがしで人目を引いた。それで思い出すのは、五〇年代中頃に起きたある出来事だ。われわれは母方の祖父母の家を訪れるために、車でロンドンを横切った。祖父母はボウの横丁にあったいまにも壊れそうなテラスハウスに住んでいた。ロンドンもそのあたりになると、目につく車はほんのわずかで、ほとんどが小さくて黒いフォード・ポピュラーとモーリス・マイナーだった。車が持ち主の限られた財力と、月並みな趣味を証明していた。白くて目立つシトロエンから降りたわれわれは、さしずめ、身分の低い借家人たちを視察するためにやってきた貴族のようだった。このときに母がどんな気分だったのか、私には分からない――これまで彼女に訊いたこともない。父は、自分の車に向けられた羨望の眼差しにうっとりとして、楽しげにわれを忘れている風だった。私は近くのマンホールへ逃げ込んで、姿を消してしまいたい気持ちだった。

一九六〇年頃の数年間、父の自動車熱はアマチュアのモータースポーツへと移っていた。日曜日になると父と私は北へ車を走らせ、ノーフォーク州やイーストミッドランドへと出かけた。そこでは熱心な仲間たちが、定期的にカーレースの催しを行なっていた。父の車はパワーアップしたDBパナールだった。かわいい小さな車だが、魅惑的な音を出し、当時花形のトライアンフ・スピットファイアやMGBと、ほぼ互角のレースをすることができた。家族ぐるみの友人たちが何人か、父に丸め込まれて（いくらか報酬が出たのかどうか、私にはまったく分からなかった）「レースメカニック」の役回りをさせられていた。私も仕事を割り当てられた。それは不思議なほど責任の重い仕事で、レース前にタイヤの空気圧を設定することだった。この仕事はそれなりに楽しかったが、その場の雰囲気は退屈なだけだった（大人たちは何時間も、キャブレターについて議論をしていた）。それにレース場に行くまでには往復で六時間もかかったのである。

あの当時、それにくらべてはるかにおもしろかったのは、休日にみんなで大陸へ出かけることだった。私にはときどき、それが父に長いドライブをする口実を与えていたような気がした。まだオートルート（高速道路）ができていない時代だったので、大陸を車でする長旅は冒険の連続だった。何をするにも時間が掛かったし、いつも何かよからぬ出来事が起こった。フロントシートの「いけない」側にある助手席に座っていた私は〔右ハンドル車で右側通行〕、フランスの輝かしいルート・ナショナル（国道）を運転者の目で眺めることができた。それに、スピードを出し過ぎて停止を命じられたとき、近づいてきた警官から最初に声をかけられるのは、いつも私だった。忘れられない出来事もあった。どこだったかパリの郊外で、深夜、ＯＡＳ〔フランスの極右秘密軍事組織〕危機の期間中に、軍隊が「全域捜査」を行なっているときも、最初に捕まったのは私だった。

われわれは旅行をするときには、ほとんどいつも家族でいっしょに出かけた。母は休日をブライトンで過ごそうが、ビアリッツで過ごそうがどうでもよかった。そして長い旅の間中、退屈してうんざりしていた。しかしあの頃は何をするのも家族いっしょだった。車についていえば、その家族の行事がみんなで「お出かけ」することだった。私にとっては少なくとも（そして、この点ではおそらく私は父と似ていた）、外出の目的は旅そのものにあった――とくに日曜日の「小旅行」で出かける先はいつも決まりきった場所ばかりだったし、それを補うような興味深いことなどほとんどなかった。夏や冬の休暇で、イギリス海峡を越えて行くときでさえ、いちばんおもしろいのは、向こうに着くまでに出くわす思わぬ冒険だった。それはタイヤのパンクだったり、凍った道路だったり、狭くて曲がりくねった田舎道でする危険な追い越し運転だったりした。またそれは、いつどこで車を止めたらいいのか家中で口喧嘩をして、気まずい思いを何時間もしたあとで夜遅くにやっとたどり着いた、エキゾチックで小さなホテルだったこともあった。父がほっとして、くつろぐことのできる場所は車の中だったが、母は反対で、車の中はもっともくつろぐことのできない場だった。あの頃、われわれが車に乗って過ごした時間を考えてみても、父と母の結婚生活がこれほど長く続いたことは注目に値する。

思い返せばおそらくいまの私は、父の身勝手さについて、当時の自分よりシンパシーを抱いているかもしれない。家族旅行ではけっこう楽しんでいたくせに、あの頃の自分はそんな風だったのである。私はいま父を挫折した欲求不満の人間と見なしている。父は不幸な結婚で身動きができなくなり、うんざりするような仕事、おそらく、彼のプライドを傷つけていたかもしれない仕事のために、逃げ場を失ってしまった。車――レースの車、話題となる車、下手な修理をする車、父をヨーロッパへ連れていってくれる車、ともかく車は父のコミュニティー（社会）そのものだった。パブも酒を飲むことも好きではないし、仕事仲間もいない父は、シトロエンを万能の仲間、万能の名刺にしてしまった――そして、その頂点となったのが、イギリスのシトロエン・カークラブ会長に選ばれたことだった。他の人々がアルコールや女に求めて、そこで見い出していたものを、父は自動車会社に寄せる愛情に昇華させていた――これこそ疑いもなく、母が自動車産業を本能的に憎んでいた理由を説明するものだ。

十七歳になった私は義務を果たすように運転を習って、それから何台も手に入れることになる車の最初の一台を当然の手続きとして買った。いやおうなく、それはシトロエンで、安くて小型の2CVだった。しかし、運転経験を楽しみ、ゆくゆくはそれぞれの車にそれぞれのガールフレンドや妻たちを乗せてヨーロッパ各地やアメリカ大陸を走ることになったとはいえ、車の運転が父にとって持っていたほどの大切さを私が感じることにはならなかった。寒い国のガレージにはなんの魅力もなかったし、修理にもとめられる技能は私には欠けていたから、やがてシトロエンを見限って、それほど異国風味はないがもっと信頼性のあるメーカーに乗り換えた。ホンダ、プジョー、そして結局はサーブに。たしかに私もまた、テストステロンに駆られて、気まぐれな気分に溺れたこともある。コンバーチブルの赤いMGが私の最初の離婚を祝ってくれた。楽しかった思い出としていまも心に残っているのは、フォード・マスタングのオープンカーに乗って、カリフォルニアの海岸沿いのハイウェイ1号線をゆっくりと走ったときのことだ。が、こうした思い出はつねに車についてだけで、そこに「文化」がともなうことはけっしてなかった。

私にはこのこともまた、紋切り型の世代的反応の表われのように思える。われわれベビーブームの世代は車とともに、そして車に憧れ車に熱中した父親とともに成長した。免許を取って走った道路は、両大戦間や戦後の数十年間とくらべてみても、はるかに込み合っていて、「空き」は少なくなっていた。そこではもはや、車を運転して冒険に遭遇することはほとんどなかったし、従来の目的を越えて、がむしゃらに突き進むことをしなければ、冒険を見つけ出すことなど十中八九期待できなかった。数年前まではわれわれの住む街も、車を近視眼的に歓迎していたのだが、いまはかえってその車を敵視するようになりつつある。ロンドンやその他の多くの都市とおなじように、ニューヨークやパリでも、自家用車を持つことにはほとんど意味がなかった。車がヘゲモニーの絶頂にあったときには、それはもっとも反社会的なものとして、個人主義、自由、プライバシー、独立、自己本位を表していた。しかし、多くのディスファンクション（逆機能）と同様、それは陰険なまでに魅惑的だった。オジマンディアスの巨像［シェリーの詩に出る、砂漠の廃墟］のように、車はいまわれわれを手招きし、自らの成果と絶望を見るがよいと促している。が、あの当時、車はたしかに楽しいものだったのだ。

6　パトニー

故郷とは心を残してきた場所だといわれる。本当にそうなのだろうか。私にはたくさんの故郷があった。が、その内のどれにも、私の心はしっかりと結びついていないように思う。もちろん、あなたが選んでそこに定めれば、その場所が故郷ということだろう――そうだとすると、私はつねに故郷喪失者だったのかもしれない。何十年か前に、私は自分の心をスイスの山腹のとある場所に残した。しかし、私の残りの部分は愚かなことに、それに従うことができなかった。それでも、根こぎにされたルーツの中で、ただ一つだけその塊から少し首を出しているものがある。そしてそれは一種のベースを形作ってさえいるのかもしれない。一九五二年から一九五八年まで、私の家族はロンドンの南西部パトニー地区に住んでいた。そしていま私は愛情を込めてパトニーを思い出している。

当時は分からなかったが、パトニーはそこで育つにはとてもいい場所だった。われわれのアパートから百ヤード北にはセントメアリー教会が立っていた。ずんぐりとした旧教区の建物だが、この教会は、イングランド内戦（ピューリタン革命）のさなかの一六四七年十月に、ここで討論が行われたことで名高い。よく知られていることだが、議会軍のトマス・レインズボロー大佐が対話者たちに向かって次のような警告を発した。「イギリスのもっとも貧しい人たちにも、もっとも高貴な人たちとおなじように、生きるべき人生はあります。……ある政府の下で生きる人たちはことごとく、何よりもまず各自が納得した上で、その政府の下に身を寄せるべきです。……」。この警告からちょうど三世紀のちに、クレメント・アトリーの労働党政府が社会保障制度をはじめることになる。それはもっとも貧しい彼（や彼女）に生きがいのある生活と、彼らのために尽くす政府を保証した。アトリーはパトニーで生まれ、そこからわずか数マイル離れたところで死んだ。成功を収めた長い政治キャリアにもかかわらず、彼の態度は謙虚で、富に対して控えめだった――貪欲で、金をゆすり取る後継者たちとは意味深い対照をなしている。中産階級のエドワード朝改革主義者たちが活躍した黄金時代の、彼はいわば典型的な代表者である――そして精神的には生真面目で、少しばかり質素だった。

パトニーにも、それなりにどこか質素なところがあった。パトニーは古くからある教区で――『ドゥームズデーブック』［一〇八六年の土地台帳］には、ここでテムズ川を横断するフェリーボートとともに、この教区のことが書かれている（最初の橋は一六四二年に架けられた）――他の場所とくらべて、この地が重要だったのは、隣接していた川と古いポーツマス通りに起因する。この通りはのちにパトニーの繁華なハイストリートとなった。道路と川がここでいっしょになっていることが、早い時期に、地下鉄がパトニーを経由して、アールズコートからウィンブルドンへ南北に走っていた理由や、おなじように、ロンドン・アンド・サウスウェスタン鉄道（のちのサザン鉄道）が、ウィンザーから、ハイストリートの上端に戦略的に作られた駅を持つウォータールーへと通じている理由を説明している。それにまた、飛び抜けて多くのバス路線がこの場所を通過していた。パトニーとその近辺からロンドン北東部へ走る14、30、74番バス。パトニーコモンを出て、シティを横切り、それぞれ終点のホーマートンとエセックス州の最深部レッドブリッジ駅へ至る22番と96番バス（当時のロンドンでは最長のバス路線だった）。それに地下鉄のパトニーブリッジ駅から南へ、それぞれキングストン、モーデンへと向かう85番、93番バス。もちろんそこには、ウィンザーからハーローへの長旅の途中で、パトニーを通って行く718番のグリーンライン長距離バスもあった。

バスと長距離路線を合わせれば八本、それに加えて二つのトロリーバス（高架線によって動力を補給する電気バス。一九五九年に愚かなことに撤収されてしまった）、地下鉄と郊外電車などが、ハイストリートや近くに集まっている。そのために当時のハイストリートはつねにごった返す大通りとなっていた。私はこれを正しく見てとることのできる場所にいた。パトニーのハイストリート九十二番地にあったわれわれのアパートは、たとえ永遠に騒音が絶えることがないとはいえ、私には特権的な高い位置を提供してくれた。私は14番バスで学校へ通っていたので（グリーンラインバスによる私の冒険がはじまったのは、われわれ家族が緑豊かなキングストンヒルへ引っ越してからである）、このようなバスや電車をすべて毎日身近で見た。自動車はなお供給が不足していた。が、それはあくまで比較的という程度の話だった。当時のロンドンは車の保有密度が最大で、使用台数は、アメリカ合衆国を除くと、その他の地域ではもっとも多かった。したがって交通渋滞はすでにパトニーの生活の一部となっていた。

しかし、にぎわいを見せるハイストリートを一歩離れると、そこにはもう一つの静かなパトニーがあり、十九世紀後半のマンションフラットが立ち並ぶ郊外の住宅地区が広がっていた。さらにヴィクトリア朝のテラスハウス、エドワード朝の煉瓦と石でできた住宅（たいていそれは一棟で玄関が二つの「セミディタッチハウス」だが、ときにはかなり大きな一戸建てもあった）が、細かく区画を分割していた。どの家もどの通りも、そしてどのブロックも、びっくりするほど似た装飾と外装の、優雅で上品な建物が続いている。両大戦間にだらだらと広がったロンドン南東部の郊外とくらべてみても、それははるかに魅力的だし、ロンドン北西部の青々とした並木道のように、これ見よがしの羽振りのよさもそこにはない。パトニーはまぎれもなく人の心をほっとさせる中産階級だった。たしかにそこには上流中産階級（アッパーミドルクラス）の飛び地もあった。それは予想できることだが、パトニーに古くからあるヒースと、そこへ行くまでの丘の斜面を占めていた。またパトニーには、川に面したロワーリッチモンドロードのような労働者地区もあった。詩人の卵だったローリー・リーがグロスター州の最深部からロンドンに出てきたときに、安宿を見つけて、はじめて仕事に就いたのがロワーリッチモンドロードだった。とはいえパトニーは、その大部分が心地よげに、そしてしっかりと中産階級の中にあった。

われわれの住むフラットは冷えびえとしていて、ぱっとしなかった。それは両親が働く理髪店の上の三階にあった。が、このフラットはうしろにジョーンズミューズを控えているという特徴を持っていた。それは当時、最後まで残っていた馬屋横丁の一つだ。そこでは街の住人や職人たちによって馬が飼われていて、私がいた当時もなお、ミューズは伝統的なその機能を果たしていた。われわれのアパートの裏口を出て少し行くとこの路地へ出る。そこには全部で六つの厩舎があった。そのうちの二つに役馬が入っている。この役馬――馬に対する痩せこけてみすぼらしい釈明だ――の一頭が廃品業者のためにあくせくと働いていた。業者は毎朝小屋の馬房から馬を引き出すと、無造作に長柄《ながえ》の間に押し込んで出かける。一日の終わりには、山ほどの積み荷を集めてくることもしばしばだった。もう一頭の馬は前の馬にくらべるといくらかうまくやっている。赤ら顔でよくしゃべる花屋の女主人のために働いていた。おかみが使っていた馬屋は廃品業者とおなじ馬屋だった。残りの四つの馬屋はこの土地の職人、それは電気工や機械工、それにさまざまな便利屋たちだが、その職人たちの物置小屋に改造されていた。牛乳屋、肉屋、花屋、それに廃品業者などと同じように、このような人々はすべて地元出身の人たちか、あるいはその子供たちか、あるいはその祖先につながる人たちだった。ジョーンズミューズからみれば、パトニーはいまもなお一つの村だったのである。

ハイストリートでさえ、自足自給の過去になお根を下ろしていた。そこにはもちろん、すでに「チェーンストア」があった。ウルワース、マークス＆スペンサー、ブリティッシュ・ホームストアズなど。しかし、このようなチェーンストアは販路が狭く、地元の商店に押されて、数ではるかに負けていた。地元の商店で売られていたものは、雑貨小間物、タバコ、書籍、食料品、靴、婦人服、化粧品のたぐいで、その他にもほとんどの品物が並べられていた。「マルティプル（よろず屋風）」な地元商店はどこか地方的である。二重窓が一つだけの小さな店セインズベリーズには、当時もなお床におがくずが落ちていた。あなたを迎えてくれるのは、糊の利いた青と白のエプロンを付けて、ていねいだがちょっと横柄な店員たちだ。数十年も前、この小さな店がオープンしたときに撮った写真がうしろの壁に貼られている。そこに映った店員たちの誇りに満ちた姿は、もはや当時の店員には見られなかった。ハイストリートをさらに下っていったところにある食料雑貨商「ホーム・アンド・コロニアル」では、生活必需品が海外物と国産物とに慎重に分けられている。それは「ニュージーランドのラム」「イギリスのビーフ」といった具合だ。

しかし、ハイストリートはもっぱら母のテリトリーだった。私が買い物に行くのはレイシーロードだ。そこにあったのは、サイダー（りんご酒）やワインを買いにやらされた酒屋、それに小さなテイラーの店舗、そして二軒の「菓子屋」だった。その内の一軒は、少なくとも五〇年代の基準からすれば、典型的でモダンでもあった。フルーツガム、パッケージされたチョコレート、リグリーのチューインガムなどが売られていた。しかしもう一軒の店は――暗くて、じめじめしていて汚い。そうでなくても重苦しく気がめいるようだ――はるかに興味をそそる。この店は皺の寄った意地の悪い老婦人によって営まれていた（店を所有していたのだと思う）。この老人は、たくさんの大きなガラス瓶から、ゴブストッパー（大きな球状のキャンディー）や甘草を取り出し、四分の一ポンド分を量りながら始終腹を立てていた。買いにきた客のいらいらした態度や服装がなっていないと文句をいうのだ。「オールドクイーンの記念日からこの方、あたしゃ、お前のような薄汚い小僧っ子ばかりにずっと物を売ってきたんだ。だから、あたしをばかにするのはおよし」。もちろん彼女がいっているオールドクイーンはヴィクトリア女王のことだ。女王の即位五十周年記念の祝典は一八八七年の六月にパトニーで執り行なわれた……

脇道にはなおヴィクトリア女王時代の感じが残っていた。が、より正確にいうと、それはたぶんエドワード王時代の感じということだろう。人は思い描くことができるかもしれない。がっしりとした石の階段の上方、窓に掛かったどっしりとしたカーテンの向こう側で、眼鏡をかけたオールドミスが、わずかな年金の足しにと、ピアノのレッスンをしている姿を——が、それを思い描く必要はなかった。少なくとも私は、実際にこのような二人の婦人に楽器を教えてもらっていたからだ。すでにそのとき私は気づいていたが、二人の婦人は当時、いかにも上品ぶった貧乏の中で暮らしていた。学校の友だちの中には、家族がドーヴァー・ハウスロードの近くや、パトニーヒルの上に住む者たちがいた。彼らは人目を引く郊外住宅の一階か二階を占領していた。これらの建物は昔にくらべれば、こまかく分割して建てられているとはいえ、建物から発散される堅牢さと恒久不変さの感じに、私は漠然とではあったが感動した。

パトニーには将来、解決しなければならない問題もあった。川岸は半ば田園風であり、そのほとんどが手を付けられていない未開発の状態だった——橋の近くのほんのちょっと商業化された土地を通り過ぎてしまうと、とたんに周辺はそんな感じである。橋の近辺は、毎年恒例となっている、オックスフォードとケンブリッジのボートレース発祥の地だ。そこにはボートハウス、ハウスボート、予備の引き綱、それに打ち捨てられたスキフが腐って、少しずつ泥と化しつつあった。すべては昔の商売の生きた痕跡である。テムズ川はパトニーでもなお活発な干満をくりかえしていた。ときには細い流れとなって、大きな泥の河原を二つに分け、ゆったりと流れていたが、別のときには川の水があふれ、汚れて堅固とはいいかねる堤をほとんど水浸しにすることもあった。そんなときには、ウェストミンスターブリッジから、テディントンやオックスフォードへ向かうフェリーボートやレジャー用のボートが、橋の下や、対岸のクレイヴン・コテージ（フラムFCのホームスタジアム）を抱擁する大きな湾曲部に追いやられてしまうこともあった。パトニーを流れる川は汚いし、優美とはほど遠く、ただ実用に給するだけのものだった。私はその川岸に座って、多くの時間を考え事に費やした。が、そのときに何を考えていたのか、もはや何一つ思い出すことができない。

われわれがパトニーを離れたのは私が十歳のときだった。引っ越した先は緑に覆われたサリー州のはずれだ。それも両親が商売で成功し、短い間とはいえ、手元に少しお金が貯まったおかげだった。キングストンヒルの家は、それより前にいた古ぼけたフラットにくらべると広かった。両親が金を使い果たすまで、われわれはそこに九年間住んだ。この家には庭と表門があった。それにまた――うれしいことに――トイレが二つある。これは九十二番地と私の寝室から凍るような二階を降りたところにしかない一つだけのトイレの経験のあとだったので、なおさら大きな救いとなった。キングストンにはまた、野心的なサイクリストが探索できる田舎道があった。が、私は本当のところ、一度たりともパトニーを忘れたことはない。そこにあった店々、匂い、交友関係。たしかにパトニーには、植物が生え放題の共有地やヒースのある街のはずれを除くと、たいした緑樹はなかった。パトニーは徹底的に都会風だった。しかし、その都会はロンドン特有の、たかた苦しさのないゆったりとしたものだった。当時のロンドンは――少なくとも六〇年代の惨憺たる都市「計画」が行なわれるまでは――上に伸びるより、つねに外へと伸びていた。しかし、私はもはや現在のロンドンに安らぎを感じない――今日のハイストリートは、それが期待されるべき姿の通りになってしまっている。つまりそれは、ファーストフードの店から携帯電話の店まで、イギリスのあらゆる目抜き通りの、特徴のないレプリカになってしまった。しかし、パトニーは私のロンドンであったし、ロンドンこそ――実際にそこに住んでいたのは子供の頃だけで、一九六六年にケンブリッジへ行ってからは二度と戻らなかったにしても――私の街だった。それはもはや存在しない。けれどもノスタルジーが、申し分のない第二の故郷となっている。

7　グリーンラインバス

一九五〇年代末の数年間、私はグリーンラインバスに乗って学校へ通っていた。当時、他のロンドンのバスとおなじ公営バスだったグリーンラインは、ロンドントランスポートの一部門で、ロンドンを横断する長距離バスの便を提供していた。通常は、ロンドンから二、三十マイル離れた田舎町を始点にして、ロンドンの反対側のおなじくらい離れた町で終点となる。私が使っていた718番のバスは、南西部のウィンザーから、ロンドンとケンブリッジの中間点、北東部のハーローまでの経路で運行されていていた。

グリーンラインは数多くの点で特色を示していた。緑色なのはもちろん外側だけではない。内側もおなじようにカラーリングと仕上げが緑色でされていた。グリーンラインバスはたいてい一階だけで、当時走っていたロンドンの従来型バスとは対照的だった。それにグリーンラインには折りたたみの電動ドアが付いていて、それがシュッと音を立てて閉まった。このような特徴はまた、グリーンラインをロンドンの中心部を走るオープンバックの二階建てバスから際立たせ、長距離バスに心地のいい、人に安心をもたらす、そしてかなり暖かみのある感じを与えた。グリーンラインは正規のバス路線として非常に長い距離を走る――典型的なその路線は必然的に、始点から終点までを三時間以上かけて走ることになる。そのためにこのバスは、通常のバスストップにはほとんど停車することがなく、ところどころの乗り換え地点にだけ止まった。ロンドンでふだん見かけるバスにくらべて、けっして早く走っているわけではないのだが、グリーンラインはこうして「急行」路線を走るものとされ、そのサービスのために少し余分に運賃を取られた。

バスの色や長距離便の名称は、偶然の思いつきで決められたものではない。グリーンラインバスという名前が想起させ、明らかにしているのは、ロンドンの都市計画が長年にわたって掲げていた方針だった。長距離バスの終点は、二十世紀初頭の数十年間に、ロンドンを取り囲む「グリーンベルト」を横切る形で、あるいはそれを越えたあたりに戦略的に設置された。公共のレジャーや楽しみのためのオープンスペースの供給、それに環境保全の早期実施に向けてロンドンは法的な措置を取った。そのおかげでイギリスの首都は、当時、帯状に開けた土地によって大切に取り囲まれていたのである。オープンスペースには公園や共有地、原生林もあれば未開の耕地もあり、広々としたヒースもあった。それらはみんな、以前は国王、あるいは市や教区の所有する地所だった。グレートウェン［大きなこぶの意で、ロンドンの俗称］の拘束なき拡張がもたらす長年の脅威の下にあった、イギリス南東部の田園地方を保護するために、このような地所は手つかずのままにされていたのだが、それをグリーンベルトがそのまま受け継いだ。

両大戦間の二十年とちょっとの間に、あたふたと進んだ帯状の発展、そしてそれほど目立たなかったとはいえ、一九五〇年代に行なわれた官民の住宅計画などにもかかわらず、グレーターロンドン〔シティ・オブ・ロンドン、シティ・オブ・ウェストミンスター、三十一のロンドン特別区を合せた地方行政区〕はおおむね緑のベルト内に収まっていた。ときにはベルトの幅が数マイルほどになったこともある。が、それでも都市と田舎を区分するには十分だったし、ベルトの向こう側の町や村の独自性や特殊性をそれで守ることができた。グリーンラインバスはこうして、その名前と路線、それに路線がカバーする距離の中に、プランナーたちの世代が思い描いた願望をおおよそ成功した形で反映していた。

もちろん当時の私は、こんなことについて何一つ知らなかった。が直感的に、バスとその路線の管理者たちが発する暗黙のメッセージを理解していたのだと思う。われわれは動く時代の精神でロンドンのある種の考えを血肉化したものだ、と彼らがいっているように思えた。われわれはウィンザーから出発するかもしれないし、あるいはスティーブニッジやグレーブゼンド、イーストグリンステッドから乗り込むのかもしれない。そしてハーローやギルフォード、ウォトフォードでバスを降りるかもしれない。こんな風にしてわれわれは、ロンドンを跨ぐようにして通り抜けていく(グリーンラインのほとんどの路線は、ヴィクトリア駅やマーブルアーチ、あるいはその両方を通過する)。ロンドンの中心部をあちらへ行ったり、こちらへ来たり、ちょこちょこと走り回っているのが赤いルートマスターバスだった。乗客は気の向くままにそれに飛び乗ったり、飛び下りたりしていた。それに対して、われわれグリーンラインのバスは、シティの驚くべき規模を認めつつ、われわれの特色ある路線と終点を考慮に入れて、欠くことのできない境界の存在を確かめながらシティをぐるりと取り囲む。

ときどき私はこの境界を実地に踏査してみた。路線の端からもう一つの端までバスに乗っていく。それは森や丘や野原が、私の生まれたこの都市の各端で姿を見せるのを見て楽しむ、ただそれだけのためだった。グリーンラインの「チーム」——すべてのバスには運転手と車掌がいた——は、うわべだけを見ればいかにも子供じみた私の行為に対して、明らかに好意を示してくれたように思えた。彼らは赤いバスの運転手や車掌にくらべて、より多くの給料を貰っていたわけではない——当時、ロンドン運輸公社の従業員の中では、誰一人たくさんの収入を自慢できる者などいなかった。私が長距離バスを利用しはじめたとき、バスの乗務員たちはちょうど厳しい長期のストライキを中止したところだった。が、グリーンラインの乗務員たちの「ムード」はまったく他の人たちと違っていた。彼らにはおたがいに話をする時間もあったし、乗客と話す時間も十分にあった。というのは、ドアが閉まっているので、他のバスにくらべると車内がずっと静かだったからだ。それに路線の大部分が、戦後ロンドンの緑の生い茂る郊外の中を通っている。それも、落ち着いた心地のよい走りで行くのできわめて魅力的だ。そのためにバス自体も——椅子の布張りは、当時のロンドンを走る他のすべてのバスとまったくおなじものなのだが——どこかよりぜいたくで、より心地のよい感じがした。それだけに私には、運転手や車掌が自分の車に大きな誇りを持っているように思えたし、他のバスの乗務員にくらべて、ずっとリラックスして路線を走っているように見えた。

すぐれた技術をもつ運転手にくらべて少し給料が低い車掌は、例外を除いて、たいていは若い男性だった（女性の車掌はほとんどいなかった）。車掌の役目は表向き、乗客の整理とバスの運賃を集めることだった。が、田園地方は広いので、客がほとんどいなかったり、バスストップに止まらなかったりすることもしばしば起こる。そうすると彼の仕事はほとんどなくなる。実際、車掌は運転手の話相手になっていたし、運転手は運転手で、バスの一部と化していた（運転席は車内に組み入れられていた）。したがって、路線の常連客に――ときには運転手をファーストネームで呼ぶ客もいた――彼はよく知られていた。そのために、グリーンラインバスの長距離運転手に関しては、孤独という問題はまったくなかった。が、それでは階級の問題はどうかというと、これはまた別問題だった。グリーンラインは料金がやや高い。そしてロンドンを横断する乗客や郊外から乗る客をひろっていった。そのためこのバスの乗客はおそらく、当時の標準的なバスの利用者から外れた階級の人々だったに違いない。一九五〇年代に赤いバスに乗って働きに出かける人はそのほとんどが、自動車で通勤をしたいと思ったとしても、それができない人々だったのに対して、後年になってグリーンライン・ビジネスの相当な部分はもはや自動車通勤者ではなかった。

こうして、インナーロンドンのバスに乗る運転手、車掌、乗客はしばしば社会的におなじグループの出身者たちとなった。それに対して、グリーンラインを使う通勤・通学者は、おおむね中産階級の出の者となりがちだった。これがおそらく結果として、イギリス社会全体になお特有なものとして残る、長上者の意見に従うというパターンをバスの中で再現することになったのだろう。それがまたバスの中をさらに静かにした。が、しかし、グリーンラインのチームがバスの中で見せた、はっきりと見て取れる誇り高い態度は、ある程度この社会的なヒエラルキーを相殺するものだった。その結果として、長距離バスの乗客はすべてがおたがいに心底満足していた。あるいはそんな風に見えた。十一歳だった私にさえ、バスはどこか人を安心させる匂いがして、人を移送する手段というよりも、図書館や古い書店に似た気分がしたのを覚えている。別の形ではとても説明しがたいこの連想は、おそらく、私が騒音や喧噪よりも、むしろ静謐を公共の場所と結びつけがちだったために、その数少ない一つとして思い付かれたものだろう。

六〇年代の中頃になっても私はまだグリーンラインバスを利用し続けていた。その頃私は、シオニストの若者たちの会合から家に戻るときや、ガールフレンドとのデートの帰りなどに、夜が遅くなると、おもにこのバスを捕まえた（当時、最終のグリーンラインは通常、発着所を午後十時頃に出発した）。夜分その時間に出るグリーンラインはいつも時間通りだった（赤いバスと違って、長距離バスは発表されたスケジュール通りに運行した）。したがって、バスストップに遅れて到着しようものなら、バスを取り逃がしてしまう。そうすると私は、たまにしかやってこない夜行列車を、寒い駅のプラットホームで長い時間待つはめになってしまう。そのあとも、やや不便なところにあったサザン鉄道の駅から、侘しい、退屈な道を家まで歩いて帰らなくてはならなかった。グリーンラインを捕まえると気分がすっきりしたし、ロンドンの寒い夜にも互角で立ち向かえるような、安堵と安心を身に感じることができた。そして同時にそれによって、安全で暖かい状態で、家へと移送してもらえる保証も手にすることができた。

今日のグリーンラインバスは、昔のグリーンラインの影に過ぎない。アリーヴァという民間会社の中でも最悪の企業が、現在ではこの長距離バスを所有し運行させている。この会社は法外な料金で、イギリスの通勤・通学者たちに列車とバスのサービスを提供していた。グリーンラインバスはまれな例外を除くと、ロンドンの中心部を避けて走り、その代わりに、イギリスの地勢学の新しい基準点であるヒースロー空港や、レゴランドなどの間で路線が作られていた。グリーンラインの車体の色は歴史の偶然によるもので、もはやその役割とはまったく関係がない。実際、グリーンのカラーリングに、いまではパステルカラーやその他の色合いが混じり合っている——それは、アリーヴァが提供しているバスやサービスが、何一つ総合的で共通した目的を表わしていないことを、意図せず思い出させるものだった。車掌はとっくの昔にいなくなっていて、運転手も車内で隔離されていた。が、彼は運賃だけは徴収しなくてはならない。純粋に商売上のこと以外には、運転手が乗客と話をすることはまったくなくなった。さらに、ロンドンを横断する路線もなくなってしまった。シティに入ったバスは、横断する途中で終点となり、そこからもと来た場所へと引き返してしまう。それはまるで乗客たちに、このバスはA地点からB地点へと向かう、ありふれたバスの便であることを思い出させるためのようだった。そしてそれはまた、ロンドンの驚くべき規模と多様さを描き、それを取り囲んで内に包含し、あるいは何か別の方法でそれを確認し、褒め称えようという強い願望を、やはりこのバスが抱いていないことを想起させるもののようでもあった。ましてや、急速に消失しつつあった保護用の緑樹ベルトについては、とてもお話にならない。今日のイギリスでは他の多くのものと同様、グリーンラインバスもまた、草に覆われてなおざりにされ崩れかけた境界石のように、単に過ぎ去った過去を意味する印に過ぎない。そしてその過去が持っていた目的や共有体験は、「イギリスの遺産」の中でほとんど失われた状態になっている。

8 模倣の欲望

文芸理論家のルネ・ジラールによるとわれわれは、他の人たちによって愛されている人々に憧れ、ついにはその人々を愛するようになるという。が、私は自分の経験から、このことを裏付けることができない――私には前歴がある。それは自分にとっては、手に入れたくても明らかに近づくことができないのだが、他の人たちにはとりわけ興味の対象にならない、そんな物や女性に対する挫折した憧れを抱いた経験だ。しかし私の生涯のある時期に、信じがたいことだが、ジラールの模倣の欲望という理論が完全に私の経験に合致したことがある。「模倣の」を擬態や対立よりも、むしろ相互性や対称性を意味する言葉として理解するのなら、私はジラールの意見の信憑性を保証することができる。私は列車を愛するし、列車もつねに私を愛し返してくれた。

列車に愛されるというのはどういう意味なのか。愛、それはだれでも、自分自身がもっとも満足していられる状態のことのように私には思える。これが逆説として聞こえるなら、リルケの次のような忠告を思い出していただきたい。愛は、愛する者たちに、二人だけのスペースを残しながら、その一方で、各人に自由でいることのできる保証を与えることだ。私は子供の頃、人々のそばにいて、とりわけ家族といっしょにいてつねに不安を感じていたし、少々気づまりでもあった。孤独が無上の喜びだった。が、それは簡単に確保できるものではなかった。その場にいることがつねに多くのストレスを生んだ――私のいるところはどこにでも、しなければいけないことがあり、喜ばせてあげなくてはいけない人がいた。やり遂げなくてはいけない義務があり、不十分に果たされた役割があった。つまりそこには何か不完全なものがあったのである。一方、何かになることは救いだった。どこかへ一人で出かけているときほど、幸せだったことはない。それもそこへ行くのに時間が掛かれば掛かるほどよかった。歩くことは快いし、サイクリングは楽しい。バス旅行もおもしろい。が、列車は最高にすばらしかった。

　私はそれを親たちにわざわざ説明しなかったし、友だちにも話さなかった。そのために、いやおうなく目的を持つふりをせざるを得なかった。それは訪ねてみたい場所だったり、会いたい人々だったり、しなくてはいけないことだったりした。しかし、これはみんな嘘なのだ。あの頃は子供でも、七歳くらいになればたった一人で、交通機関を使って安全に旅をすることができた。それで私も非常に小さな頃から、ロンドン界隈の地下鉄に一人で乗りに出かけた。もし私にゴールがあるとすれば、それは地下鉄の全路線を終点から終点まで乗り尽くすことだった。これがほとんど達成しかけた私の抱負であった。路線の終わりはエッジウェアかもしれないし、オンガーかもしれないが、その終点に到着したときに、私はいったい何をしたのだろう。階段を上って地下鉄の外へ出ると駅の周辺をややくわしく調べた。そしてあたりを見回し、ひからびてしまったロンドントランスポートのサンドイッチとタイザー［赤いソフトドリンク］を買った。……そしてまた次の地下鉄へ乗るために下へと戻った。

鉄道のシステムが持つ技術、構造、そして業務の慣例などがはじめから私を魅了した――私はいまでも、ロンドンの地下鉄の路線については、それぞれの路線の特性や、各駅の見取り図、初期のいろんな民間会社が残した遺産などを説明することができる。が、私はけっして「鉄道マニア」ではなかった。イギリス国有鉄道の南部地域に張り巡らされた広範囲に及ぶ路線を、一人で旅することから卒業したときにも、私は、プラットホームの端で、根気よく通過する列車のナンバーを書き留めている思春期直前のオタク少年たち、その熱狂的な一団に加わることはけっしてなかった。少年たちがしていることが私には、もっとも愚かしいスタティスティックな追い求め方のように思えた――列車の核心は何といってもそれに乗ることだった。

あの頃の南部地域は、一人旅をする者にたくさんの分け前を与えてくれた。私はウォータールー線のノービトン駅で、自転車をラゲージワゴンに載せ、地下鉄の電車に乗って田舎のハンプシャー州へ向かう。電車を下りるのは、ダウンズ丘陵の斜面にあるどこか小さな地方の駅だ。そこから自転車でゆっくりと東へ行く。そして古いロンドンの西端からブライトンレールウェイ駅に着いた。そこでヴィクトリア駅へと向かう普通列車に飛び乗る。行く先はクラパムジャンクション駅。ここで私はプラットホームが十九という豊富な選択の幅を持つことになる――何といってもここは世界で最大の乗り換え駅だ。私は楽しみながら家へと戻る列車を選んだ。旅の全行程には長い夏の日が一日あれば十分だった。くたくたになり、しかし十分に満足して家に帰ると、両親がやんわりとどこへ行っていたのかと訊く。私はきちんと立派な目的を作り出し、その先の話し合いをうまく回避する。列車の旅はあくまでもプライベートなものだ。私はそれをそのままそっとしておきたかった。

一九五〇年代の列車の旅は安上がりだった——とくに十二歳の少年たちにとっては。私は毎週貰う小遣い銭を自分の楽しみのために使った。そして残った小銭でおやつを買った。私がした旅行の中でもっとも費用が掛かったものは、ドーヴァーの近くまで行ったときだ——正確にいうとフォークストン・セントラル［ケント州南部の港町中央駅］——そこからは長い間憧れていたフランス国鉄のあの名高い特急列車《ラピッド》を遠望することができた。さらに典型的な例を挙げると、私はウォータールー駅のムーヴィートーン・ニュースシアターへ行くために、お金をせっせと貯めた。ウォータールーはロンドンでもっとも大きなターミナルで、機関車や時刻表、ニューススタンド、アナウンス、それに匂いなどの宝庫だった。後年私はちょいちょい、家へ乗って帰るいつもの最終列車に乗り遅れてしまうことがあった。そんなときにはウォータールーの、隙間風が入る待合いホールで、深夜何時間も座っていた。ディーゼル機関車を転轍する音や、郵便物を積み荷する音に耳を傾けながら。元気づけてくれるものといえば、イギリス国有鉄道のコップ一杯のココア、それに孤独というロマンスだけだった。午前二時のロンドンをほっつき歩いて、私が何をしているると両親は思っていたのか、それは神のみぞ知るだ。もし彼らが本当のことを知っていたら、それこそ知らずにいるよりずっと心配していただろう。

蒸汽機関車時代のわくわく感を経験するには少々私は若すぎた。イギリスの鉄道網はあまりにも早くディーゼル機関車へと切り替えすぎた（それを電気機関車にしなかったという戦略上のあやまちのつけがまだたたっている）。そして長距離を走る急行列車は、私が学校に通っていた頃も、クラパムジャンクション駅を、堂々とした後期世代の蒸気機関車によって引かれながら通り過ぎていった。が、私が乗った列車のほとんどは、すでにすべてが「現代的」なものになっていた。それでも、国有化されたイギリスの鉄道への慢性的な過小投資のおかげで、全車両の多くは両大戦間に作られたものだったし、その中には一九一四年以前という年代物もあった。そんな車両には個別にドアを閉じることのできるコンパートメントが付いていた（四台に一つの割合で「女性専用」のコンパートメントもある）。そこにはトイレはなく、窓は革ひもで上げられていて、革ひもには穴があり、その穴にドアに付いていた留め金がはまっている。シートは二等車や三等車でさえ、ぼんやりとした格子縞模様の布が張られていて、それが短パンをはいた生徒たちの、むき出しの腿をちくちくさせた。が、それはまた、あの頃のじめじめとして薄ら寒い冬の時期には、心地のよい暖かさとして感じられた。

私が列車で孤独を経験したというのはもちろん逆説だ。列車はもともと、フランス語でいわれるように「公共輸送機関《トランスポール・アン・コマン》」である。十九世紀のはじめに設計されたときには、自家用の乗り物を持つ余裕のない人々のために団体の旅を提供しようという意図だった。それが年を経るにつれて、少し高い運賃を支払ってでも贅沢な共同の乗り物に乗りたい、という人々にも利用してもらおうということになった。鉄道は事実上、快適性や設備やサービスなどでレベルが異なるものに名前をつけ、それを分類するという現代的なやり方によって社会の階級を作り出した。早い時期のイラストでは、そのどれもが明らかにしているように、列車は何十年もの間、一等車で旅をする恵まれた人々を除けば、他の人たちにとってはひどく込み合った心地の悪いものだった。しかし私の時代になると、二等車は礼儀正しい中産階級の人々にとっても、十分に満足のいくものとなっていた。それにイギリスではこうした人々は、人付き合いを避ける傾向にあった。まだ携帯電話などのない至福の時代である。公共の場でトランジスターラジオをかけることなど認められておらず（そして列車の車掌の権威は、反抗的な気分を制止するのに十分だった）、列車はきれいで静かな場所だったのである。

のちに、イギリスの鉄道システムが崩壊するにつれて、居心地のいい列車の旅はその魅力のいくぶんかを失った。会社の民営化、駅の商業開発、それに乗務員たちが乗客へコミットする機会の減少などが、すべて私の失望の一因となった——それにアメリカを列車で旅することが、私の記憶や熱烈な興味を復元してくれることはほとんどなかった。その間にも、ヨーロッパ大陸の国有鉄道が投資と技術革新によって、しかも初期のネットワークやシステムから引き継いだ特徴的な性質を大部分は遵守しながら、繁栄の時期を迎えていた。

したがってスイスを旅することは、効率と伝統が一体となって社会的な便益と混じり合える、そんな過程を理解することでもあった。チューリヒの中央駅やブダペストのケレティ（東駅）に劣らず、パリの東駅、あるいはミラノの中央駅もまた、十九世紀の都市計画と機能的な建築の記念碑として立っていた。これとくらべて、ニューヨークの恥ずべきペンシルベニア・ステーションや、どこでもいい現代的な空港の長期的展望はどうだろう。最盛期の鉄道の駅は——ロンドンのセントパンクラス駅からベルリンのびっくりするような新しい中央駅まで——現代生活の化身そのものである。それこそが鉄道の駅が長い寿命を誇り、なお当初に思い描かれた仕事を非常によく遂行している証拠だ。振り返って考えてみるとウォータールー駅が私にとって果たした役割は、こまかい違い《トゥト・プロポルシオン・ガルデ》は別として、田舎の教会やバロック式の大聖堂が、たくさんの詩人や芸術家に対して果たした役割に等しい。この駅が私に元気を与えてくれた。しかし、それはどうしてだったのだろう。巨大なガラスと金属でできたヴィクトリア駅の方が、むしろ時代の大聖堂ではなかったのだろうか。

私は列車について何か書きたいと長い間思っていた。が、ある意味ではすでにそれをしていたのかもしれない。少なくともいくぶんかは。もし『ヨーロッパ戦後史』で書いた現代ヨーロッパ史について、何ほどか特徴となるものがあるとすれば、それは——私は思うのだが——閾下《いきか》における空間の強調だ。広がり、隔たり、差異などの感覚、それに小さな亜大陸という限られた枠組みの中における対比の感覚。私がこの空間感覚に行き当たったのは、あてもなく列車の窓から外を眺めたり、降り立った各駅の対照的な風景や音を、間近で調べることによってであった。私のヨーロッパは列車の時間の中で吟味し考量された。私にとって、オーストリアやベルギーについて「考える」もっとも簡便な方法は、ウィーン西駅やブリュッセル南駅の周辺をぶらぶらと歩き、その経験について思いを凝らすことであり、その間の距離について述べることではない。たしかに私のやり方は社会や文化を理解しはじめるたった一つの方法ではない。しかし、この方法が私には向いているのだ。

おそらく私の現在罹患している病気が、もっとも私の気を挫かせたのは――それは実際に日常で現われたものより、いっそう意気を消沈させる――二度と再び列車に乗ることがないという事実の認識だった。この認識は鉛の毛布のように私を押さえつけ、闇で満たされた終末感、それはまちがいなく死に至る病の刻印を私の上に記すものだが、その終末感覚の中に私を深々と押し入れる。それは何事も二度と存在しないことへの理解だった。この欠落は、楽しみの喪失や自由の剝奪、ましてや新しい経験の排除などよりさらに大きなものだ。リルケを思い出せば、それはまさしく私自身の喪失だろう――あるいは、少なくとも私自身のよりよい部分の喪失だろう。つまりそれは、この上なくたやすく満足や安らぎを見つけた、私自身の良質の部分を失うことだった。もはやウォータールー駅はない。田舎の小さな駅もない。孤独もない。何かに「なること《ビカミング》」はもはやない。あるのはただ果てしなくそこに「いること《ビーイング》」だけだ。

9　ロードウォーデン

われわれはいまでは、そろってみんながヨーロッパ人である。イギリス人は大陸のヨーロッパ中を経巡って旅行をし、イギリスはポーランドやポルトガルの求職者たちを引きつける場となっている。が、それとおなじように、イギリスはまた旅行者の目指す有数の目的地でもある。今日の旅行者は、何のためらいもなく飛行機や列車に乗り込み、ほどなくしてブリュッセルやブダペストやバルセロナで降りてしまう。実際のところ、ヨーロッパ人の三人に一人は自分の家を離れることなどないのだが、他の誰もが平然と、そしてやすやすとそうした人々の穴埋めをしている。（内心でも）国境さえ消えてなくなってしまった。あなたが別の国へ入ったと気がつくまでにはしばらく時間がかかる。

しかし、いつもこんな風ではなかった。私がロンドンで過ごした子供時代には、「ヨーロッパ」は外国で、エキゾチックな休暇を過ごすために出かけていく一つの場所だった。「大陸」は外国の土地だったのである――いまにくらべると、ニュージーランドやインドについてもはるかにたくさんのことを学んだ。それら帝国の地理については、どこの小学校でも教えられた。が、ほとんどの人々はわざわざ外国へなど行こうとしなかった。休暇は風が吹きつけるイギリスの海岸リゾートで過ごしたり、家族で休日にキャンプへ出かけては、そこで楽しく過ごした。しかし、私の家族はちょっと変わっていたのか、かなり頻繁にイギリス海峡を横断した（これは、父親がベルギーで子供時代を過ごした副作用なのだろうか）。たしかにわれわれの家族は自分たちが属する所得層としては、そのほとんどの家族とくらべてみても海峡横断の回数は多かった。

有名人はパリに飛行機で飛んだが、ただの人たちは船に乗った。サウサンプトン、ポーツマス、ニューヘイブン、フォークストン、ハリッジ、それに北の岬などから出る連絡船がいくつもあったのだ。しかし、古典的なルートは――それは最高につらい旅となるのだが――ドーヴァーからカレーあるいはブーローニュ［・スュル・メール］へ、海峡の鼻先を横切って渡るコースだった。この横断コースは六〇年代までフランス国有鉄道（ＳＮＣＦ）が独占していた。フランス国鉄は当時もなお戦前に作られた汽船「ＳＳディナール」を使っていた。それは自動車を次から次に、クレーンでデッキへ積み込まなくてはならなかった。あの当時、このサービスを利用する車は非常に少なかったが、積み込みの作業には恐ろしく長い時間が掛かった。そのために私の家族はいつも、イギリス国鉄のもっとも豪華なフェリー「ロードウォーデン」の出発時刻に合わせて旅行の予定を決めていた。

ディナールと違ってロードウォーデンは、変わりやすい海の上で、驚くほど上下左右に揺れる小さな船だった。が、船体は頑丈にできていて、千人の乗客と百二十台の車を載せて航行した。

この名前はイングランド南岸にあった五つの港の総督（ロードウォーデン）に由来する――一一五五年、海岸線にあった五つの入植地は、非常時に船を提供するのと引き替えに、イングランド王から自由特権を許された。ドーヴァーからカレー（一三四七年から一五五八年までイギリスが所有していた）に至る海峡横断の渡し船は、その時代からあったので、この船がロードウォーデンと命名されたのもうなずける。

ロードウォーデンは一九五一年に就航し、一九七九年に航行をやめたが、私の知っている船は広々としてモダンだった。車を収容する大きな貨物室、明るくて、人をたくさん容れることのできるダイニングルーム、それにレザーレット（模造革）で覆われた安楽椅子など、フェリーは冒険と豪華さをわれわれに約束してくれた。私は両親をせかせて朝食へと向かわせた。窓際の席を取り、どこから見ても伝統的なメニューをためつすがめつ眺めた。家ではシュガーレスのシリアルを食べて、無糖のジュースを飲んでいた。小麦粉で作ったパンには、味気のない実用本位のマーマレードと、それといっしょにバターを塗って食べていた。しかし、ここはホリデーランドだ。もはや健康に気を遣わなくていい。したがって親も譲歩した。

半世紀のちのいまになっても、私はなお、大陸への旅行をイギリスの朝食と結びつけて考えている。卵、ベーコン、ソーセージ、トマト、豆、ホワイトブレッド・トースト、どろりとしたジャム、それにイギリス国鉄のココアなど。料理はどっしりとした白い皿に盛られて出てきた。皿には船やオーナーの名前が、鮮やかな彩色でくっきりと書かれている。給仕をしてくれるのは、戦争中商船に乗っていた剽軽なウェーターで、ロンドンの下町訛りが抜けない。朝食のあと、われわれは広々として底冷えのするデッキへ出てみる（当時の海峡はひどく厳しい寒さだったように思う）。待ちきれずに水平線を見つめた。あれはグリネ岬だったのだろうか。ブーローニュは明るく、日が燦々と降り注いでいるように見えた。灰色の低い霧に覆い隠されていたドーヴァーとは対照的だった。フェリーから降りる人は、ずいぶん長い距離を旅したような錯覚に陥った。そして到着したのは、寒々としたピカルディ地方ではなく、エキゾチックなフランス南部だった。

ブーローニュとドーヴァーはいろんな点で異なっていたのだが、それを今日伝えることは難しい。言葉がたがいに大きく隔たっていた。二つの町の住人はそのほとんどが、一千年に及ぶ情報や物のやりとりがあったにもかかわらず、一つの言語しか話すことができなかった。店のたたずまいも非常に異なっているように見えた。フランスはイギリスにくらべると、少なくとも全体としてはまだかなり貧しかった。しかし、われわれには配給があり、フランスにはなかったから、もっとも簡素な食料品店《エピスリー》にさえ、イギリスの訪問客には知られていない、そして手に入れることのできない食べ物や飲み物が置かれてあり彼らをうらやましがらせた。私は物心がついた頃から、フランスがどんな匂いを出していたのか、それに自分が気づいていた記憶がある。ドーヴァーに染み込んでいたのは、揚げ油とディーゼルエンジンの混ざり合った匂いだった。一方、ブーローニュでは魚に漬け込まれたような匂いがした。

専用のカーフェリーに予約を入れることは来るべき変化の前触れだったが、かならずしも車といっしょに海峡を渡る必要はなかった。チャリングクロス駅からドーヴァーハーバーまでは、船便に連絡する列車で行くことができた。フェリーまで歩き、フランスに着いてタラップを降りたら、そのまま、いまにも崩れそうな古い駅へ入ることができた。そこには冴えない緑色のカラーリングをした、風通しの悪いフランス国鉄の車室《コンパルティマン》があなたを待っている。さらにお金のある人や、もっとロマンティックなものを求める人のためには「ゴールデンアロー」があった。これは毎日、ロンドンのヴィクトリア駅からパリの北駅まで運行される急行列車（一九二九年に運転開始）だ。列車は線路運搬用のフェリーで運ばれ、乗客は海峡横断中も、列車の席に座ったまま快適に過ごすことができた。

ひとたび沿岸水域を離れると、パーサーがスピーカーで「店」がオープンしたと告げる。「店」と強調してみたが、それはほんの狭苦しいこぢんまりとした場所で、メインデッキの片隅にあった。照明を当てた小さな看板でそれと分かる。スタッフはたった一人で、レジ係がいるだけだ。列に並んで注文をする。そして順番がやってくるのを待つ——その姿はスウェーデンの「国家の酒屋《システムボラーゲット》」の中で、どぎまぎと当惑している酔っぱらいに少し似ている。もちろん、免税のリミットを越えて注文を出さなければ問題はないのだが、限界を越えたときには、それなりに知らされて再考を促される。

この店の売り上げは、フェリーが大陸へ向かうときは微々たるものだった。フランスやベルギーで買うより安くていいものを、ロードウォーデンが提供することはほとんどできないからだ。が、ドーヴァーへ向かう帰りの航路では、小さな窓口が商売で活況を呈する。イギリスへ戻ってくる旅行者たちは、アルコールやタバコの数量を大陸では厳しく制限され、それをやむなく受け入れていたために、船上では買えるものはすべて買った。国内の消費税があまりに過酷だったからだ。デッキの店が開いているのはほんの四十五分程度である。したがって、この時間内では店もそれほど大きな利益を上げることはできない――明らかにこれはサービスとして出された店で、コアビジネスとしてはじめた店ではない。

　一九六〇年代の終わりから一九七〇年代にかけて、フェリーはホバークラフトの出現によって脅かされた。ホバークラフトは気泡の上に浮かび、二つのプロペラで前へ進む、つまり複数の動力源を利用して走行するハイブリッドだった。が、ホバークラフトの会社は、その存在意義をまったく見つけ出すことができなかった――一九六〇年代特有の失敗として終わってしまった。時代に遅れないように、彼らは自社を有能で現代的な会社だと宣伝した――「空中に浮かぶ《ホバー》ので、はるかにトラブル《ボバー》は少ない」――ホバークラフトの「出発ロビー」は、とても飛行の見込みの立たない、安っぽい空港のイミテーションといった感じだった。ホバークラフト自体は、波を横切るときにドンと激しく波にぶつかるために、乗客は座席にそのまま座っているように強制される。これではまさしく閉所恐怖症を引き起こしかねない。したがって、ホバークラフトは波の上を行く旅行の欠点をすべて背負い込み、その一方で、旅行に特有の美点を失わせる結果になってしまった。

今日、海峡を横断する航路は、ロードウォーデンの何倍も大きな新しい船によって運行されている。船内のスペース配分もロードウォーデンとはだいぶ違っている。ダイニングルームは比較的小さく、十分に活用されているとはいいがたい。マクドナルドのようなカフェテリアとくらべてみても、それより小さく見える。船内にはゲームセンターやファーストクラスのラウンジ（ドアのところで料金を払う）、遊び場、大幅に改良されたトイレ……、それに免税ホールもあった。このホールはセイフウェイのようなスーパーマーケット顔負けのものだった。まさしくこれは道理にかなっている。車や列車を通す海底トンネルや、いうまでもないことだが、余分なサービス抜きで、極度に競争力のある飛行機などの存在を考えてみると、フェリーを利用するおもな動機は、こぞって買い物をすることにあったのだから。

そのため、われわれが朝食を食べるときに、きまって窓際の席へ殺到したように、近頃のフェリーの乗客たちは自分たちの旅を（それにかなりの額のお金を）、もっぱら香水やチョコレート、ワイン、酒（蒸留酒）、タバコなどを買うことに費やす。しかし、海峡の両側で税制の変更があったために、免税店でする買い物にはもはや大幅な経済上の恩恵がなくなってしまった。したがって、いまでは買い物がそれ自体で目的と化している。

ノスタルジーに耽るためには、このようなフェリーは敬遠した方が賢明だ。最近出かけた旅行で私は、デッキからカレーへ入る到着の様子を見ようとしたことがあった。そのときに厳しく知らされたのは、すべてのメインデッキがいまは封鎖されているということ、そして、もしどうしても外の空気を吸いたいというのなら、少し低くなった後方デッキにロープで囲まれたスペースがあるので、そこで風変わりな連中といっしょに参加するようにということだ。しかし、そこからは何一つ見えなかった。メッセージの意味は明らかだった。旅客はデッキをぶらついたりして時間を無駄にしては（お金を倹約しては）ならないということだ。この方針は短い航路のすべてに実施されていて、適用されていないのは（フランス資本の）ブリタニー・フェリー社のすてきに時代錯誤な船だけである。旅客に期待されているのは支払い能力だということだろう。

ドーヴァーの崖が近づくにつれて、イギリス人の旅行客たちが、目に涙を浮かべて、デッキからじっとそれを見つめていた日々、旅行客同士がたがいに戦勝を祝い合い、再び「本当のイギリスの食べ物」が食べられるのは、どれほどいいことかとコメントし合っていた日々は去ってしまった。が、たとえブーローニュが、いまはドーヴァーと非常に似てしまったといっても（しかし、ドーヴァーは悲しいことに、それでもなお変わっていない）、海峡の横断はいまも両方の町について、われわれにたくさんのことを語り続けている。

イギリス人は「目玉商品」の日帰り往復割引切符によってフランスへ殺到し、トラック一杯の安いワインや、スーツケースに詰め込んだフランスチーズ、それに減税タバコを何カートンも買い求めた。彼らはそのほとんどが、列車や車でトンネルを抜けて旅をした（自分自身も運びながら［＝有頂天になりながら］）。到着した彼らが目にするのは、かつて近づきがたかった税関職員たちではなく、巨大な大型スーパーマーケット《イペルマルシェ》の歓迎パーティーだ。スーパーマーケットから一望できたのは、ダンケルクからディエップにかけて広がる丘の上だった。

　これらのスーパーマーケットで売られている品物は、イギリス人の好みに合わせて選択されていて――看板はみんな英語で書かれていた――各店は海峡横断のビジネスで大きな利益を上げた。石のように無表情な女店員に、ウイスキーの最大割当量を頼むのに、いまではもはや誰一人として、ほんの少しの後ろめたささえ感じる者はいなかった。イギリスの旅行者の中で、長くフランスに滞在したり、さらに南へ向かおうとする者の数はそれほど多くないが、もし南へ向かいたいと思えば、おそらく彼らは半分の航空料金で行けるライアンエアーの飛行機を利用するだろう。

　度を越した安っぽい消費という、ただその明白な目的のためにだけ外国へ旅行するというのは、やはりなおイギリス人に特有のことなのだろうか。たしかに、オランダの主婦たちがハリッジ・テスコ［食品主体のスーパーマーケット］の棚をきれいに空っぽにしてしまうのを、あなたはこれからも見ることはないだろう。ニューヘイブンはけっして買い物客たちの天国ではないし、ディエップの女店員たちも買い物を支援することはしない。大陸からやってきた訪問客たちは、ドーヴァーで下船するとただちに、彼らの第一目的地のロンドンへと向かう。しかし、かつてイギリスを訪問したヨーロッパ人たちは、遺産の場所や歴史的記念物、それに文化などを見つけようとした。が、今日では彼らもまた、イギリスの至るところで展開しているショッピングセンターに押し寄せ、冬物のセールに群がっている。

こうした買い出し旅行とでもいうべきものだけが、ヨーロッパ統合について市民の大多数が知ることになるすべてである。しかし、あまりに近くに接していることは人を惑わせるもとにもなり得る。ときには近隣の人々と、たがいに異質であるという、はっきりとした感覚を共有するのはいいことだ。そのためにも、われわれには旅が必要だ。変化と差異を象徴し、暗示するものを心にとどめおくためにも、異質な時間で過ごし、異質な空間を通り抜けることが必要だ――国境警備隊、外国語、外国の食べ物。胃にもたれるイギリスの朝食でさえ、フランスの思い出を呼び起こすかもしれないし、ほめられたことではないが、記憶を助けるマドレーヌの地位にあこがれているのかもしれない。私はロードウォーデンがすでにないのを寂しく思う。

第二部

10　ジョー

学校はとても嫌いだった。私は一九五九年から一九六五年まで、バタシーのエマニュエル校に通った。校舎はヴィクトリア様式の建物で、クラパムジャンクション駅から南へ出ていく線路と線路の間に立っていた。列車（当時は蒸汽機関車だった）は音響的な効果や視覚上のくつろぎを与えてくれたが、それを除けば、すべてはどんよりとして退屈な風景だった。古い建物の内部は代わり映えのしないクリーム色と緑色で塗られていた——それは、学校がモデルにした十九世紀の病院や監獄とよく似ていた。戦後、あちらこちら建て増しをした部分は、安っぽい素材と不十分な防音という欠点を見せていた。運動場は広くて青々としていたが、私には寒々として取りつくしまのない場所に思えた。それはたぶん、私が結果として付き合うことになった陰気な筋肉的キリスト教［イギリスＹＭＣＡによる体力増進運動］のせいだろう。

この気味の悪い学校へ、私はほぼ七年もの間、週に六日通った（土曜日の朝のラグビーは全員参加だった）。学費はただなので、両親は懐を痛めずにすんだ。エマニュエル校は「直接助成校」である。これは地方自治体から助成金の援助を受ける、独立した自治の中等学校で、十一歳児のための国家試験（イレブン・プラス）でいい成績を収め、面接でパスすれば、どんな少年でも入学が許された［一九七六年廃止］。直接助成校はたいてい由緒があり（エマニュエル校はエリザベス一世の治世中に創立された）、そのカリキュラムを助成校が厳密に踏襲している州立のグラマースクール［公立普通科中等学校。一九六五年以降、大半がコンプリヘンシブスクールとなった］や、イギリスのすぐれたパブリックスクールなどと並び称されるほどだった。

しかし、ほとんどの直接助成校が授業料を生徒に負担させないことや、通常は通学学校であること、したがって、おおむね地方の人材を入学させたことなどから、いきおい、学校の後援者たちの社会的地位は、ウィンチェスターカレッジやウェストミンスター校、イートン校［いずれもパブリックスクール］などの後援者たちにくらべると低かった。エマニュエル校へ通う少年たちは、そのほとんどがロンドン南部のロワーミドルクラス（中流の下層）の出身者で、それに、十一歳試験でいい成績を取った少数の労働者階級出身の少年たち、そして、ぱらぱらとほんのわずかだが、郊外に住む株式仲買人や銀行家の息子たちがいた。彼らは伝統的な全寮制のパブリックスクールより、市の中心部にある通学可能な学校を選んだ。

一九五九年に私が入学したときには、エマニュエル校の先生たちはその多くが、第一次世界大戦の終結以来、ずっとここで勤務している人々ばかりだった。校長、副校長（彼のおもな職務は、第六学年の監督生が、毎週、反抗的な少年たちをなぐりつけるのを監視することだ）、それに下級学校の先生で、私の最初の英語教師などがみんなそうだった。英語の教師がこの学校にやってきたのは一九二〇年だが、彼の教育方針はまぎれもなくディケンズ風のもので、ほとんどの勤務時間を、十二歳の生徒の耳をつまんではつねることに費やした。その年に彼が話したことや、われわれが読んだものの中で、思い出せるものなど何一つない。覚えているのはただ痛かったことだけだ。

若い先生たちはそれよりずっとましだった。在学中、イギリス文学や数学はまあまあよく教えてもらえた。歴史やフランス語、それにラテン語の指導も満足のいくものだった。しかし、十九世紀の科学はただ単調に教え込まれるばかりだった（もし誰かが、現代の生物理論や物理理論に触れさせてくれていたら、私も熱心に見聞を広めていたかもしれない）。体育は、少なくともアメリカの基準からすると、おろそかにされていた。「体育」の授業は一週間に一時間あるだけで、その時間もたいていは、跳馬やレスリング用マットを使う順番待ちに費やされた。私は少しだがボクシングをやってみた（これも父親を喜ばせるためだった。父はボクシングをかなりやっていて、そこそこ強かった）。短距離走者としても私はまずまずだった。そして——誰もが驚いたのだが——私はラグビープレーヤーとして平均以上であることが分かった。しかし、こんな運動のどれ一つを取ってみても、私の想像力を捕らえるものはなかったし、私の気分を高揚させてくれるものなど何一つなかった。

中でも、私がもっとも引かれることの少なかったものは、ばかばかしい「連合将校養成隊」（CCF）だった。小さな少年たちはここで、軍事教練の初歩やリー・エンフィールド銃の使い方を教えられた（一九一六年にこの銃が、イギリスの軍人たちに支給されたときには、すでにそれは時代遅れの代物になっていた）。ほぼ五年間、毎週木曜日になると、私は、第一次世界大戦でイギリス軍が使用した軍服を、切り詰め作り直したものを着て学校へ行った。それも、通学する同年輩の少年たちの、しきりにおもしろがる眼差しや、通りですれちがう少女たちのくすくす笑いを我慢しながら。終日、われわれは戦闘服姿で汗だくになって座っていた。そして教練の終わりに、クリケットピッチのまわりをただ無意味に行進しただけだった。われわれの「軍曹たち」（年長の少年たち）には苦しめられて脅かされ、「将校たち」（軍服姿の先生たちだ。彼らはわれわれの費用で、夢中になって自分の兵役時代を追体験していた）には怒鳴り散らされながら。誰か気のきいた者がいて、ハシェクの『兵士シュヴェイクの冒険』のことを私に教えてくれていたら、この全体験はそれを思わせたことだろう。

私がエマニュエル校に行くようになったのは、私が通っていた初等学校の女校長が、セントポール校の入試準備を私にさせるのを怠ったからだ。この学校は実際一流の「パブリックな」通学学校で、前途有望な同じ年頃の者たちが入学を許された。学校にいた頃、私は自分が惨めだなどと、母や父に話したことはなかったと思う。ただ一度か二度、地方に特有のユダヤ人差別について話したことがある。当時ロンドンでは「民族上の《エスニック》」マイノリティー（少数外国人）はほとんど存在しなかった。したがって、ユダヤ人はもっとも目立つアウトサイダーだった。学校でも千人をかなり越える全校生徒の中で、われわれはほんの十人くらいしかいない。そのために、しばしばユダヤ人に投げ付けられる、低レベルの中傷や悪口にも、人々は取り立てて眉をひそめることなどなかった。

私はキングズカレッジのおかげで、この学校から逃れることができた。ケンブリッジ大学の入試では、歴史だけでなく、フランス語やドイツ語の試験も受けた。その結果、将来の先生たちから、試験の成績が中等学校の卒業試験のレベルを越えていると判断された。このことを知った私は、すぐにキングズカレッジへ手紙を書き、中等教育の修了証明を得るために、Aレベル試験を受ける必要があるかどうか訊いてみた。答えは「受ける必要はない」というものだった。返事を貰ったその日に、私は学校の事務局へ出向いて、中途で学校をやめることを伝えた。うれしい思い出などほとんどなかったし、心残りもまったくなかった。

一つだけ例外があるかもしれない。エマニュエル校で四年目を迎えたとき、私は「一般教養」のクラスを選んだ。そして、ドイツ語と古代ギリシア語のうち、どちらか一つを選択しなければならなかった。入学して一年目から私が学んできたのは、他の者たちとおなじでフランス語とラテン語だった。しかし十四歳になると、私は「本格的な」語学の勉強の準備ができたものと見なされた。あまり深く考えもせずに私はドイツ語を選んだ。

当時、エマニュエル校でドイツ語を教えていたのはポール・クラドックだった。生徒たちから三世代にわたって「ジョー」（やつ）と呼ばれていた男である。くわしいことは分からないが、彼は何らかの戦時体験を負った戦争の生き残りで、人嫌いの不気味な人物だった――少なくともこれが、気まぐれで、明らかにユーモアに欠けた彼の気性に対して、われわれが下し得た説明だった。が、実のところジョーは、不条理なことに対して心底冷笑的な感情を抱いていたし、それに――あとで知ったことだが――彼は思いやりの深い人間だった。しかし、彼の外見――身長が六フィート［約一八三センチ］あり、特大の粗革靴《ブローグ》を履き、髪はぼさぼさで薄かった――が十代の少年たちを震え上がらせていた。そして教育上、はかり知れぬほど有用な人物だったのである。

ちょうど二年間、ドイツ語を集中的に勉強したおかげで、私はハイレベルの言語能力と言語に対する自信を手に入れることができた。ジョーの教え方には謎めいたところなど何一つなかった。われわれは毎日、教室や自宅で、文法や語彙や文体の勉強に何時間も費やした。テストは毎日あった。記憶力や推理力や理解力が試された。あやまちを犯すと情け容赦なく罰せられた。語彙のテストでは、二十問中正解が十八問以下だと「間抜け」呼ばわりされ、分かりづらい文学の教科書の理解が不十分だと「トックエイチランプみたいに鈍いやつ」［昼行燈］の刻印を押されてしまう（この言葉の出所は第二次世界大戦で、一九四八年頃に生まれたティーンエージャーの一団に――だけ――はなお何らかの意味を持っていた）。宿題も完全なものを提出しないと、怒り狂った白髪が激しく渦を巻く頭から次々に繰り出される罵声の、とどまることのない攻撃に自らの運命を委ねなければならず、さらにそのあとで、数時間の居残りと、追加の文法問題を甘んじて受けなくてはならなかった。

われわれはジョーが怖かった——しかし、われわれは彼を敬愛した。彼が教室に入ってくるときはいつでも、ひどく骨張った手足がまず顔をのぞかせ、次に震えるような胴体のてっぺんに、苦悩に満ちた鋭い目が見えた。そうすると、われわれは何かを期待して静かになる。そこには何一つ褒め言葉もなければ、ぼやけて不明瞭な親密さもないし、批判の一撃をやわらげるものもなかった。彼は大股で机に向かい、教科書をどさりと机に置くと、黒板へ自らの身を投げかける（さもなければ、ぼんやりとしている少年にチョークを投げつけた）。そうして彼は、われわれに自分の持つすべてを与えた。それは集中して途切れることのない、濃縮された五十分間の授業だった。ラテン語では、われわれはなお『ガリア戦記』に辟易としていた。フランス語では、Oレベルの国家試験の準備と、サン・テグジュペリや、比較的やさしいテクストをたどたどしく訳すのに五年もの歳月を要した。ドイツ語を習いはじめて二年目の半ばには、われわれがカフカの『変身』を難なく楽しげに訳せるように、ジョーは指導してくれた。

彼のクラスでは——シオニズムへの関心に気を取られていたせいで——私は（どちらかというと）足手まといの生徒の一人だった。が、Oレベルの試験では、他の一教科を除けば、ドイツ語がいちばんいい成績だった（フランス語や歴史よりはるかによかった）。しかし、評価はトップから二番目だった。ジョーは目に見えて落胆した。彼は自分が教えた少年なら誰しも、なぜ国家試験でトップクラスに入らないのか、その理由を理解することができなかった。私は一九六四年六月にドイツ語の勉強をやめた。それから四十五年経つが、いまでもなお、ドイツ語をまあまあ上手に話す。長い間怠っていたので、一時的な記憶違いはあるものの話すことはできる。そのあとに学んだ他の言語についても、願わくはこれとおなじことがいえるといいのだが。

今日ならジョーはやって行けないだろう。現代の高校で教えて、生計を立てる必要がなかったのは彼にとって幸いだった——時代の価値観から見てさえ、彼は恥ずかしいほど差別的で政治的公正さに欠けていた。われわれの注意をことごとく独占しようとする彼の試みに対して、ただ一つの確かな挑戦は異性の吸引力だった、が、彼は十分にこれを承知していながら、発生期のリビドーについては並外れて否定的な態度を取った。「君たちが女の子と遊びたいと思うなら、私の時間を無駄にしないでくれ。君たちはいつだって女の子と遊ぶことができる。しかし、この言葉を学ぶチャンスはいましかない。両方を同時にやることなど君たちにはできない。君たちが女の子といっしょにいるのを私が見かけたときには、それだけでも、君たちはここから出ていくべきだ」。クラスの中には実際にガールフレンドを持つ少年が一人いた。彼はジョーがガールフレンドの存在を知ることを恐れて、かわいそうな彼女に、学校から二マイルの範囲内に近づかないようにと命じた。

最近では、ほとんどの者がドイツ語を教えられることさえない。若い人が一度に付き合えるのは、一つの言語だけというのが大方の見方のようだ。それももっともやさしい言語を選んで。アメリカのハイスクールでは、平均よりかなり下のイギリスの普通科学校（コンプリヘンシブスクール）とおなじように、生徒たちはよく勉強をしている——あるいは少なくとも最善を尽くしている——とむりやり信じ込まされる。先生は先生で、生徒たちの間で目立つことのないようにと指示される。つまりそれは単に、ジョーがしていたようなこと、第一級の成績を褒め、その一方で怠け者を断罪することは、もはやしてはいけないということだった。「完全なバカ」とか「人間のクズ」といわれて、アドバイスを受ける生徒はいまではまれにしかいない。

恐怖はその真価を認められていない——それは真に、たゆむことなく続けられる語学上の努力、その努力がもたらす満足感が認められていないのとおなじだ。ジョーは現実には、長い教師生活を通じて、少年に手を上げたことは一度もなかった。実際、彼のクラスはほとんど、性的にホモの傾向のある教頭ならムチ打ちの場として使う公衆浴場のようなものだったのに、ジョーは懲罰の慣習に対する侮蔑感をまったく隠さなかった。しかし、肉体的な脅しと精神的な屈辱（「おまえはまったく無能だ」）をみごとに使い分ける彼の技量を手に入れることは、今日の先生にはとても不可能だろう。たとえ彼や彼女が、その有効な使い方を知るほどに注意深い者だったとしても。

学校のことで思い出す不愉快な記憶の中で、ただ一つはっきりと前向きなものは、容赦なく私の中にドイツ語を叩き込んでくれたあの二年間だった。私は自分がマゾヒストだなどとは思っていない。私が「ジョー」・クラドックを、これほどまでの愛情と感謝の気持ちで思い出すことができるのは、彼が私の中に神への畏怖を植え付けたためではないし、次の日に私が「まったくのクズ」として、はねのけられることのないようにと、午前一時に私へ向かって、ドイツ語の文章を文法的に説明してくれたからでもない。それは私の出会った先生の中で、彼がもっともすぐれていたからだ。それに正しく教えられたという記憶は、学校生活で思い出す価値のあるたった一つのものだから。

11　キブツ

私が過ごした六〇年代は、同時代の者にくらべると少し違っていた。もちろん、私もみんなといっしょに、ビートルズやソフトドラッグ、それに政治上の抗議表明、さらにはセックスにも夢中になった（セックスは実行よりもむしろ想像上だったが、ここでもまた私は、それが回顧的な神話であるにもかかわらず、大多数の者の経験をそのまま反映させているのだと思う）。しかし、政治的な行動に関しては、一九六三年から一九六九年まで、私は左翼シオニズムに全面的に関わっていたために、仲間のメインストリームから外れてしまった。一九六三年と一九六五年、そして一九六七年の夏を、私はイスラエルのキブツで働きながら過ごした。その間、労働シオニズムの青年運動の一環として、私は無給のメンバーとなり、ほとんどの時間を使って、労働シオニズムを流布させる仕事に進んで携わった。一九六四年の夏には、その間中、フランス南西部の訓練所で、リーダーとなるための「準備」をしていた。そして、次の年の二月から一九六六年の七月まで、上ガリラヤにあった集団農場マチャナイムでフルタイムの労働に従事した。

明らかに強烈なこの感情教育は、はじめの内は非常にうまくいった。少なくとも一九六七年の夏までは。この夏、私はキブツで行なっていた自主的な労働を卒業して、イスラエル軍に予備の兵士として参加した。理想的な新兵だった。雄弁で熱心な、そしてイデオロギーの見地からしても、妥協することのない断固たる遵法者だった。ミラン・クンデラの『笑いと忘却の書』に出てくる輪舞を踊る人々のように、私は浮かれた集団のお祭り騒ぎの中で、仲間意識で結ばれた者たちとともに行動した。そして反対する者を締め出し、精神や目的、それに着るものまでが一つとなる心強い結束を褒め称えた。私はユダヤ人の優秀さを理想化した。そして分離と民族差を重視するシオニストの見方を直感的に理解し、それを再現することに努めた。パリで開かれたシオニストの青年会議に招かれて、基調演説をしたことさえあった――私が十六歳という、ばかばかしいほど未熟な年齢のときである。それは喫煙を「ブルジョアの逸脱」として、またユダヤの青年たちが戸外でする、健全な活動を脅かすものとして非難するための会議だった。私は当時でさえ、こんなことを本気で信じていたのかどうか、いまでは非常に疑問に思っている（どのみち、私はタバコを吸っていたわけだから）。が、私が弁舌に巧みだったことは事実だった。

労働シオニズムの要諦は当時もなお、創唱時の教義に忠実だったし、それは、ユダヤ人の労働がもたらす期待の中にあったといってよい。労働の目的は、ディアスポラ（離散）の状態にある若いユダヤ人たちを、活力を失い周囲に同化してしまった彼らの生活から救い出し、人里離れたパレスチナの集団入植地へと送り込むことだった――そしてそこで、生き生きとしたユダヤ人の農民を作り出すこと（イデオロギー的ないい方をすれば作り直すこと）だ。誰にも搾取されない、そして誰をも搾取しない農民を。労働シオニズムはもともと十九世紀初期の社会主義ユートピアと、少しあとに登場した、ロシアの平等主義的な村落共同体という神話に、ほぼおなじ程度の割合で由来しているが、その特徴的なことは、たがいに相容れない党派的なカルトに細分化されていたことだ。そこには、キブツにいる者はすべておなじ服を着て、子供たちを共同で育て、食事も共同でする、そしてまったくおなじ家具や家財道具、それに本さえも同一のものを使用しなくてはいけない（しかし、所有してはならない）とする人々がいた。一方では、生活面についても毎週会議を開いて、あらゆることを集団で決定を下すべきだと考える人々がいた。またコアとなる信条に幅を持たせた適用の仕方をして、ライフスタイルにもバラエティーを許容し、小額なら個人財産の所有も認めようとする人々もいた。このようにキブツのメンバーの間でも、ニュアンスに多種多様な違いがあった。それはしばしば、原理主義者の不和という形で鋳直されて、個人や家族間の対立という副産物となって現われた。

しかし、メンバーのすべてが合意しているのは、より広い道徳的な目的だった。それはユダヤ人を国に戻すこと、そして彼らを根なし草のますます進行するディアスポラ状態から救い出すことだ。これは、はじめてキブツというものに出会った十五歳のロンドン子の新参者にとっては、非常に刺激的で気分を高揚させる目標だった。そこにいたのは、外見上、この上もなく魅力的な「筋骨逞しいユダヤ人」［シオニズム指導者マックス・ジーモン・ノルダウの言葉］である。健康、運動、生産力、共同目的、自給自足、誇り高い分離主義――いうまでもないことだが、そこにはまた、同世代のキブツの子供たちという魅力もあった。キブツの子供たちは明らかに、ヨーロッパの子供たちが持つコンプレックスや抑圧から完全に解き放たれていた（ヨーロッパの少年たちが背負っていた文化的な重荷の大半からも、彼らは自由だった――が、私がこれに悩まされるようになったのは、もう少しあとになってからである）。

私はキブツの仕事が大好きだった。ガリラヤ湖畔にあった蒸し暑いバナナ・プランテーションで、汗を流して働く八時間にも及ぶ仕事。それは知的に多くのことを求めない労働だった。仕事の合間には歌やハイキング、それに教養を巡ってディスカッションが行なわれることもあった（が、これも若者たちが拒絶する危険を減らすように、そして、共有する目標の魅力を最大限に引き出すように、巧みな演出が施されていた）。さらにそこにはつねに、罪悪感に悩まされることのないセックスをほのめかすものもあった。当時のキブツや、それとイデオロギーをおなじくする周辺部はなお、二十世紀はじめの急進的なカルトが持っていた、無邪気な「自由恋愛」めいた気風を持ち続けていた。

もちろん、このようなキブツも実際には、田舎くさい、むしろ保守的な共同体だった。そして、彼らのイデオロギー上の厳格さが、多くのメンバーたちの限られた視野をカムフラージュしていた。一九六〇年代の中頃でさえ、もはやイスラエルの経済が、小規模な国内の農業に頼っていられないことは明らかだった。そして左翼的なキブツの運動が、ことさら、アラブ人の労働者の雇用を忌避しているその気遣いが、彼らの平等主義という実績に磨きをかけるのに役立たないのはもちろんのこと、中東の暮らしが持つ不都合な事実から、彼らを隔離することに力を貸していた。たしかに私は当時、このようなことのすべてを正しく理解していなかった——が、しかし、私はそのときでさえ、次のようなことを不思議に思った記憶がある。私がいたキブツは、人口が恐ろしく稠密なアラブの諸国にきわめて近接していた。それなのに、長い滞在中、私はただの一人のアラブ人にも出会うことがなかった。これはなぜなのだろう。

しかし、私がただちに理解することができたのは（たとえそれが公然とは認められていないにせよ）、キブツやそのメンバーがいかに限定されたものだったかということだけだ。共同の自治、あるいは耐久消費財の平等な分配といった単なる事実は、われわれをよりいっそう洗練するわけでもないし、他人に対してわれわれをいっそう寛容にするものでもない。それが自己愛といううきわめて強いうぬぼれに寄与しているかぎり、実際には最悪の民族中心主義を促進するだけなのである。

いまでさえ私は、あのときに感じた驚きを思い出すことができる。それはキブツのメンバーたちが、あまりにも周りの世界のことを知らないこと、そして、それに対してまったく興味を示さなかったことだ——それが彼らや、彼らの国に影響を及ぼさないかぎりは。彼らが関心を持っていたことといえば、それは農場の仕事、それに隣人の配偶者とその財産についてだった（このどちらの場合も、彼らはねたみを抱いて自分のものと引きくらべた)。私が多くの時間を過ごした二つのキブツでは、性の解放はおおむね、不義やそれに付随したゴシップ、そして相手の非難に対する反撃の機能を果たしていた——この点に関して、これらの手本となった社会主義のコミュニティーは、集団の非難にさらされた者たちがたどる類似の運命からいっても、むしろ中世の村落に非常によく似ていた。

このような観測の結果、私は、シオニストに対する自分の勘違いに直面して、ごく早い段階で一種の認知的不協和を経験することになった。一方では生活様式としてのキブツ、そしてかなりユダヤ主義的なものの現実化としてのキブツ、このようなキブツの存在を信じたいという思いが強かった。それに過去数年間というもの、キブツは明らかに教義の説得力を持っていたために、私は理にかなったキブツの長所を確かめるのにほとんど苦労はなかった。しかし、その一方で、私はキブツをひどく嫌っていた。一週間の労働が終わる頃には、もうキブツから逃げ出したくてたまらなかった。ヒッチハイクをしたり、バスに飛び乗ってはハイファ(もっとも近い重要都市)へ向かった。そこで私はサワークリームをたらふく食べ、安息日をのんびりと過ごした。そして埠頭から物憂げに客船を眺めていた。それらはファマグスタやイズミル、ブリンディジ、それに他の国際的な目的地へと向かう船だった。あの頃はイスラエルが監獄のように感じられた。そしてキブツは人が多く入り過ぎた監房のようだった。

私が自分の混乱から解放されるきっかけとなったのは、二つのまったく異なる出来事によってだ。ケンブリッジ大学への入学が許され、私もそこへ行くつもりでいることを、キブツの仲間が知ると、彼らはひどいショックを受けた。「アーリヤー」（上昇）――（イスラエルへの）帰還――文化の全体が意味するところは、ディアスポラに結びついているものを、そしてその離散状態へと逆戻りする機会を断ち切ることにあった。当時の青年運動のリーダーたちは、イギリスやフランスのティーンエージャーがいったん学生時代を本国で過ごせたら、もう二度とイスラエルには戻ってこないことを熟知していた。

したがって、大学を目指す学生たちは、ヨーロッパへ向かうべきではないというのが彼らの公式見解だった。それは、数年の間キブツに全力を傾けて、オレンジの摘み取り人やトラクターの運転手、あるいはバナナの仕分け人などをして働き、そののち事情が許せば、さらに高い教育を受ける候補者として、みずからコミュニティーに出頭せよというものである――それも将来、集団に役立つことを重点的に考えて、学生たちがどのような研究をしていくべきかを、キブツが集団で決定を下すという条件の下でだ。

手短かにいうと、うまくいった場合、私は二十五歳ぐらいになったら、イスラエルの大学へ送り込まれていたかもしれない。おそらくそのときに勉強するのは電気工学か、あるいは非常に運がよく、仲間たちから甘やかされていたら、小学校で歴史を教える先生になる訓練を受けていただろう。十五歳の私にとって、この展望はむしろかなり魅力的だった。が、二年後にキングズカレッジへ入るために懸命に勉強をしていたときは、もはや私には、カレッジ入学のチャンスを拒否する気持ちは毛頭なかった。ましてや野良仕事に一生身を委ねる気持ちなどさらさらなかった。この決心に直面したとき、キブツのコミュニティーに対する完全な理解不能と明白な蔑視は、共同体主義的なデモクラシーの理論や実践から、私が徐々に疎遠となっていったことを単に確認するのに役立っただけだった。

キブツとの別離をあと押ししたもう一つの要因は、いうまでもないことだが、六日戦争［一九七六年六月の第三次中東戦争］のあとに、ゴラン高原の軍隊中で私がした経験だった。驚いたことにそこで分かったのは、イスラエル人のほとんどがあとから入植した農民社会主義者ではなく、若い、偏見にみちた都会のユダヤ人であることだ。彼らはヨーロッパやアメリカに暮らす若いユダヤ人とは異なり、その違いはおもに、マッチョで、自慢げに威張り散らしていること、そして難なく兵器を手にできることだった。戦いに敗れたばかりのアラブ人に対する彼らの態度が、また私にショックを与えた（これこそ、キブツで過ごした年月が妄想に過ぎなかったことの証だった）。彼らは将来、アラブ人の土地を占領し、支配することができると見込んでいた。その安易な無頓着さがそのときですら私をぞっとさせた。当時生活をしていたキブツ――ガリラヤ地方のハクーク――へ戻ったときには、すでに私は自分がよそ者のような気がした。それから二、三週間の内に、私は荷物をまとめて故郷へと向かった。そして二年経った一九六九年、当時付き合っていたガールフレンドといっしょに、私は自分が残してきたものを見るためにキブツへ戻った。マチャナイムのキブツを訪れると、そこでわれわれは、前にオレンジの摘み取り人をしていた仲間の「ウリ」に会った。彼はわざわざ私を認めることなどしないし、ましてや挨拶をすることもせずに、われわれの前を通り過ぎると、立ち止まって「マ・アタ・オセア・カン」（君たちはここで何をしているんだ）と訊いた。実際、私はここで何をしていたのだろう。

　キブツで過ごした日々を、無駄で浪費した年月だったなどと私は思っていない。どちらかといえばキブツの日々は、私の世代間で見られた傾向のままに、単に十年を過ごしたのでは、とても得られないほど豊かな思い出と教訓を与えてくれた。ケンブリッジ大学へ上がる頃までには、すでに私は、同時代のほとんどの者たちが、理論上でしか遭遇していないようなイデオロギーの運動を現実に経験していた――そして、その先頭にも立っていた。「信奉者」になることが何を意味するかについても知っていた――が、また私は、このような強烈な帰属意識や、疑問を一切抱かない忠誠心のために、人はどれほど代償を払わなくてはならないかについても承知していた。実際、二十歳になる前に私は、シオニストやマルクス主義者、それに共同体の入植者となっていたし、しばらくはその状態を保持していて、すでにそれらであることをやめてしまっていた。これはロンドン南部のティーンエージャーにしてはなかなかの偉業だった。

　ケンブリッジの多くの同胞たちと違って、こうして私は、新左翼の熱狂や誘惑に対しても免疫ができていた。ましてやその副産物ともいうべき毛沢東主義、極左主義《ゴーシスム》、第三世界主義《ティエルモンディスム》などの影響を受けることはもはやなかった。おなじような理由で、反資本主義の変革という学生主体の教義にもまったく興味をそそられることはなかった。いわんや、マルクス主義フェミニズムや一般に性の政治学といったものの魅力に至ってはまったく関心外だった。どのような形にしろ、アイデンティティー政治に私は疑いを持つようになった――そしていまもなお疑いを抱いている。とりわけユダヤ人の活動については。労働シオニズムは私を、おそらくは、やや時期尚早の感はあるものの、一人の普遍的な社会民主主義者にしてくれた――これはもし、イスラエルの教師たちが私の経歴を調査したら、ぞっとするだろうと思えるほど予期せぬ結果だった。しかし、もちろん彼らはそんなことはしなかった。この理念に対して見込みのない私は「死んだ」も同然だったのである。

12　寝室係

私は使用人の手を借りずに大きくなった。これはそれほどびっくりするようなことではない。そもそも家はロワーミドルクラス（中流の下層）の小家族で、ロワーミドルクラスの小さな住まいに住んでいた。戦争前ならこのような家庭でも、たいていはメイドを一人と、おそらくは料理人を一人くらいは持つ余裕があるのが普通だったかもしれない。もちろん、本当のミドルクラスになると、それよりたくさんの使用人を雇うことができた。二階でも階下でも、専門職とその家族の声が届く範囲にはつねに使用人がいた。しかし一九五〇年代になると、課税と高騰した賃金のために、使用人を雇うことができるのはとびきり裕福な人たちに限られてしまった。せいぜい両親に望めたのは、昼間——まだ私が小さくて母は働いていたので——私の面倒をみる子守りぐらいで、その後羽振りがいい時期になるとオペアガール［ホームステイの語学生］が何人かいた。それを過ぎると、たまに掃除のおばさんがくるだけで、他には誰もいなくなった。

このように私は、ケンブリッジ大学に対してまったく無防備な状態だった。オックスフォード大学とケンブリッジ大学は、長い伝統を遵守して、ある職員を雇っていたのだが、その仕事はもっぱら若い学生たちの面倒を見ることだった。オックスフォードでは、このような職員は「スカウト（用務係）」という名で知られていたし、ケンブリッジでは「ベッダー（寝室係）」と呼ばれていた。呼び方は慣習によって違うが――呼び名は、彼らが求められている役割について、興味深いニュアンスを暗示している――仕事の内容はまったくおなじだった。ベッダーはスカウトと同様、さまざまなことをするように期待されていた。まず、火の準備（これも平炉が暖房として使われていた時代の話だが）、それから若い紳士たちの部屋を掃除すること、ベッドを整え、敷布や布団カバーを替えること、彼らのためにちょっとした買い物をすること、そして、彼らが成長の過程で、おそらくはいままで当たり前と思ってきたサービスを、全部とはいわないまでも、その内のいくらかをしてあげることなどだった。

たしかにこの職務内容の記述には、他にも何か暗黙の前提がそこにはあった。オックスブリッジの学生たちには、自分より下位の者が行なう、このような仕事の処理がまったくできないと考えられていた。いままで彼らはそうした仕事をしたことがなかったからだが、それはまた、彼らの抱いた大志や関心が、このような瑣末事を越えて、はるか高みへ彼らを持ち上げてしまったからでもある。さらに、そしておそらくはこれが何よりも大きな理由だったが、ベッダーには、自分が受け持つ学生の品行状態をつねにチェックして、彼らの監視を怠らないという職務のあったことだ（オックスフォードではときおり、スカウトが男性のことがあったが、一九六〇年代になると、男性のスカウトはずっと少なくなる。が、私の経験ではベッダーはつねに女性だった）。

私がケンブリッジに着いたのは一九六六年である。その頃になるとベッダーの慣例やベッダーに課せられた責務は、まだ時代遅れというわけではなかったが、早い速度で変化する文化の規範と、それらはいくらか緊張関係を持つようになっていた。少なくともキングズカレッジでは、家事の使用人をじかに体験によって知っているという学生がますます少なくなっていた。したがってわれわれは、少なくとも表向きは「いう通りにする」女性にはじめて遭遇したわけで、少なからず困惑した。

ベッダーはそのほとんどが年配の女性だった。だいたいは地元の出身者が多く、誰もが彼女たちのことを思い出せるほど、長い期間、カレッジや大学で使われていた人々だった。そのために彼女たちは「奉仕」の文化をよく知っていたし、主人―使用人の関係に必然的にともなう、権威と謙譲の微妙な相互関係についても十分精通していた。一九六〇年代の中頃には、カレッジの名簿の中に、一九一八年の停戦からずっとそこで働いていたベッダーの名前が記されていた。彼女たちは十代の少年たちが何をして欲しがっているのか、それをよく知っていた。われわれの母親よりもかなり年上の彼女たちには、尊敬と愛情を適度にミックスしたものをひねり出すのに、それほど苦労はなかったのである。

しかし、カレッジにはもっと新しい、さらに若いベッダーもいた。年長の同僚たちとおなじ階層の出身で、やはりおなじようにイーストアングリアの農村から出てきた娘たちだ。彼女たちはたしかにわれわれを弱々しい、特権階級のアウトサイダーと見なしていた。それはまさしくその通りなのだが、われわれの方からすると、彼女たちは明らかにエキゾチックだった。われわれよりほんの二、三歳年上の少女が朝早くからやってきて、われわれの寝室でせっせと働いては役に立った。もちろん「役に立つ」という言葉の意味は、われわれが取り散らかしたあとを片付けることに限定される。ミセス・モップ（あるいは、もしかするとミスかもしれない）が、われわれの足元を親切に、せかせかと動き回っているときには、彼女のふっくらとした体の曲線が、若者の空想のいまにも手の届くところにあった。しかしそれは、空想以外にはとても手の出せるものではなかった。そのためにわれわれは、必死になって暇な紳士をまねては、アームチェアにぞんざいに腰を下ろし、コーヒーや新聞の上に身をかがめていた。

ベッダーがばかにされていなかったのはもちろん、われわれもそうだった――でも双方とも違うようにふるまう方が都合よかった。ベッダーを服従させるのには、階級差による抑制だけあれば十分だった（失職の心配はいうにおよばない）。学生のほうは、こういう主従関係を直接に体験したことがなくても、社会文化的にめざましい学習曲線のカーブをたどった。一学期の終わる頃には、われわれはまるでにわか貴族のように、当番のベッダーを扱っていた。

性的な問題が生じたときには、それこそむしろベッダーの暗黙の任務にふさわしいものであり（違反行為を報告することによって）、道徳的規範と校則の両方を実行することになった。当時、オックスブリッジのほとんどのカレッジでは、女の子が男の子の部屋で夜を過ごすことは厳しく禁止されていた。そして彼女たちは、午後十一時までに、あるいはそれより早く、カレッジやホステルから出ていなくてはならなかった。管理者たちは文字通り、少年たちの親代わりとなって責務を果たした。が、この点についても、他のほとんどの点とおなじように、キングズカレッジでは少し様子が違っていた。少年たちは四角四面な規則に縛られていたわけではないが、それも規則を破ってなお罰せられない程度の許容範囲だった。

そんなわけでわれわれの多くは一度ならず女の子を事実上泊めていた（ときには続けて何人も泊ることがあったが、誰もがそんなに恵まれていたわけではない）。三つある女子カレッジのどれかからきた学生のときもあれば、都会からやってきた実習生や看護師のときもあった。故郷から女の子を呼んでくることもしばしばだった。カレッジの学生部長やチューターたちは、これに対して見て見ぬふりをしていた。彼ら自身がミドルクラスの、慣習に捕われないボヘミアンたちだった。そのために彼らは、ライフスタイルとまではいかないが、自らの考え方から、自分たちが取り締まらなくてはならない規則の違反に対して、やさしく微笑んでいた――彼らが意識していたのは、カレッジが慎重にはぐくみ育ててきた大学のイメージだ。それは大多数の意見には従わない異議の表明であり、長年にわたって築き上げてきた、男女の性に関する規範の超越だった（これまでの多様な同性愛にもかかわらず、そうなのである）。

もちろんベッダーはベッダーで、事態を違った風に見ていた。カレッジの門衛や管理スタッフと同様、彼女たちはしばしば、自分たちを雇った者より長い期間おなじポストに留まっていた。農村や労働者階級出身の彼女たちはまた、知的で専門的なミドルクラスの人々にくらべると、道徳的にもはるかに保守的だった。非公式だが彼女たちはミドルクラスの人々を守り、彼らに諸事を報告する立場にあったのである。いたずらばかりでいうことを聞かない若者たちと、寛大で甘い上司の間に挟まって、ベッダーたちが過去何十年の間頼りとしたのは道徳上のしきたりや世論だった。

しかし六〇年代になると、古いルールが適用不能になった――あるいは少なくとも、それを守らせることができなくなりつつあった。そして、新しい暗黙の合意が姿を現わしはじめたのである。それはのちに共産主義国家が生き残るために、束縛を余儀なくされた非公式な用語に似ていた。われわれはそれに従うふりをし、人々はわれわれを信じるふりをした。一九六八年になっても、若い女性がそこにいたという証拠だけならともかく、若い女性そのものをベッダーに見せるような図々しさを持ちあわせる学生が多かったとは、私には思えない。一方でわれわれは、まずい痕跡を隠そうと懸命になる必要も感じなくなっていた。たまに残された女性の衣服の一部、あるいは夜を徹して付き合った証なども、大っぴらに非難される危険はほとんどなかった。われわれはあたかも、ベッダーが自分たちのことを修道士めいて、黙想に耽る暮らしを送る者と考えているかのように行動していたし、ベッダーはベッダーで――われわれに加担しては、いくらかおもしろがっていた――われわれをとがめ立てするようなことは一切なかった。

実は私は、ベッダーに迷惑をかけたことが一度だけある。酔いつぶれて部屋へ戻った夜――それは特別なことではなかったので、酔いつぶれた理由が何だったのか、いまではそれを思い出せない――私はベッドへ倒れ込んだ。……そして嘔吐物の中で目が覚めた。次の朝、私のベッダー（年配のベテランでローズという名前だった）は一言もいわずにじっとあたりを見つめて、状況を把握すると、すぐに仕事に取りかかった。二時間ほどかけて私はきれいにされ、服も着替えさせられて、アームチェアでコーヒーを手に、バツの悪さにぶつぶつと独り言をいっていた。ローズは冷静に指示を出すと、私のベッドとその周辺を元の状態に戻した。その間も彼女は、何事もなかったかのように、息子の嫁がスーパーで働いているが、仕事はなかなかきつそうだと話していた。この朝起きた事件について、彼女は何一つ私にいわなかったし、私も彼女にはいわなかった。そしてわれわれの関係はまったく損なわれることがなかった。

ローズにはその年のクリスマスに、いつになく大きなチョコレートの箱をあげたと思う。他に何をしたらいいのか、たしかに私には分からなかったのだろう。彼女は貧しかったので、現金の方がありがたかったのかもしれない。が、カレッジはチップとしてお金を渡すことに難色を示していた。それにいずれにしても、彼女とおなじで私の懐具合はそれほど豊かではなかった。われわれの間にある違いは、選ばれた文化的親和性を別にすれば、当時の境遇にではなく、将来の展望にあった。二人ともそのことを理解していたが、彼女の方が私よりおそらくよく分かっていただろう。

十年経って、私は大学当局に身を置いた。いってみればローズの雇い主の側に立ったのである。キングズカレッジのフェロー（特別研究員）や、短い間だったが副学部長を務めた。私の仕事は度を越えて不正行為を働いた学生をときに叱責することだった。この仕事では、かつて一度、七〇年代後半の学生たちの一団と、ベッダーとの間を仲介したことがある。ある朝早く、大勢の学生たち（男の子も女の子もいた。キングズカレッジは一九七二年に「男女共学」となった）が構内の芝生の上で、裸になってはしゃぎ回っているのが目撃された。ベッダーはその無作法にいきり立った。学生の方はまったくけむに巻かれた様子だった。すでに権威を振りかざした時代は過ぎていた。このような行為を無作法だと誰もが感じること自体、ましてやそれが「不正」だということが彼らには理解できなかった。その内の一人が私に指摘した通り、それは「道路でやっていた」わけではないのだから――これは六〇年世代のフェローに、すんなりと認めさせようとして引用したポール・マッカートニーの歌詞［アルバム『ザ・ビートルズ』B面七曲目］だった。

しかしベッダーをこれでなだめることなどとてもできない。裸は彼女にとってはまったく見慣れないものだった。大勢の若いラグビー選手たちが、パンツ一枚になって飲んだくれ、朦朧となって、いまにもぶっ倒れそうな情景なら彼女も見たことがあった。が、こんどの場合はそれとは違う。まず第一にそこには女の子がいた。これが彼女を狼狽させた。第二に、学生たちの誰一人として、取りつくろうことをしない。隠そうともしなければ、ごまかそうともしない。手短かにいってしまうと、彼らは用務規定を破り、そしてベッダーは屈辱を覚えたということだ。

問題の学生たちは、あとで分かったことだが、そのほとんどが公立学校の出身者だった。穏当なバックグラウンドを持つ将来有望な第一世代の学生たちだ。それだけにまたベッダーは当惑した。古いタイプの若い紳士たちによって振る舞われるべき行為はただ一つだったからだ。彼らなら必ず次の朝には謝っていただろう。そして後悔の気持ちをプレゼントの形で表わしたり、愛情のこもった悔恨の抱擁で返しさえしたかもしれない。が、新しい学生たちは彼女を自分と同等な者として扱った――そして、何はともあれ彼女の感情を傷つけたのが、まさにこのことだったのである。ベッダーは学生と同等な者ではなかったし、けっしてそうはならないだろう。が、少なくとも彼女は、たとえ彼らが学生の間だけとはいえ、彼らに自制心と彼女に対する敬意を要求する権利を、昔から引き継いで持っていた。もしこの権利が手に入らないとなると、薄給の使用人であるベッダーの意味はいったいどこにあるのだろう。この点についていえば、たがいの関係が単なる雇用の一つに引き戻されてしまったということだ。が、ただの雇用関係なら、地元の缶詰工場で働いた方が彼女の暮らし向きはずっとよくなるだろう。

この衝突の微妙なニュアンスは、もし私がのちに上の地位に立って、その身分にともなう義務（ノーブレス・オブリージュ）を実施しながら、自ら学ぶことをしなかったなら、とても理解しがたいものだったろう。私は学生たちに――ちょうど私より十歳若い――なぜこの中年の婦人が、それほどまでに腹を立てて、うろたえたのかをきちんと説明してみた。しかし、彼らが聞くことができたのは、口先ばかりの平等主義の時代にあって、年季奉公の労働に対して、それを正当化する言い訳がそのすべてだった。たしかに彼らはベッダーの制度に反対はしていない。現に彼らはその受益者たちなのだから。彼らは単純に、ベッダーの婦人たちには、もっと多くの給料が支払われるべきだと考えていた。それはあたかも給料のアップが、彼女たちの階級が被った被害や、地位を失ったことで傷つけられた自尊心に、十分耐えうる力を彼女たちに与えてくれるかのようだった——それはまた、ベッダーたちがいつも寝床を整えている男の子や女の子たちを、ていねいさとこまやかな心遣いという、恩着せがましさから解放するもののようでもあった。

学生たちは時代の傾向を忠実に反映していた。われわれの時代の経済学者たちのように——そしてそれは、学生たちが愛情を込めて主張する、彼ら自身の生来の好みであるにもかかわらず——彼らは次のように考えていた。つまり、すべて人間関係は思い切って要約してしまうと、自己利益の合理的な計算に単純化することができるという。それでは、本当にベッダーは給料を二倍もらった方がいいのだろうか。そして彼女は、自分が腹を立てた行為に見て見ぬふりをした方がいいのだろうか。

しかし、いまから振り返ってみると、人間の交流について、その核となる真実を、より微細な点まで理解していたのはベッダーの方だったと私は思う。学生たちは、そうとは自覚しないまま、活力を失って疲弊していた資本主義的ヴィジョンを鸚鵡返しにしていたのである。それが理想とするのは、モナドとしての生産単位は社会や慣習には無関心を決め込み、ひたすら個人の利益の最大化を目指すことだった。ベッダーはそれとは別の考え方を知っていた。彼女は読み書きもわずかしかできず、ろくに教育も受けていないかもしれない。が、直感はあやまたずに彼女を導いて、社会的な交際がどのようなものかを彼女に理解させた。そして、それを支える不文律と、その基礎をなす先験的な人間関係の道徳律をも体得させた。彼女はたしかに、アダム・スミスなどという名前を一度も耳にしたことはなかっただろう。が、しかし『道徳感情論』の著者は必ずや彼女を称賛したに違いない。

13　パリ・ワズ・イエスタディ

フランスの知識人にいったい何が起こったのだろう。かつてわれわれには、「フランス文学でもっとも特徴的なもののすべてを、おそらくはその仕事の性質として持つモラリストたちの長い系譜、その現代の後継者」（サルトル）たるカミュがいた。また、われわれにはサルトル自身もいた。さらにフランソワ・モーリアック、レーモン・アロン、モーリス・メルロ＝ポンティ、それに「ひどく滑稽な《イネナラーブル》ボーヴォワール夫人」（アロン）も。そしてそのあとには、ロラン・バルト、ミシェル・フーコー、さらに――議論されることの多い――ピエール・ブルデューが続く。この人たちはことごとく、小説家として、哲学者として、あるいは単に「文人」として、自分自身の力で重要な地位を占めることができた。しかし彼らはまた、何をおいてもまずフランスの知識人たちだった。

たしかに、フランス以外の国にも非常に大きな名声を得た人たちはいる。たとえばユルゲン・ハバーマスやアマルティア・センなど。しかし、われわれがハバーマスについて考えたとき、まず思い浮かぶのは彼の社会学者としての仕事だ。アマルティア・センは過去半世紀にわたって輪出されたインド有数の知性だろう。しかし世界が知っているのは経済学者としての彼だった。別なやり方をして——二、三のリストをひっくり返して——みると、そこにはスラヴォイ・ジジェクがいる。彼の自制不能な修辞がほのめかしているのは、無意識の内に行なっている大都市のオリジナルの末梢的なパロディーだ。ジジェクとともに——あるいはおそらくアントニオ・ネグリとともに——われわれを取り巻いているのは……知的であることによって、もっともよく知られた知識人たちだ。それはパリス・ヒルトンが……有名であることによって有名だという意味で。

しかし、本物ということでいえば、ほとんどの人々はなおフランスに——あるいはさらに正確にいえば、それはパリに——目を向けている。アラン・フィンキエルクロート、ジュリア・クリステヴァ、パスカル・ブリュックネール、アンドレ・グリュックスマン、レジス・ドゥブレ、それにベルナール゠アンリ・レヴィたち——今日、もっとも華やかな人々——は、話題となり、流行を呼ぶような議論にたえず提言を行なって有名となった。彼らはその誰もが、たがいに、そして彼らにも増して、より傑出した先達たちとともに共有しているのは、公的なそして文化的な事象を並外れて広い領域にわたって、自信に満ちた調子で長々と論じることのできる知的な能力である。

それにしてもなぜこのような能力が、パリではそれほどまでに、多くの尊敬を勝ち得るのであろうか。エリック・ロメール監督の『モード家の一夜』のような映画を、アメリカやイギリスの監督が作るということはとても想像しにくいだろう。この映画の中でジャン゠ルイ・トランティニアンは、フランソワーズ・ファビアン［アルジェリア出身の女優］と寝たものかどうかと思い悩む。その過程で彼は、パスカルの賭け［『パンセ』二百三十三節の神の実在に関する賭け］から、レーニン主義革命の弁証法まで、ありとあらゆるものを引き合いに出す。この時代のフランス映画にはその多くに見られたことだが、映画のプロットを推進するのが、ここでは行動ではなくむしろ優柔不断さなのである。イタリアの監督だったら当然セックスを付け足しただろう。ドイツの監督なら政治を加味したかもしれない。が、フランス人には思想で十分だった。

フランスの知性が持つ蠱惑的な魅力は否定しがたい。二十世紀を三分したちょうど真ん中の時期には、ブエノスアイレスからブカレストまで、意欲的な思想家なら誰しも、心の中ではパリに住んでいた。パリの思想家たちが黒い服を着て、ジタンを吸い、理論を口にしてはフランス語を話したので、残りのわれわれもまたその先例に従った。私は覚えているが、パリの左岸の通りで仲間のイギリス人学生に会ったとき、彼らは人目を気にして即座に英語をフランス語に切り替えた。たしかに気取っ《プレシュー》てはいたが、それが決まり《ドゥ・リグール》だったのである。

こんな風に人をくすぐるように広まった「知的な」という言葉は、間違いなく、ナショナリストの作家モーリス・バレスを喜ばせただろう。この言葉をはじめて思い起こさせたのがバレスだった。彼は、エミール・ゾラやレオン・ブルム、それに「ユダヤ人の内通者」ドレフュスを擁護した人々に対して、人をばかにした調子でこの言葉を使った。それ以来知識人たちは、自分たちの学問上の、あるいは芸術上の地位という特権を思い出させながら、公の微妙な事柄に介在していった（いまならバレス自身も「知識人」ということになるだろう）。彼らのほとんどすべてが、あるほんの小さい高名な機関、エコル・ノルマル・スュペリユール（高等師範学校）に通っていたというのはけっして偶然ではない。

フランスの知性という謎を理解するためには、まずこのエコル・ノルマルからはじめなくてはならない。それは国立の高等中学校（リセ）の教師を養成するために、一七九四年に創立された学校だが、結局は共和国のエリートを促成栽培する温室になってしまった。事実、一八五〇年から一九七〇年の間に現われた、知的に卓越したフランス人（女性は最近まで入学が許されなかった）はことごとくこの学校を出ている。パストゥールからサルトルまで、エミール・デュルケームからジョルジュ・ポンピドゥーまで、またシャルル・ペギーからジャック・デリダまで（彼は入学するまでに、一度ならず二度までも試験に失敗している）、レオン・ブルムからアンリ・ベルクソン、ロマン・ロラン、マルク・ブロック、ルイ・アルチュセール、レジス・ドゥブレ、ミシェル・フーコー、ベルナール＝アンリ・レヴィまで。そして数学のフィールズ賞を受賞した八人のフランス人は、全員がエコル・ノルマルの卒業生だった。

私が外国人の奨学金付き招待学生《パンショネール・エトランジェ》として、ここへやってきたのは一九七〇年だった。そのときにもなおエコル・ノルマルは支配的な顔を持って君臨していた。フランスでは異例のことだが、それは全寮制のキャンパスで、パリ五区の真ん中の一ブロックを丸ごと占領していた。学生はすべて、公園のような中庭を囲んでいる建物から、それぞれが小さなベッドルームを確保していた。

寄宿施設の他に、そこにはラウンジやゼミの部屋、講義室、食堂、社会科学図書館と、ビブリオテク・デ・レトルがあった。これは利便性と収蔵図書で並ぶもののない開架式の巨大な図書館である。

アメリカの読者は、このことが何を意味しているのか理解しがたいだろう。彼らは、コネティカット大からカリフォルニア大に至るまで、公有地を給与されたすべての大学で、豊富に図書が取り揃えてある学術図書館に慣れきっているからだ。フランスの大学はむしろ、ひどい資金不足に悩むコミュニティ・カレッジ［アメリカの公立二年制大学］に似ている。が、ノルマリアン（エコル・ノルマルの学生）の特権はその図書館やベッドルームをはるかに越えて広がっている。ENS（エコル・ノルマル・スュペリユール）に入るためにはひどい苦労を強いられる。入学を目指す高等学校の卒業生は誰でも、さらに二年間を犠牲にして、古典的なフランス文化や現代科学の知識を、むりやり必要以上に食べさせられる（頭に浮かぶのはガチョウのイメージだ）。そして彼は入学試験に臨むわけだが、試験の成績は公表され、他の志願者たちと比較されてランクを付けられる。そして、上位百人ほどがエコル・ノルマルに入学を許される――公務に就いてキャリアを積むという条件付きで保証される生涯収入とともに。

このようにして、人口六千万人中わずかに三百人の若い人々を、この人文主義の一流学校は常時訓練している。それはあたかも、アメリカ中の全ハイスクールの卒業生が、フィルターにかけられて押し出されるようなものだ。しかもその内の一千人弱しか、ハーヴァードやイェール、プリンストン、コロンビア、スタンフォード、シカゴ、バークレーなどの大学を蒸留してできたような、たった一つのカレッジに場所を得ることができないといった風なのだ。ノルマリアンが自分を高く評価しているのも、さほど驚くべきことではない。

エコル・ノルマルで会った若者は、私にはケンブリッジの仲間にくらべると、はるかに幼いように思えた。ケンブリッジ大学へ入ることはたやすいことではない。が、それは、忙しい若者が送る普通の生活を妨げるものではなかった。しかし、エコル・ノルマルへ入学を目指す者は、十代の年月を犠牲にすることなしには、誰一人としてゴールへ行き着くことなどできない。そしてそれを、現実にこの目で見ることができた。私はつねに、フランスの仲間たちが引き合いに出す、丸暗記で得た膨大な知識の量に驚かされた。それはときに、ほとんど消化することのできない、ぎゅうぎゅう詰めの豊饒さを連想させるものだった。実際、それはフォアグラのパテのようだ。

しかし、こうした新進のフランス知識人たちは教養を身につける一方で、しばしば想像力に欠けていた。そのことで教訓的だったのは、私がエコル・ノルマルではじめて朝食をとったときのことだ。私の向かいに、パジャマ姿のひげをまだ剃っていない一年生の一団が座った。私はコーヒーを飲むことに専念していた。すると突然、若い頃のトロツキーのような顔をした真面目そうな若者が、上体を寄せて私に尋ねた（フランス語で）。「君はどこでカーニュを受けたのですか」——カーニュはリセを出たあとＥＮＳを受験するために受ける準備課程。私はカーニュは受けていない、私はケンブリッジ大学からきたのだと説明した。「ああ、それでは君はイギリスでカーニュを受けたんだね」。「いや」私は再び説明をした。「われわれはカーニュは受けていない——ここへ私はイギリスの大学から直接きたんだ」

若者は容赦のない軽蔑のまなざしで私を見た。彼がいうには、エコル・ノルマルに入るためには、まずカーニュで準備の課程を受けないことにはとても不可能だ、君がここにいるからには、きっと君はカーニュを受けたに違いないという。そして、もう話すことはないというデカルト流の派手なしぐさで、私よりもっと話しがいのある相手に顔を向けた。われわれ自身の目と耳によって得た興味の湧かない証言と、第一原理から引き出された疑問の余地のない結論との間に存在する根本的な乖離が、フランス人の知的生活の基本的な原則へと私を導いた。

一九七〇年の時点でエコル・ノルマルは、かなりの数のマオイスト（毛沢東主義者）を誇っていた。彼らの一人に有能な数学者がいたのだが、その彼が苦労をして、私に何故大きなビブリオテク・デ・レトルは徹底的に破壊されなければいけないかを説明した。「過去を白紙に戻そう《デュ・パセ・フゾン・ターブル・ラーズ》」［ポティエ作詞の革命歌「インターナショナル」の一節］。彼の理屈は非の打ち所がなかった。過去は実際、自由な革新にとって明らかに障害だ。それでもやはり彼の考えはあやまっている、なぜあやまっているのかその理由を説明するのに私は困ってしまった。結局私は彼に、あと何年かしたら、きっと彼はいまとは違った考え方をするようになるといっただけだった。すると彼は「まさにイギリス的な結論だね」と私をいさめた。

　私の友だちのマオイストやその仲間たちは、けっして図書館を焼くことなどしなかった（が、ある夜、図書館を急襲するといった及び腰の試みは実行された）。ドイツやイタリアの学生たちと違って、フランスの学生運動の過激派は、革命的な理論は立てるのだが、それをけっして暴力的な実行へと移行させることはない。この理由を推測することは興味深いことだ。私がエコル・ノルマルにいた年にも、たしかに修辞上の暴力はかなりの度合いにまで達した。マオイストのノルマリアンたちは定期的に、ダイニングホールを「占拠して」、そこをスローガンで覆った。「壁は語る《レ・ミュール・オン・ラ・パロール》」［一九六九年刊の五月革命写真集のタイトル］。しかし彼らはそののち、ソルボンヌ大学のおなじく「怒れる」学生たちと連携して闘うことはできなかった。

　これは私にとってさほど驚くべきことではなかった。当時、パリでノルマリアンであることは、ピエール・ブルデュー（彼もまたノルマリアン）がいっていたように、かなり大きな文化的資本を授与されていることを意味する。世界を転覆させることでノルマリアンたちは、ヨーロッパの大半の学生たちにくらべて、さらに多くのものを失わなくてはならない。彼らはそれをよく知っていた。根なし草のコスモポリタン——思いやりのない社会や抑圧的な国家と反目する余計者たち——という知識人のイメージ（これは中欧から移入されたものだ）はけっしてフランスには当てはまらない。彼らの間《シェ・ズュー》には知識人などどこを探しても見つからなかった。

　一九二四年にエコル・ノルマルにやってきたレーモン・アロンは、『回想録《メモワール》』で「あれほど狭い場所にあれほどの逸材がそろっているのに出会ったことはない」と書いていた。この意見にはまったく同感だ。私が知っていたノルマリアンのほとんどは、輝かしい学問や公務の道へと進んでいった（際立った例外としてベルナール゠アンリ・レヴィがいるが、それでもやはり、彼もまた約束を果たしたといえると私は思う）。たしかにいくつかの注目すべき例外はあるが、ノルマリアンたちはなおびっくりするほど同質な集団を形成している。才能にあふれ、脆弱で、奇妙なほどに偏狭な集団。

私が若い頃、パリは世界の国際センターだった。今日、パリは国際的な話し合いの場では周辺部に置かれている感じだ。フランスの知識人たちはいまでもときに熱を発する。が、しかし、彼らが放つ光はわれわれのもとには遠い太陽からやってくる――おそらく太陽はすでに活動をやめてしまっているかもしれない。その前兆として見られるのは、野心に燃えたフランスの若い男女が、今日、ＥＮＡ（国立行政学院）に通っていることだ。芽を出しかけた官僚を促成栽培する温室である。さもなければ、彼らはビジネススクールへ行く。若いノルマリアンたちは依然として変わらず才気にあふれている。が、公人としての生活では、もはや彼らはほとんど役割を果たしていない（フィンキエルクロートもグリュクスマンも、あるいはブリュックネールもクリステヴァもエコル・ノルマルには通わなかった）。これは残念なことだ。知的な光輝だけがフランスの切り札というわけではなかった。が、――光を弱めたもう一つのフランスの長所であるその言語のように――それはなお他との区別を示すフランス特有なものである。フランス人はほんの少しだけ役割を減じて、われわれとおなじようになることで、はたして役に立つのだろうか。

ノルマル・スュペリユールにいた頃のことを思い返すとき思い浮かぶのは、あるエンジニア（応用科学におけるエコル・ノルマルに匹敵するエコル・ポリテクニック〔理工科学校〕卒業生）のことである。彼は一八三〇年、新たに開通されたマンチェスター—リヴァプール間の鉄道線路で、ジョージ・スティーヴンソンが行なう「ロケット号」の試験走行を観察してくるよう、国王によってイギリスに派遣された。このフランス人は線路の脇に座り、小さくて作りの頑丈なエンジンが、世界で初の列車を完璧に引いて、二つの都市の間を行ったり来たりするのを見た。そして、ノートにぎっしりと情報を書き込んだ。彼は観察したばかりのことを入念に見積もって考え合わせたのち、自分の調査結果をパリに報告した。「事態はもはや不可能です」と彼は書いた。「とてもうまくいく見込みなどありません」。そこにはたしかに一人のフランス知識人がいたのである。

14　革命家たち

私は一九四八年にイギリスで生まれた。徴兵制を避けるのに不足ない数年遅れの生まれだが〔十六歳からで、六〇年に廃止〕、ビートルズには間に合った。彼らが「ラブ・ミー・ドゥー」でデビューしたときには十四歳だった。それから三年後に最初のミニスカートが登場した。私はそのよさが分かる年齢に達していたし、それに便乗できるほど若かった。私は繁栄と安全と安らぎの時代の中で大人になった——そのために一九六八年で迎えた二十歳の曲がり角で反抗した。多くのベビーブーマーたちとおなじように、私もまた体制に同調しないことに同調した。

疑いもなく一九六〇年代は若者にとっていい時代だった。すべてのものが、いままでに例のなかったスピードで変わりつつあるように見えた。そして世界は若者たちによって支配されていくように思えた（統計学的にもこの観察は実証され得る）。その一方で、少なくともイギリスでは、変化は人を欺きかねないものだった。リンドン・ジョンソンのベトナム戦争を支持する労働党政府に、われわれは学生として声高に抗議した。ケンブリッジ大学で起こった抗議行動の一つを少なくとも私は記憶している。それは時の国防相デニス・ヒーリーの講演のあとに起きた。われわれは彼の車を町から追い払った――友だちの一人で、いまはヨーロッパ連合（EU）の対外関係担当上級委員と結婚している者が、車のフードに飛び乗り、フロントガラスを激しく叩いた。

どれくらい時間が経ってしまったのか、そのことにわれわれが気づいたのは、ヒーリーの車が走り去ったちょうどそのときだった――カレッジの夕食はあと数分するとはじまる。われわれはそれを逃したくなかった。町に急いで帰る道すがら、気が付くと私は制服姿の警官のかたわらを早足で駆け抜けていた。警官は群衆を監視するために配置されていた。警官とわれわれはたがいに見つめ合った。「デモはどうだったと思う？」と私は彼に訊いた。警官は質問を苦もなく受け流すと――そこに異常なものなど何一つなかったように――答えた。「ええ、上出来だったと思いますよ」

明らかにケンブリッジでは革命の準備など整っていなかった。これはロンドンもおなじだった。よく知られた、アメリカ大使館の外側に広がるグローヴナースクウェアで行なわれたデモ（これもまたベトナム戦争反対のデモ――他のたくさんの仲間たちとおなじように、私も何一つためらうことなく、何千マイルも離れた所で行なわれている不正に反対するために動員された）にせよ、警官の乗った馬は退屈していた。馬と公園の柵の間に挟まれて私は、脚のあたりに何かなま暖かい、湿ったものを感じた。失禁？　傷からの流血？　そんなものならよかったのだが、それは赤いペンキだった。大使館に向かって投げるつもりのペンキ爆弾が、ポケットの中で炸裂してしまったのである。

その日の夜、私は将来の義母と夕飯を共にすることになっていた。彼女はドイツ婦人で、一点の譲歩もしない保守的な心の持ち主だった。戸口に到着した私の姿は、腰から足のくるぶしまで、ねばねばとした赤い物質で覆われている。私が思ったのは、彼女が私に対して抱いていた懐疑的な見方に、これはさらに磨きをかけるかもしれないということだった――が、彼女はすでに「ホー、ホー、ホー・チ・ミン」と口ずさむ、むさ苦しい左翼の男と娘がデートをしていたことを知って驚いていた。ちょうどその日の午後、彼女がテレビで見て、嫌悪を催したのがこのホー・チ・ミンだった。もちろん私は、赤い液体がペンキであり、血ではないことをいってひたすら謝った。ああ「中産階級をあっといわせる《エパテ・ラ・ブルジョワジー》」［十九世紀末デカダン詩人のスローガン］とはこのことだ。

もちろん真の革命となれば、人々はパリへ行った。私もまた多くの友だちや同年輩の者たちとおなじように、一九六八年の春、本物を見学するために――そして吸い込むために――パリへと旅した。あるいは、ともかく本物のきわめて忠実な遂行のために。あるいはおそらく、レーモン・アロンの懐疑的な言葉でいうと、かつてレパートリーとして本物の演目が演じられた舞台で、再び演じられる心理劇のために。パリは現実に革命が行なわれた場所だった――実際に、われわれがこの言葉を視覚的に理解しようとするとき、それが導き出されるのは、一七八九年から一七九四年までの間に、その場所で起きた出来事について、われわれが自分で知っていると思っている事実からであることが多い——そのためにときには、政争やパロディー、模倣……そしてパフォーマンスなどの違いを見分けることが難しかった。

ある観点からすると、すべては本来あるべき姿そのものだった。そこには現実の敷石があり、現実の流血があり（参加者にとってそれは十分すぎるほどリアルだ）、現実の暴力が、ときには現実の犠牲者がいる。が、別の観点からすると、すべてがすべてまったく厳粛というわけではなさそうだ。現にそのときでさえ私は、敷石の下は砂浜（スー・レ・パヴェ・ラ・プラージュ）［五月革命時にあった壁の落書き］という思いを激しく感じた。ましてや臆面もなく、夏休みの旅行の計画に心を奪われている学生の一団が——激しいデモや討論会の最中に、キューバの休暇について話が盛り上がっていたのを私は覚えている——真剣になって、シャルル・ド・ゴール大統領や彼の第五共和政を転覆させようと目論んだ、などということはありえない。が、それでもなおそれは、学生たちの頭によって産み出されて通りへと飛び出てきたものだった。したがって、フランスの解説者の多くは、これは起こりうることだと思うといって、ひどく神経をとがらせていた。

それにしても、ここでは何一つ起こらなかった。そしてわれわれはみんな家へと引き上げた。この時点で私は、不当なまでにアロンは軽蔑的だと思った——彼の消化不良は、仲間の教授たちの熱心なおべっかによって駆り立てられたものだったからだ。が、その教授連はといえば、魅力あふれる教え子たちが吹聴する、退屈なユートピアの決まり文句《クリシェ》にすっかり心を奪われ、若者たちに加わりたくてうずうずしていた。今日、たしかに私はアロンと彼の軽蔑を分ち合いたいと思う。が、あの当時は、少々度が過ぎているように思えた。アロンをもっとも悩ましているように見えたのは、誰もが楽しんでいたことだった——彼は自らの聡明さにもかかわらず、次のことが分からなかった。それは、たとえ愉快に楽しむことと、革命を起こすこととがおなじではないにしても、多くの革命は本当のところ、じゃれ合うようにして笑いとともにはじまった、ということが理解できなかったのである。

一、二年経ってから、私はドイツの大学——ゲッティンゲン大学だったと思う——で学んでいる友だちを訪ねた。そこで分かったのは、ドイツの「革命」が何か非常に異なったものを意味していることだ。楽しんでいる者など誰一人いない。イギリス人の目には誰もがいいようのないほど大真面目に見えた——そして、びっくりするほど彼らはセックスに気を取られていた。これが新しかった。イギリスの学生たちもたしかにセックスについてはよく考える。が、意外にも実行に移すことはほとんどない。フランスの学生たちは性的にはいちだんと活発だ（私にはそう思えた）。が、彼らはセックスと政治をまったく切り離している。ときには「戦争より、セックスを《メイク・ラブ、ノット・》しよう《ウォー》」を奨励することはあっても、それを除けば、彼らの政治はきわめて——ばかばかしいほどに——理論的でドライなものだった。女性も参加したが——たとえ参加したとしても——それはあくまでも、お茶汲みや名無しの協力者としてだった（それにまた、報道カメラマンが肩に背負っているカメラのアクセサリー類として）。したがってすぐあとに、急進的なフェミニズムが起こってきたのも、それほど不思議なことではない。

しかしドイツでは、政治とはセックスにまつわるものであり、セックスとは大いに政治にまつわる事柄だった。ドイツの学生集団を訪問したときのことだが（私の知っていたドイツの学生たちは、みんなコミューンを作って暮らしていたようで、古い大きな家を共有し、たがいのパートナーも共有していた）、驚いたことに連邦共和国［西ドイツ］の同世代は本当に自分たちのレトリックを信じていたのである。彼らの説明によると、徹底的にコンプレックスから解放されて、ざっくばらんな性交渉へ近づくことこそ、アメリカ帝国主義にまつわる幻想から抜け出す最良の方法だという――それはまた、親たちの残したナチスの遺産を取り除く治療法でもあった。この遺産の持つ特徴こそ、国家主義の男性優位《マチズモ》を装った性の抑圧に他ならなかったのだから。

西ヨーロッパの二十歳の青年が、自分の（それにパートナーの）衣服や抑制を脱ぎ捨てることで、親たちの罪を払い清めるという考え――これは比喩的にいうと、抑圧的な忍耐のシンボルを投げ捨てるということだ――が、私の経験主義的なイギリス左翼主義に、少々疑わしい印象を付与することになった。反ナチズムが常習的なオルガスムを要求したというのは――実際、それによって反ナチズムの意味は明確にされたわけだから――なんと幸運なことだったのだろう。しかし振り返って考えてみると、私はいったい誰に対して不満を漏らすべきなのか？　ケンブリッジ大学の学生の政治的な世界は、いわば、うやうやしい警察官たちや、勝利を収めて占領されていない国の、汚れていない良心に縛られていた。したがって彼らはおそらく、他の国の人々が弄する浄化の戦略を、正しく評価できる立場ではなかったのだろう。

もし二五〇マイルほど東方で何が進行しているかをもっと知っていたなら、私の思い上がりもここまでではなかったかもしれない。同時代のポーランドやチェコスロヴァキアで破綻をきたしている政治的大変動のことを、この私が——きちんと教育を受けた歴史学徒で、出自は東欧ユダヤ人、いくつもの外国語に通じ、ヨーロッパ大陸の半分なら広く旅した、この私ですら——まったく知らなかったという事実は、冷戦下の西ヨーロッパの閉ざされ封印された世界について何を表しているのだろう？　革命に心惹かれているというのか？　それならどうして、当時のヨーロッパで疑いなくもっともエキサイティングな場所であるプラハに行かないのだ？　あるいはワルシャワに？　そこでは私と同年代の若者たちが、彼らの思想や理想のために、除名、亡命、投獄の危機にさらされていたというのに。

プラハの春［ドプチェクによる一月からの自由化政権］について、ましてやポーランドの学生蜂起について、私たちの熱っぽい急進的な討論のどこでも言及された覚えがないという事実は、六八年五月の思い違いについて何を示しているのだろう？　われわれがあそこまで偏狭でなければ（四十年を経たいまとなって、カレッジの門限が不当だといって議論した激しさのレベルを維持するのは少々難しい）、もっと長続きする痕跡をとどめられたかもしれない。実のところわれわれは、中国の文化大革命やメキシコの激変［一九六八年九月、オリンピック前の学生運動激化］、それにコロンビア大学の座り込み［SDS主導の軍事施設建設反対運動］についてさえ、深更に至るまで長々と論じることができた。が、ときおりやってきて、人を小ばかにしたような顔で語り、チェコスロヴァキアのドプチェクの中に、もう一人の改革主義者の裏切り者を見ただけで満足していたドイツ人を除けば、誰一人として東欧について語る者などいなかった。

思い起こしてみると、われわれはチャンスを逃してしまったと思わざるをえない。われわれがマルクス主義者たちだというのか？　それならなぜワルシャワへ行かなかったのだろう。行って、あの偉大なレシェク・コワコフスキや彼の学生たちと、修正主義の最後の破片についてなぜ議論を戦わせなかったのだろう。われわれが反逆者たちだって？　いったいそれはどんな理由からなのか？　われわれがどんな犠牲を払ったというのだろう？　私の知り合いの中で、たまたま運悪く、留置場で一晩過ごした勇敢な者が何人かいたとしても、彼らはいつも次の日には昼食を自宅で食べていた。ワルシャワの監獄で、何週間にもわたって取り調べを受け、それに耐え続けた学生たちの勇気について、われわれはいったい何を知っていたというのだろう。彼らはそのあとで、一年か二年、あるいは三年の実刑判決を受ける。それもわれわれが当たり前だと思っているものを、彼らはあえて要求したに過ぎないのに。

われわれが手にしていた歴史の理論は、スタンドプレーのようなこれ見よがしのものだったのだが、にもかかわらずわれわれは、当時、その理論の画期的なターニングポイントの一つに気が付かなかった。マルクス主義がへとへとになってしまったのは一九六八年夏の数カ月間のことで、それはプラハとワルシャワにおいてだった。二つのぼろぼろになった共産主義体制を弱体化させ、その信用を落とさしめ、そして転覆させたのは中欧の学生反逆者たちである。が、彼らが崩壊させたのはそれだけではない。まさに共産主義という考え方そのものを突き崩した。われわれが軽薄に乱発した思想の末路について、もう少し注意していたら、自分の影にも怯えながら成長した人々の行動や意見に対して、もっと大きな注意を払っていたかもしれない。

よい時期によい場所で生まれたからといって、もちろん誰もがそれに罪悪感を感じる必要はない。西洋のわれわれはたしかに幸運な世代だった。われわれは世界を変えなかった。むしろ世界の方が、われわれのために好意によって変化した。すべては可能のように思えた。今日の若者たちと違ってわれわれは、自分たちのために興味深い仕事があることをけっして疑わなかった。したがって、「ビジネススクール」のように何かグレードを下げたもので、自分たちの時間を無駄に費やす必要などまったく感じなかった。われわれはそのほとんどが、教育関連や公職などの有益な職務に就いた。われわれが全力を注いで議論を重ねたのは、世の中のどこが悪いのか、そしてそれはどのようにすれば変化させることができるのかについてだった。自分たちが好まないことに対して、われわれは抵抗をした。われわれにはそうする権利があった。少なくともわれわれの見るところでは、われわれは革命の世代だった。が、そのわれわれが、革命の機会を取り逃がしてしまったことは返すがえすも残念だ。

15　仕事

私はいつも歴史家になりたいと思っていた。歴史家になるために必要な資格を積み重ねるのに、いったいどれくらいの年月が掛かるのかと計算しはじめたのは十二歳のときだった。歴史家たちはどんな風にして生計を立てているのだろう。私の家族が見ることのできた唯一の歴史家はテイラーだった——そして私は、彼がテレビで上品な講義をして、どれくらいのお金を貰うのだろうと推測しては、その一方で、ほとんどの歴史家は彼のようにして、お金を貰うことなどとてもできないだろうと思った。だいたい人は、どのようにして歴史を一生の「職業」にしたのだろう。実際、人はどんな風にして「身を立てる」のだろう。身を立てようと思うのは思春期の頃なのだろうか。職業はたまたま生じてくるものなのか。それが現われてこなかったときには、いったいどうなるのだろう。どこにあるのか分からないが、たしかに未来はどこかにあった。が、そのときまでに、私はお金を稼がなければならなかった。

私がはじめて働いた場所は、ロンドンのW・H・スミス書店の音楽部門だった。十四歳の私は、土曜日に働くだけならいいだろうということになった。店の呼び物は十七歳のエープリルだ。彼女はカウンターを任されていて、ジャニス・ニコルスによく似ていた。ジャニスはテレビに出てくるポップミュージックのパネリストで、最新のヒットに評価を下すときに使うトレードマーク「星五つあげちゃう！」というキャッチフレーズで、束の間ながら国民的な人気を博した。

われわれはなお「ビートルズ以前の世代」（ＢＢＥ）に属していた。棚には、すぐに忘れられてしまいそうな、エルヴィスのイミテーション歌手たちのレコードが揃っていた。イミテーションではないアメリカの歌手たち――ジーン・ヴィンセント、エディ・コクラン――は、イギリスの見劣りのする歌手たち（クリフ・リチャード、すでに物笑いの種になっていたアダム・フェイス、それにその他大勢）にくらべると一段上だった。ジャズは少数派のものだったし、フォークはまだ知られていないも同然だった――少なくともパトニーのハイストリートでは。私はそこで働いていた。一九六二年だったが、そこには一九五〇年代がまだ色濃く残っていた。

その四年後、ケンブリッジ大学へ入学することが決まると、私はハイスクール（中等学校）を中途でやめて、さっそく、働きながら無賃でイスラエルまで乗船できる貨物船の手配をした。船は、ホルシュタイン半島をハンブルクの北方二、三キロのところで二分しているキール運河を通り抜けていくことになっていた。不定期貨物船のスケジュールは文字通り不規則だった――私がキールの波止場に着いたときには、ヘハルーツ（開拓者）号（グダンスクからの途中でキールに寄港する）の姿はどこにも見えなかった。が、それは当然「予期された」ことだった。私は地元のホステルでベッドを見つけ、数時間毎に港と水門をチェックしていた。

キールは不気味な町だった。戦争の被害は修復されていたが、その結果は——戦後の西ドイツでしばしば見られることだが——歴史や多様性が剝ぎ取られて、魅力のない都市空間になっていた。ホステルは感じが悪かった。朝食を食べると、すぐに通りへ追い出されてしまい、夕暮れになるまで入れてもらえなかった。おまけに私は同室の者に金を盗まれた。仕方がなく夜分は波止場へ行って、上げ潮とそれとともに入ってくる船を待っていた。ソーセージのサンドイッチを食べながら——これは露天のおやじさんが恵んでくれたものだ。やがて、ヘハルーツ号はバルチック海の霧の中からぼんやりとした姿を現わした。ほっと息を継いだ私は、ほんの一瞬だが、自分がマルセル・カルネ監督の『霧の波止場』に出ていたジャン・ギャバンになったような気がした。

船長はうさんくさそうな様子で私に挨拶をした。私は明らかに彼の積み荷目録に記載されていたが、彼はこの十八歳の旅行者をどう扱えばいいのか判断がつかなかった。「お前は何ができるんだ」と訊いた。「ええ」と私は答えた。「フランス語とドイツ語、それにヘブライ語がいくらか話せます」——これではまるで翻訳会社の短期アルバイトに申し込みをしているみたいだ。「俺だって話せるよ。アズ・マ（それがどうだっていうんだ）」。人をばかにしたような船長の答えが返ってきた。私は自分のキャビンへ連れていかれると、次の朝にエンジンルームへくるようにといわれた。それから四週間、エンジンルームで私は、朝の八時から午後四時までのシフトで働いた。耳をつんざくようなピストンの音の中で。遠洋航行船のディーゼルエンジンは、たいてい自動でメンテナンスするようにできている。したがって、当番のエンジニアは一人だけだった。彼は多種多様な計器やレバー——それに私を監視していた。機械はグリース（潤滑油）の厚い膜を出す。私の仕事はそれを清掃することだった。

はじめの二、三日は、ディーゼルエンジンのボイラーをごしごし洗うのと、北海の猛吹雪に向かって嘔吐することのくりかえしだった。仕方がなかった。この作業を卒業して甲板仕事に移行することができなかったからだ。甲板長（ぶすっとしたイスラエル人で、小型タンクのような体つきをしている）が前に一度、私にやってみろといった仕事がある。それはスコールが近づいてきそうなので、覆いを掛けてあった樽をいくつか転がしてくるようにというものだった。が、私にはそれをほんのちょっと動かすことさえできなかった。私は素っ気ない調子で、もとの船底の仕事に戻るようにと命じられた。航海が終わる最後の夜だった。船長が私を呼ぶと、ぶっきらぼうに俺は意外だったといった。「お前はとてもこれ以上、やっていくのは無理だよ」。私もそう思った。私は黙ってそれを認めた。

慣れない船上の単純労働にも、それを埋め合わせるものはあった。深夜、私はブリッジの上で見張りをして過ごした。私より二、三歳年上の三等航海士がいっしょだった。小さな船が東大西洋の嵐や波のうねりの中に投げ出されたときには、スペインやポルトガル、それにモロッコなどから送られてくる、海賊版のポップミュージックの放送に耳を傾けていた。キプロス島では、「ファマグスタでもっともすてきだという御婦人方」に紹介された。そしてその夜、私は（乗組員の最年少者として）ひげを剃られ、「ヘハルーツ号のもっともすてきな御婦人」としてドレスアップさせられた。乗組員たちはうさんくさげではあったが、その気になって喜んでいた。これはまさしく私の感情教育だった。

故郷に帰ると、サセックスの煉瓦工場で働いたのだが、そこで私は、手作業に関する自分の見方を修正することになった。不慣れな肉体労働には気高いものなどまったくない。それはつらくて汚く、ほとんどやりがいのない仕事だった。そこにあったのは監督の目を何とか逃れようとする気持ちや工程をはしょること、そして最低限の仕事をすることなどで、これらはすべて理にかなった否応のないやり方だった。煉瓦工場を早々にやめて、私は一連の運転仕事をすることにした。運転の技術は熟練とはいいがたいので給料もよくないが、この仕事は少なくとも自主性とプライバシーだけは与えてくれた。一九六六年から一九七〇年までの間、私はカーペットや倉庫の補給品、それに家庭用の乾物類など、さまざまなものを運搬する仕事をした。

ロンドン南部の周辺をあちらからこちらへ、食料雑貨を運んでいた日々を思い返すと、私は注文がどれもこれもこまごまとしていたことに驚く。典型的な家庭を例に取ってみても、一週間に配達する量はほんの小さな箱が二つにすぎない。他のものについてはすべて、主婦が毎日、近所の八百屋や乳製品店、肉屋、それに鳥肉屋に出かけて買い物をした。スーパーマーケットなど、ほとんど知られていなかった時代である。だいたい大量の買い物には意味がなかった。たいていの家庭には小さな冷蔵庫しかなかったし、冷蔵庫のない家庭もあったからだ。私が乗っていたグリーンのモーリス・ヴァン——車の側面には食料雑貨店の名前が誇らしげに書かれていた——では、一度の配達で二十数個分の注文を運ぶことができた。今日ショッピングモールは、一週間分の生活必需品を買うためにやってくる、典型的な家庭の小さなモーリスであふれ返っていることだろう。

一九六〇年代の終わり頃、ふた夏を、私はガイド付きツアーをするためにヴァンを捨てた。アメリカ人学生の観光客を連れて西ヨーロッパを回るツアーだ。報酬はまあまあだったし、この仕事で得たものも特別なものだった。あの当時、アメリカの立派な家庭で育った娘たちは、一人で海外へ出かけることなどしなかった。親たちも卒業のご褒美に、ヨーロッパの休日をプレゼントしたいと思ったが、それはあくまでもウマの合う若い女性といっしょで、信頼できる付き添いが付いて行くことが条件だった。

私が働いていた会社は、オックスブリッジの卒業生だけを雇っているのが自慢だった。奇妙なことだがわれわれは、九週間の休暇中、四十人以上の女子学生をエスコートする仕事に、この上なく向いていると思われていたのである。ツアーに参加した女性はすべて、カレッジに在学中か、もしくは最近カレッジを卒業したばかりのどちらかだった。が、彼女たちの誰もが、まだ一度もアメリカ大陸の外へ旅行をしたことがなかった。ヨーロッパはよく知られた都市（パリ、ロンドン、ローマ）でさえ、彼女たちにはまったく馴染みがなかった。

ある夜、スイスのルツェルン湖畔のヴァルトシュテッターホフ・ゼーホテルに逗留したときのことだった。朝の五時に、私はあわてふためいたツアーのメンバーの声で叩き起こされた。「早くきて——誰かがリズベスの部屋へ入ろうとしている」。二階下ではフロントの夜間ボーイが、寝室のドアを怒りにまかせてしきりに叩いていた。男の名前を大声で支離滅裂に叫んでいる。私はボーイを脇に払いのけて、自分の名前を名乗り、部屋の中に入れてもらった。リズベスはベッドの上に真っ裸の姿で立っていた。「彼が私たちを殺そうとしている」と小声で私にささやいた。私たち？　彼女が指さした戸棚から、ブロンドの若者がパンツ姿で現われた。ホテルの副コック長だ。「彼の目当ては私なんです」。若者はおどおどしながらドイツ語で説明をした。私は彼のアメリカ人のご主人［女子学生］に事情を伝えた。彼女はまったく当惑していた。「他の男に魅力を感じる男たちがいるんだよ」と私ははっきりといった。彼女は自分の格好におかまいなしに堂々と、私をうんざりした様子で見つめると、「ピロクシーにそんな男はいないわ」といった。

この出来事が起きたのは一九六八年の七月である。その後、おなじ月の内にミュンヘンで、私はドイツ人のバス運転手に、ダッハウの記念館に連れていってくれと頼んだ。地塁が邪魔をしていてまっすぐに行けない。それに、あそこには見るべきものなど何もない、と運転手は私にいった。ともかく、それはすべてアメリカ人のこしらえた宣伝なのだという。ホロコーストも強制収容所も、当時はまだ世界的な道徳の基準になっていなかった。それにミシシッピー州には同性愛者はいなかった。が、それはことごとく遠い昔のことである。

私の最後の仕事場はブルーボアだった。これは当時ケンブリッジ大学の中心を飾っていたホテルだ。朝食を担当していた私は、朝の五時三十分から、昼食のクルーがくるまでキッチンで働いた。そこに女子学生はいないが、それさえ除けば、これはアカデミックとは縁のない理想的な仕事だった。「正常化」の年月、ボイラー室へと追いやられたチェコの知識人たちのように（私の場合は自ら率先してやっているのだが）、私もまたこの種の仕事は、肩の凝る読書をするのにもってこいだと思った。巡回販売員や大学を訪れた学生の親たちにトーストを用意し、コーヒーを沸かし、卵を焼く間に、私は博士論文を書くために必要な参考資料をたくさん読んだ。それは知的生活ではない。一度マスターしてしまえば即席料理は、単に知的な生活を許してくれるばかりではない。それは知的生活を促進してくれさえする。

反対に、お金のない奨学生が普通はせざるをえなくなる学問に近い骨折り仕事は——高校で歴史を教えるとか、補習をするとか、試験の採点をするとか（そのどれもしたことがあるが）——心を完全に占めてしまうくせに何の満足感も与えてくれない。カーペットを車に載せて郊外をうろうろしているぶんには、かなり込み入ったことさえ考えることができる。が、時計とにらめっこをしながら、試験の答案を一枚ずつ採点していく作業には、何一つ他のことが入り込む余地などない。

ブルーボアから私は一足飛びでケンブリッジ大学、キングズカレッジのフェローシップ（研究奨学金）へと移った。そこにはこの移行を予知できるものなど何一つなかった。私は自分が申し込んだフェローシップの選考からことごとく拒絶された。もしキングズカレッジが私を救ってくれていなかったとしたら、たしかに私は、かなり異なった種類の職業に永久に就いていたに違いない。この結果の偶然が私にのこしたものは、経歴なんて運次第だというずっと変わらぬ識見だった。何もかもが違っていたかも知れないのである。

といってもそれからの人生を、ブルーボアでトーストを作ったり、カーペットを配送したり、あるいはディーゼルエンジンを洗ったりして過ごしていたかもしれない、などと考えているわけではない。若い女性たちを連れて、ヨーロッパ中をあちらこちら歩くことを生涯の仕事にする、というのもありえないことだった。しかし、これらの一つか、あるいはそれ以上の仕事に舞い戻って、期間は不明確だが、ある時期それに従事することは十分に考えられる――このような予測が私に残してくれたものは、はっきりとした同情の気持ちだった。それは偶然によるものであれ、あるいは不運によるものであれ、ともかく、現在、気の進まない仕事に従事せざるをえない人々に対する同情の念だ。

われわれはいまなお、産業の発展した時代に流布した考え方――仕事がわれわれ自身を規定する――に捕われたままだ。しかしこれは今日、圧倒的大多数の人々にとって明らかに真実ではない。もし十九世紀の決まり文句《クリシェ》を引き合いに出せというのなら、「怠ける権利」という言葉を思い出すのがいいだろう。これはマルクスの女婿ポール・ラファルグ〔フランス労働党の創設者〕が一八八三年に書いたパンフレットのタイトルだが、気がつかない内に現代を予知していた――現代の生活はこれまで以上に、余暇や趣味による自己確立の機会を提供するだろう。そしてただの職業は、ありがたいことにその役割を徐々に減じていくだろう。

結局のところ私は、いつでも自分のやりたいことをしてきた――そして、それによってお金を稼いできた。が、ほとんどの人はそんな風に幸運にはいかないだろう。大半の仕事は退屈だ。それがわれわれを豊かにしてくれるわけではないし、元気づけてくれるわけでもない。とはいえ(ヴィクトリア朝の先人たちのように)、われわれは再び失職を恥ずべき状態だと見なしている。それは性格上の欠陥と似たようなものだった。高額な報酬を得ている評論家たちは、何かといえばすぐに、「福祉の女王」を引き合いに出す。経済的な依存という不道徳な行為、それに公益の不適当な配分、さらには重労働という美徳の上に、女王たちはあぐらをかいているという。が、評論家たちにもいつの日にか、それがはたして真実かどうかを試すときがやってくるだろう。

16　エリート集団

私は一九六六年にケンブリッジ大学のキングズカレッジへやってきた。われわれの世代は――唯一の――過渡期の世代だった。われわれがカレッジにいたのは、一九六〇年代もちょうど中間点を過ぎたあたりだ――モッズの流行はすでに終わっていて、ビートルズがこれから「サージェント・ペパー」をレコーディングしようとしていた――が、私が入学を許されたキングズカレッジは、当時もなおびっくりするほど伝統的だった。大学の大食堂でとるディナーは改まった席なので、礼服を着用しなくてはならない――これは義務付けられていた。学生たちは席に着くと、フェローたちがやってくるのを待った。そして年配の紳士連が彼らの前を、奥のハイテーブルへ向かって、足を引きずりながら、長い列をなして行くのをじっと見つめて立っていた。

「年配の」という言葉はここでは相対語ではない。（前学寮長の）サー・ジョン・シェパード（一八八一年生）を筆頭に、例によって名誉フェローの面々が続く。サー・フランク・アドコック（一八八六年生）、E・M・フォースター（一八七九年生）、それにおなじように尊敬すべき方々が。ここですぐに気づくのは、戦後の福祉国家に生まれた若者たちの世代と、後期ヴィクトリア朝時代に生まれたキングズカレッジ世代とを結ぶきずなの存在である。後者の世代といえば、フォースターやルパート・ブルック、ジョン・メイナード・ケインズなどだ。彼らからにじみ出ているのは、われわれにはとても望むことのできない文化的、社会的な自信だった。老人たちは上の壁に掛かった色のあせた肖像画に、途切れることなく溶け込んでいるように見えた。誰一人それをいう者もいなかったが、持続こそわれわれのすべてだったのである。

しかしわれわれは、いわば道を切り開いた開拓者の一団だった。われわれが卒業する頃には、礼服や角帽、それに門限やこまごまとした規則の書かれたルールブックなど――この大学へきたときにはこれらのすべてが実施されていた――はすでに、ノスタルジーを呼び起こすだけのおかしなものと化していた。はじめて迎えた学期のこと、私は熱心だが技量は二流のラグビー選手として、チームのバスに乗ってオックスフォード大学へと向かった。ニューカレッジと試合をする（そして負けてしまう）ためだ。帰りが遅くなってしまった。先方の小便用便器を一つ取り外す作業をしたためで、何とか成功はしたものの、それに加えて晩秋の霧が出たために帰りが遅れた。寄宿寮の入り口に着いてみると、鍵が掛かっている――私は「遅延許可証」を持っていなかったが、小石を投げて友だちを起こすことができた。友だちはびっくりした様子で降りてきた。「寮長に見つかってしまうじゃないか」。こんな話をいまのキングズカレッジの学生たちに説明するのは難しい。いうまでもないことだが、われわれの二年後にカレッジへやってきた者たちにとっても、それはおなじように信じがたいことだった。変化は突然に起こったのである。

キングズカレッジは変化や急激な混乱を熱意をもって受けいれたことを自ら誇っていた。当時のシニアチューターは新入生に説明をして、鍵の掛かった門や懲罰のある規則は、ウィンクをしてうなずく程度に見ておけばそれでいいといっていた。これは、学生たちに規則を守らせる責務を負う、門衛や寄宿寮長にとっては少々酷な言葉だ——が、これも、ケンブリッジ大学における微妙な社会階級を学ぶ、早期の入門篇といったところだった。というのも、ライフスタイルはともかく、気持ちの上では自由に生きている中産階級として、カレッジにいた職員のほとんどは、当然彼らが学生に守らせることを期待されていた規則が学生たちによって破られることにやさしく微笑んでいた。

われわれの入学直後に新設されたひどい学生バーについてもカレッジに責任がある。万事にわたって現代の流行に遅れまいとするフェローたちは、ガトウィック空港の出発ロビー以外には、何一つ似たものなど見当たらないこのデザインをよしとした——が、まさしくその点こそが、このデザインの選ばれた理由だったのである。キングズカレッジ（一四四一年創立）は伝統をくどくどと力説することはしなかった。とりわけ、オックスブリッジという上流階級の境遇が何ら意味を持たない若者たちが、数多く入ってきたいまとなっては。「新しい」キングズマンの一人として——家族の中では、中等学校を終えたのも私がはじめてだったし、大学へ進んだ者も私一人だった——あえていうと、私はバーのように無階級をことさら装った模造の場所より、むしろ人がぎゅうぎゅうに詰まった、十九世紀の紳士たちのクラブの方がはるかに好きだ。幸いなことにこの試みは典型とならなかった。カレッジは十分に自信を持って、継続とアイデンティティーで安心させる感覚を生徒たちに提供し続けることになった。

レスターより北へ行ったことのない、ロンドン南部の人間である私にとって、われわれ世代のキングズマンたちは、単に社会的にいろいろな階層が入り交じっているというだけではなかった。それは地理的に見ても異なる要素から成り立っていた。私ははじめて、ウィラルやヨークシャー、タインサイド、イーストアングリア、それにケルト外辺からやってきた少年たちに会った。彼らは――私と同様――無償で選り抜きの公立学校が生み出した、大都市を目指す移動性の産物で、その勢いは驚くべきものだった。一九四四年のバトラー教育法〔スローガンは「すべての者に中等教育を」で、十五歳までの十年間を義務教育と定めた〕のおかげで、われわれはケンブリッジ大学に在学できたわけだが、われわれの中のある者たちにとっては、架橋されるべき社会的な格差が実際にはなお実在していた。ジョン・ベントリーは、コンプリヘンシブスクール（普通科学校）[1]からキングズカレッジへはじめて入学した学生だったが、その母親が卒業パーティーのときに、私の両親に次のようなことを明らかにした。彼女が町を歩いていると人々が尋ねるのだという。息子さんはどこにいて、いま何をしているのかと。訊かれるたびに彼女は、息子は「少年院[2]に戻った《バック》」と答えたい気持ちになったという。息子がケンブリッジ大学のグラウンド《バックス》で、女の子を追っかけ回していると打ち明けるより、その方がずっと納得のいく答えだったし、最終的には世間体のいい答えになるからだ。

カレッジのどこか別の場所にきっと、エリートの私立学校からやってきた少年たちの小集団が潜んでいたのだろう。ことによるとそちらが多数派だったのだろうか？　が、こんな学生の中で私が親しくなったのは一人だけだった――それは仲間のマーティン・ポリアコフだ。彼はロシアの鉄道を建設したポリアコフの甥（姪）の孫息子に当たる。ウェストミンスター校出身のスパイキーヘアをした変わり者だ。彼はのちにCBE（大英勲章第三位）を授与され、英国学士院の会員となった。そして若い人々に化学を広めたことで有名となった。彼はきわめて典型的な上流階級の人なんかではけっしてなかった。

私が通っていたキングズカレッジは、戦後のイギリスの能力第一主義をまさに地で行ったような所だった。われわれはそのほとんどが、自分の居場所を試験でよい成績を取ることで獲得した。そしてわれわれは、自分が早い時期に示した才能や、抱いた関心をそのまま反映した職業を追い続けた。一九六六年に入学したキングズマンたちの一団は、職業の選択においても著しく際立っていた。われわれより以前や以後のどのグループとくらべてみても、われわれの世代はより多くの者が、教育や公職、それにジャーナリズムの高い地位、芸術、それに利益を目的としない自由な職業などの分野を選んでいる。われわれの世代で、もっとも前途が有望視された経済学者――マーヴィン・キング――は、投資銀行家やヘッジファンダーの道を選ぶことなく、結局はイングランド銀行の総裁となったのだが、これはまったく妥当なことだった。われわれより前の時代でも、才能のあるキングズマンたちは、たしかにわれわれとおなじような道を歩んだ。が、古い世代の死亡記事を見てみると、いかに多くの者が家業を継ぐために、あるいは父親や祖父の伝統的な仕事に就くために故郷へ帰っていったかが分かる。

われわれのあとから入学した者たちについては、一九七〇年代とそれ以降の卒業生たちが、民間銀行組織や商業界、それに法律の分野でもいちだんと利潤の上がる領域へ進出している。その頻度と人数を記録してみると、その結果はわれわれを意気消沈させる。おそらく彼らをとがめるのは筋違いだろう。われわれの時代には、仕事がなおあり余るほど十分にあった。それにわれわれは、戦後の繁栄が徐々に衰えはじめたとはいえ、その余光を気持ちよく浴びることができた。が、それでもやはり、われわれの選ばれた親和性が他のどこかにあったことはまったく明らかなことだった。

私はよく同年輩の者たちに、なぜキングズカレッジを選んだのかと訊いたものだ。驚くほど多くの者がはっきりとした答えを返さなかった。彼らはそれを名前だけで選んだ。礼拝堂がすばらしいと思ったり、カレッジの名前が特異なものに思えたからだという。ほんの一握りの者たち——そのほとんどが経済学者になった——は、それはケインズがいたからだといった。私は非常に特殊な理由でこのカレッジに申し込みをするように指導された。学校の反逆者——第六学年の二年目に中等学校を退学してしまった——である私は、教師たちから厳しい調子で諭された。オックスブリッジの他のカレッジは、おそらく私などには見向きもしないだろうと。が、キングズカレッジだけは風変わりなので、私を自校に適した受験者として認めてくれるだろう。そんな風に彼らは感じていたようだ。私には、他のカレッジが私の応募を検討してくれるものかどうか見当がつかなかった。が、幸いなことに、私はそれを調べる必要などまったくなかった。

キングズカレッジの教え方は特異なものだった。私の指導教授――ジョン・ソルトマーシュ、クリストファー・モリス、それにアーサー・ヒバート――はそのほとんどが、世間的には無名だったし本も出していない人々で、そのために、知られているのはキングズマンたちの間だけだった。彼らのおかげで私が得たものは、風格のある知的な自信だけではない。名声（や幸運）や教官の座るアームチェアの外側に対して、まったく気遣いを見せない教授たちに対する変わらぬ尊敬の念も得ることができた。

われわれは「トライポス」――ケンブリッジ大学の卒業試験――でいい成績を上げるという、特殊な目的のためだけに教えられたわけではなかった。指導教授たちはこの種の公的なパフォーマンスに対してきわめて無関心だった。それは彼らが試験の結果にまったく興味がなかったわけではない。彼らは単に、われわれの生得の才能をもってすれば、難なく試験をパスするのは当たり前だと思っていた。が、今日、このような教授たちの存在を想像することは難しい。それは、大学の「研究評価」という制度に直面したとき、おそらく彼らはカレッジに大きな損害を与えるに違いないからだ。この制度によってイギリス政府は「大学の業績」を評価し、それにより研究資金の配分を行なった。

一九六〇年代のキングズカレッジを評価するのに、私の立場はあまりふさわしいものではないかもしれない。私はカレッジを卒業し、大学院の課程へ進んで、六年間にわたって奨学金を貰い、その後、一九七八年にバークレーへこっそりと旅立ったわけだから。私の記憶は、そののちに起こった出来事によって横合いから影を差されている。ノエル・アナン――一九五六年〔当時アナン三十九歳〕から一九六六年まで学寮長――のキングズカレッジは、エドマンド・リーチ（一九六六年―一九七九年の学寮長）のそれに交代をする。リーチは国際的に名の通ったレヴィ＝ストロース派の人類学者だった。アナンの世代(3)の自然発生的な自信が、ある種の皮肉なよそよそしさに取って代わられてしまう。学寮長のリーチが、意見の相違を容認するようなエドワード王時代のリベラルな考え方の、それも最上のものをすべて持つ宝庫として、キングズカレッジに深い思いを寄せたり、あるいは暗黙の内にそれを信じたりしていたとは、とても人々は感じることなどできなかっただろう。リーチにとってこの考え方は、白紙に戻すために十分に機の熟した、もう一つの神話に過ぎなかったのだから。

しかし、リーチが象徴していたものは――それはアナン以上だったし、たしかに知的な観点からすると平凡だったジョン・シェパード以上だった――純然たる才覚そのものだ。それはリーチのあとを継いだ無類のバーナード・ウィリアムズによって、いちだんと強調されることになる。私はほんのわずかの間だったが、「カレッジ・フェローシップ選考委員会」で年少のメンバーを務めた。そのときにいっしょだったのが、ウィリアムズ、ジョン・ダン、シドニー・ブレナー（医学部門でノーベル賞を受賞している）、サー・フランク・カーモード、サー・ジェフリー・ロイド（古代科学史家）、それにサー・マーティン・リース（王立天文台長）などだった。が、それでも、私は「このこと」が自分にとって学習だったという感覚をけっして失ったことはない。そこで学習したことは機知と知識の幅と、中でも人と気持ちを通わせる能力（これについてはフォースターが別の文脈で述べている）についてだった。

当時は、十分に理解していなかったのだが、私が最大の恩義を感じているのはジョン・ダンだ。そのとき彼はまだ非常に若い研究フェローだったが、いまは著名な名誉教授になっている。それはジョン・ロックの政治思想について、彼と長話をしていたときだった。私の青くさい、完全武装のマルクス主義に風穴を開けて、私を精神史へチャレンジしてみるようにと、最初に道案内をしてくれたのはジョンだった。彼はこれを非常に簡便な方法でやり遂げた。私のいったことのすべてに熱心に耳を傾け、驚くほど真剣に私の言葉をそのまま取り上げてくれた。そしてそれを私が難なく受けとめ、なお尊敬し得るようなやり方で、やさしくしかもしっかりと解体してくれた。

教えるというのはまさしくこのことだ。それはまたある種のリベラリズムでもある。そしてそれは、幅広い政治的な観点から、反対の意見（あるいは単に間違った意見）に対しても、つねに誠意をもって対処するやり方だ。たしかにこのような寛容で知的なゆとりは、キングズカレッジに限ったものではなかったろう。が、しかし、友だちや同年輩の者が、彼らの経験を語るときに、それに耳を傾けるということが、はたしてよそでも行なわれていたのかどうか、私はときに疑問に思うことがある。他のカレッジではしばしば、講師たちが他のことに気を取られていたり、忙しかったりするという。さもなければアメリカの大学の学部で見られるように、自分の専門に没頭していて、まったく見栄えのしない講義をしている。

この傾向は今日のキングズカレッジでも、昔よりひどさを増している。他の多くのことでもいえるのだが、その点では、われわれの世代は幸運だったと私は思う。われわれは両方のいいところを摂取することができたのだから。すでに落ち目になっていたとはいえ、その階級や文化の中へ実力で押し入っていったわれわれは、凋落直前のオックスブリッジを経験した——正直にいうと、その凋落についても私自身の世代が、いまは権力の座についているわけだから、大いに責任があると私は思っている。

四十年の間イギリスの教育は、一連の壊滅的ともいえる「改革」にさらされてきた。それはエリート主義の継承に歯止めをかけ、「平等」を制度化しようとするものだった。高等教育で引き起こされた大混乱は、本誌［ニューヨーク・レビュー・オブ・ブックス］でアンソニー・グラフトンによってうまく要約されているが、[4]最悪のダメージを受けたのは中高生だった。私の世代には第一級の教育を公費で授けてくれた選り抜きの公立学校、その学校を破壊することにあたかも集中するかのようにして、政治家たちは国有部門に程度の低い画一化を強制するシステムを押し付けてきた。はじめから予想されていたことだったが、その結果は、選り抜きの私立高校（パブリックスクール）が生徒であふれ返ることになった。それは絶望的になった親たちが、かなりの金を支払ってまでして、機能を果たさなくなった公立学校から子供たちを引き離したことによる。大学は大学で、公立学校からやってくる資格のない受験者たちを入学させるようにと、法外な圧力を掛けられた。したがって、大学側も入学基準を下げざるを得ない。新政権が生まれるたびに前政権の失敗した「新規構想」を埋め合わせることを目的とした改革が制定されてきたのである。

今日、イギリス政府は、ハイスクールを卒業した生徒の五十パーセントが大学へ入学できるようにと命じている。が、私立学校に通う少数の生徒たちが受ける教育の質と、他のすべての者たちが受ける質とのギャップは、一九四〇年代以来、どの時期にくらべてもいちだんと大きなものになっている。私立学校の生徒たちは一貫して、公立学校で教育を受けた同年輩の者たちをしのぐ結果を示している――これは誰もが知りたいとは思わない、きまりの悪い事実なのだが、それは労働党の新しい政府をうろたえさせた。市場で活況を呈していて、それによって、銀行家たちに心底報いていながら、そのためにかえって銀行家たちから呪われるというのは奇妙な話だ。私立学校を忌むべきものとするのはお門違いのようだ。

代々の文部大臣は「高等教育機関《アカデミー》」に権限を与え、それを奨励してきた――そして、密かに選択過程そのものの再導入（それも民間資金の援助により）を図った。それこそ彼らがかつて、平等主義を根拠にして、その廃止を自慢げに誇っていたものだった。その間一方でわれわれは、いまではイギリス内閣の中に、それより以前の数十年間とくらべてみても、かなり多数の私立学校卒業生を有している（私の計算では十七人）――そして首相［デーヴィッド・キャメロン］は、一九六四年以来はじめてのイートン校出身者である。おそらくわれわれは能力主義社会を堅持しておくべきだったのだろう。

たまにケンブリッジ大学へ帰ってみると、その不安で凋落した雰囲気には驚かされる。たしかにオックスブリッジは扇動的な流行に抵抗しきれなかった。一九七〇年代に皮肉な自己嘲笑という形ではじまったものが（「ここキングズカレッジには、五百年になんなんとする規律と伝統がある。が、われわれはそれを、そんなに真剣には受けとめていないよ。あっはっは」）、いまでは本物の混乱となってしまった。われわれがすでに一九六六年の時点で遭遇していた、平等主義に対する絶えざる自問的な気遣いは、不健康なこだわりへと下降していったようだ。どのようなこだわりかといえば、それはエリート主義の選択基準や、どんな種類のものであれ社会的に際立つような実践には、けっして携わることのないように、うわべだけでも堅持しようという止むことのないこだわりだ。

これについて何か打つ手があるのかどうか、私には分からない。現代のイギリスで見られる他の多くのものとおなじように、キングズカレッジもまた、いまでは一つの遺産となってしまった。それが褒め称えているのは意見の不一致、慣習に捕われないこと、ピラミッド型組織への無関心などだ。われわれを見たまえ――われわれは他の者たちとは違っているだろう？　が、しかしあなたは、自分のユニークな資質を単純に褒め上げることなどできない。あなたの資質に独自性と価値を与えたものが何であるのか、それに対して十分に根拠のある理解をしないかぎり、それは不可能だ。大学に必要なのは実質的な伝統である。そして私が心配しているのも、キングズカレッジが――概してそれはオックスブリッジについていえることなのだが――自らの伝統との接触点を失ってしまったのではないかということだ。

これらのことはすべて、一九六〇年代半ばのちょうど過渡期の時期にはじまったのではないだろうか。もちろんそれについて、私は当時何一つ理解などしていなかった。われわれはただ伝統とその逸脱の両方を経験した。継続と変化の両方を。しかし、われわれが後継者たちに残し伝えたものは、われわれ自身が相続し引き継いだものにくらべると、はるかに実質の目減りしたものだった（ベビーブームの世代にこれは一般的な真実だろう）。リベラリズムと寛容、外部の意見に対する無関心、政治への忠誠が進むにつれて抱かれる誇り高い卓越心。こうした矛盾は御しやすいものではあるが、それができるのは、特殊なエリート主義を主張することをおそれない組織においてだけである。

大学とはエリート主義である。大学は一世代でもっとも能力のある者たちを選び出し、彼らに能力に見合った教育を施そうとする――エリートをこじあけて、つねにそれを一新しようとする。機会の平等と結果の平等とはおなじものではない。富と遺産によって分類された社会が、その不公平を、教育機関の中でカムフラージュすることで、あるいは選考の機会を制限することで――是正することにより――能力の差異を否定することで、ある場における差異は是正することはできない。が、その一方で、社会は自由市場という名目で、着実に広がっていく収入の格差に対して好意的な態度を示している。これは口先だけの言葉であり、偽善そのものといわざるを得ない。

私の世代では自分自身を、根本改革を求める急進派であると同時に、エリート集団のメンバーだと思っていた。もしこれが矛盾しているように聞こえるとすれば、それはわれわれがカレッジにいた期間に、直感的に吸い込んだ、ある種のリベラルな下降という矛盾だったのかもしれない。それは育ちのよいケインズが、ロイヤル・バレエ団［一九五六年創設］やイギリス芸術協会［一九四六年創設］を設立したという矛盾だった。これらの団体はすべての人々のためによかれと思って作られたものだが、むろんそれは、その道の専門家たちによって確実に運営された。つまりそれは、能力主義社会の持つ矛盾である。すべての人々にチャンスを与え、そうして才能のある者には特権を与える。それは私のキングズカレッジが持つ矛盾でもあった。そして私は幸運にもその矛盾を経験したのである。

（1）最近、導入された非選択制の中等学校。やがて一般に普及した。そして時の労働党政府によって、選択制のすべての公立教育をこれに差し替える意向が示された。

（2）犯罪を犯した若者たちのための更生施設（少年院）。

（3）Noel Annan, *Our Age: English Intellectuals Between the World Wars — A Group Portrait* (Random House, 1990) を見よ。自問にまだ打ちひしがれていない世代の、まれに見る自信に満ちた報告。

（4）Anthony Grafton, "Britain: The Disgrace of the Universities," *The New York Review*, April 8, 2010.

17　言葉

私は言葉によって育てられた。言葉は私が座っていた床の上にキッチンテーブルから転げ落ちてきた。祖父や叔父たち、それに亡命者たちが、ロシア語やポーランド語、イディッシュ語やフランス語などを放り投げた。さらには、たがいに英語として認め合っている言葉――この言葉で彼らは、競い合うようにして、次々に主張と疑問を繰り出していた――もまた投げられた。エドワード王時代にイギリス社会党にいたという格言好きな連中も、キッチンにたむろしては「真の原因」をしきりに宣伝していた。私は中欧の独学者たちが深夜に至るまで、熱心に議論している話に耳を傾けながら、長くて幸せな時を過ごした。マルクス主義、シオニズム、社会主義。私には討論することが、大人という存在の核心のように思えた。私はこの感覚をけっして失うことがなかった。

私の番がやってくると――居場所を見つけるために――私もまた話した。自分のおはこを作るために、私は言葉を覚え、それを使ってみたり、他国の言葉でいい換えてみたりした。「ほう、彼はいまに弁護士になるよ」と彼らはいった。「小鳥をうっとりとさせて、木から飛び立たせるよ」。私は公園でしばらく試してみたのだが、まったく効果はなかった。そのあとでは、こんどはロンドンの下町訛りで説諭を試みたのだが、これも少年期を通して大きな効果はなかった。この頃までには、数カ国語のやりとりに対する熱意も冷めて、BBC英語のクールな優雅さの方へ私の関心は移っていた。

一九五〇年代――私が小学校に通っているときだ――は、英語は教えるにしても使うにしても、ともかく文法規則に縛られた時代だった。構文上のミスはどんな些細なものでもけっして許してはいけないと教えられた。「上手な《グッド》」英語が最盛期を迎えていた。BBCのラジオ放送やニュース映画のおかげで、正しい話し方の基準が全国的に受け入れられた。階級や地域という権威は、人がどのように話すのか、その話し振りについて決定を下すだけではなかった。内容が話すにふさわしいかどうかについても口を出した。アクセントに至っては各人各様だった（私自身のものも含めて）。しかし、それも世間の慣習によってランク付けがなされた。社会的な地位や、ロンドンからどれくらい離れているのかといったありきたりの基準によって。

ほんの束の間だったがイギリスの散文が極点に達したとき、私はその輝きに魅了された。これは大衆がものを書く能力を体得した時期だった。その時代の衰退をリチャード・ホガートが『読み書き能力の効用』（一九五七）というエレジー風のエッセーの中で予測している。そしてその大衆文化の中から抵抗と反抗の文学が登場しつつあった。『ラッキー・ジム』から『怒りをこめてふりかえれ』を通って、この十年の終わりに書かれた「キッチンシンク・ドラマ」に至るまで、息のつまるような世間体や「正しい」話し方という、階級で閉ざされた境界線は、いまでは攻撃にさらされていた。が、攻め上がる蛮族自身も、文化的な伝統に攻撃を加えながら、その実、一般の認める完璧な英語のリズムを用いていた。彼らの作品を読んでいる私の頭にもまた、反抗するためには何よりもまず、心地よい調子の一切ない作品を作らなくてはならない、という考えは思い浮かばなかった。

私がカレッジにやってくる頃には、すでに言葉は私の「得意なもの」となっていた。ある教師などは、意見を述べるときも曖昧で、はっきりとしたいい方をしなかったが、私には「雄弁な演説者」の才能があった——それは代々引き継がれた文化的な環境に対する信頼が、アウトサイダー特有の鋭い批判力と結びついたものだ(と私はたわいもなく思い込んでいた)。オックスブリッジの個人指導は、言葉の表現力に富んだ学生には有利だった。ネオソクラテス的なスタイル(「君はなぜこれを書いたのか」「君はそれで何がいいたいのか」)は、孤独な受け手を促して、自分自身を詳細に語らせるからだ。が、その一方でこの指導法は、ゼミの後方へと後退しがちな、少々内気で内省的な学生には不利だった。話す能力に対する虫のいい私の自信はますます増長されていった。単にそれはインテリジェンスの証ではなく、インテリジェンスそのものだと思ってしまったのである。

このような教育上の環境では、教師の沈黙がきわめて重要だったということに、私が思いつかなかったというのだろうか。たしかに沈黙は、私が学生のときにも、教師になってからでさえ、けっして熟達することのできなかったものだ。ここ何年かの間で、私にもっとも強い印象を与えた同僚が何人かいるが、彼らはみんな討論やふだんの会話のときでさえ、つねに曖昧と思えるところまで引き下がっていた。自分の立場を明らかにする前に慎重に考え込んでしまう。私が彼らのことをうらやましいと思ったのはこの自制心だった。

話す能力のあることは概して攻撃的な才能と見なされている。が、私にとってそれは、むしろ実質的には防御の働きをしていた。修辞上のしなやかさが可能にするのはうわべだけの親密さだろう――それはたしかに接近をもたらす。が、その一方で距離を保持する。それは俳優のすることだ――しかし、世界は実際には舞台ではないし、その行為の中には何か人工的なものが含まれている。人はそれを現在のアメリカ大統領の中に見るだろう。私もまた言葉を整理してはまとめていたために、親密さを寄せ付けない結果になってしまった――それがおそらく、プロテスタントやネイティヴ・アメリカンに対する、私のロマンティックな好みを説明している。双方ともに持っているのは控えめな文化だ。

言語のことに関していえば、もちろん、門外漢はあまりにも欺かれることが多い。私が覚えているのは、年長の仲間でコンサルティング会社のマッキンゼーに勤めていた男のことだ。彼がかつて私に説明してくれた。イギリスで当初、従業員の採用活動をしていた頃の話だが、若い社員を選考するのがほとんど不可能だったという――誰もが雄弁ではきはきしているように見える。それを分析し判断するのは難しい。誰が賢くて、誰が単に磨き上げた者なのか、いったいどのようにすればそれが分かるのか。

言語が人を欺くこともある――いたずら好きで信用ができない。それで思い出すのは、ケンブリッジ大学のトレヴェリアン講義でアイザック・ドイッチャーが行なった講演だった。この年配のトロツキストが紡ぎ出す、ソビエト連邦のファンタジックな歴史に私はすっかり魅了されてしまった（講演は一九六七年に『ロシア革命五十年――未完の革命』というタイトルで刊行された）。表現の形式があまりに優雅に内容を越えてしまったために、われわれはその内容をすっかり信用してしまった。解毒にはしばらく時間が掛かった。修辞学上の純然たる器用ささえあれば、何を訴えていようが内容の斬新さや深さを示す必要はなくなるものなのだ。

それとおなじように、「不明瞭」はたしかに思考の欠陥をほのめかしている。が、この考えは、言葉に出して表に出たものより、むしろこれから言葉に出そうとしている内容の方が称賛された世代にとっては、さぞかし奇妙なものに思われるだろう。一九七〇年代には、話す能力それ自体が疑惑の目で見られるようになった。とりわけ学校の教室では、「形式」からの後退が、単なる「自己表現」に対する無批判の称賛をさらに許容することになった。しかし、生徒を励まして自由な意見を述べさせ、時期尚早の形で押し付けられた権威の重みの下で、それらの意見が押しつぶされないように気遣うことはたしかに大切だ。が、認められた自由が、自立した考えを暗に奨励することを願いつつ、教師たちが形式批判から後退するというのはまったく別のことだ。「話し方について心配する必要はない。大事なのは考えなのだから」

一九六〇年代から四〇年経つと、そこにはもはや、不適切な表現があれば、急いでそれに飛びかかって攻撃をし、そして、それが知性的な熟考をなぜ妨げるのか、その理由をはっきりと説明できる自信を持ち続ける（あるいはトレーニングし続ける）指導者はほとんどいなくなった。このぶち壊しについては、私の世代の改革が重要な役割を演じた。それは生活のあらゆる面で、自立的な個人をまず優先することが、過小評価されてはならないということだった――「自分のやりたいことをする」が変幻自在な形式を作り上げた。

今日、好まれているのは――言語においてもアートにおいても――技巧を凝らした表現より「自然な」表現だ。われわれはあまり深く考えもせずに、真実も美とおなじように、自然な表現によってより効果的に伝えることができると思っている。これについてはアレクサンダー・ポープが十分に承知していた(1)。西洋の伝統では何世紀もの間、どのような方法で自分の考えをうまく表現できるかという問題が、自分の主張の信頼性と密接に対応していた。文体はスパルタ式からバロック式まで、たしかにさまざまな変化をしたかもしれない。が、文体そのものはけっして無視してよいわけではなかった。それに「文体」は単に均整のとれた文を意味するものでもなかった。貧相な表現は貧相な考えをさらにあやまり伝えた。混乱した言葉は、よくて混乱した着想をそのまま示したが、最悪の場合には偽装したものを提示することになる。

学問的な著述の「職業化」——そして「理論」や「方法論」を護ろうとする人文系学者の自意識過剰な統御——のせいで、非啓蒙主義が助長されている。これが促進したのは、軽薄な「大衆的」話術という贋金の台頭だった。歴史学の分野でこれが典型的にあらわれているのは「テレビ大学教師」の登場だ。その魅力はまさしく、同僚の学者たちがコミュニケーションに興味を失ってしまった時代にあって、巨大な聴取を引きつけるという点にある。しかし以前の世代の大衆的な学者が、権威とされる大家のものを平易な文章に蒸留していたのに、今日の「身近な」著者たちは不愉快なまでに聴衆の意識に突き出してくる。聴衆の注意を引きつけているのは、その主題というよりも、演じている著者本人なのである。

文化が不安定な状態は、その言語上のドッペルゲンガー（分身）を生みだす。同じことは技術上の進歩についてもいえる。フェイスブックやマイ・スペース、ツイッター（携帯のメールについてはいうまでもない）の世界では、簡潔できびきびとした表現が、詳細な説明に取って代わっている。かつてはインターネットが節度のないコミュニケーションをもたらす機会のように思えた。が、メディアの商業的な傾向——「私とは私が買うものである」——がますますコミュニケーションの窮乏化をもたらしている。私の息子たちにしても、手にしているハードウェアにそなわるショートハンド（省略語法）がコミュニケーション自体に浸透しはじめるという、自分たちの世代に立ち会っている。「人々はテクストのように話している」というわけだ。

これはわれわれにとって心配の種となるだろう。言葉がその全体性を失えば、それが表現する考え方もおなじように全体性を失う。もしわれわれが個人的な表現に、形式上の伝統的な表現法にまさる特権を与えたら、そのときには、言語を民営化することになる。それはわれわれが他の多くのものを民営化するのとおなじ結果をもたらす。「わしが言葉を使うときは」ハンプティ・ダンプティはかなり見下した調子でいった。「言葉はわしが意味させようとしたものを意味する――それ以上でも以下でもない」。「問題は」とアリス。「言葉にそんなにいろんなものを意味させられるかどうかということです」〔『鏡の国のアリス』〕。アリスは正しかった。その結果はアナーキー（無秩序）だった。

『政治と英語』において、ジョージ・オーウェルが厳しく非難していたのは、言葉を伝達よりむしろ人を欺くために使用することだった。彼の非難が向かっていたのは不誠実だ。人々がみすぼらしい書き方をするのは、彼らが何か不明瞭なことをいおうとしたり、あるいは意図的に嘘をつこうとするからだという。しかしわれわれの問題はこれとは違っているように私には思える。今日手抜きの散文が示しているのは知的な不安定さだ。われわれは自分の考えに自信が持てないし、それをはっきりと主張するのを渋っている（「私の意見に過ぎないのですが……」）。そのためにわれわれの話はひどいものとなり、書いたものもお祖末となる。「ニュースピーク」（新語法）〔オーウェル『一九八四年』の仮想言語〕のはじまりに悩まされるというより、むしろわれわれが危機にさらされているのは「ノースピーク」（無語法）の台頭である。

私はこのような考え方にいま、過去のどの時期よりもいっそう意識的になっている。神経疾患に取り憑かれてからというもの、私はほとんど言葉のコントロールを失いつつある。それも世界と私との関係が言葉に還元されてきたいまとなって。私の思考——内側から出る見解は以前と変わらぬ豊かさだ——のしじまの中で、言葉たちはなお申し分のない規律を守り、自らの領域を一寸も縮小することなく形を成している。しかし、私はもはやこの言葉を簡単に護送することができない。母音やシューシューという歯擦音が私の口から滑り落ちてしまう。身近な協力者にさえ、はっきりしない不完全な音に聞こえてしまうのだ。六十年の間、信頼に足る私の分身であった声帯筋が衰えつつある。コミュニケーション、パフォーマンス、アサーション（主張）、これらがいまでは私の「もっとも弱い」長所となっている。そこに存在するものを思考に、思考を言葉に、そして言葉をコミュニケーションに翻訳することは、やがて私の力量を超えたものとなってしまうだろう。そして私は、内部の省察が作り出す修辞上の風景の中に閉じ込められてしまうだろう。

私はいま、沈黙に閉ざされている人々に、これまで以上の同情を感じている。が、不明瞭な言語に対してはこれまで通り軽蔑の念を抱いている。もはや私は自分では自由に行なえないのだが、コミュニケーションが社会にとってどれほど決定的重要性を持っているかについては、以前にも増して正しく認識している。単にわれわれの共生する手段としてコミュニケーションが重要なだけではない。それは共生が意味するものの一部として重要なのである。私がその中で育った言葉という富はそれ自体が公共空間だった――そして今日、われわれにはきちんと保存された公共空間が不足している。もし言葉が荒廃するようなことになれば、その代わりを何がするというのだろう。言葉こそわれわれが手にしているすべてなのだから。

(1)「真実のウィットは自然がみごとに身にまとっている。これはしばしば考えられてきたことだ。が、この文句はけっして、そんなにうまく表現されたことはない」――アレクサンダー・ポープ『批評論』(一七一一)

第三部

18　若者ジャットよ、西へ行け

アメリカは、誰もが目指そうとする場所ではない。朝、目を覚まして、次のような独り言をつぶやく人はほとんどいないだろう。「タジキスタンはもううんざりだ。さあ、アメリカへ行こう」。戦後、私の両親はイギリスに絶望した（これは陰鬱なこの時代に広く蔓延した気分だった）。しかし、同時代のたくさんのイギリス人たちとおなじように、両親の目は自然にイギリスの自治領へ向いた。私の子供時代には目抜き通りへ行けば、食料雑貨店や肉屋がニュージーランドのラムやチーズ、オーストラリアのマトン、南アフリカのシェリー酒を宣伝していた――が、そこにアメリカの生産品はほとんどなかった。しかし、ニュージーランドに定住する（そして羊を飼う？）というプランは、周囲の事情や父が患った結核の瘢痕のためにもみ消されてしまった。私は順当にロンドンで生まれた。アメリカをはじめて訪れたときには、ほとんど三十に近い年齢になっていた。

誰もが彼もがアメリカについては知っているつもりでいる。しかし、あなたの「知っている」ことはその多くが、もちろんあなたの年齢に左右されている。年配のヨーロッパ人にとってアメリカは、遅れてやってきて、ヨーロッパ人たちを歴史から救い出してくれた国だった。しかし、その自信満々の繁栄ぶりにはいらいらさせられる。「ヤンキーのどこが悪いのかって?」「彼らは給料をもらい過ぎ《オーバーペイド》だし、性欲が強すぎる《オーバーセックスト》、それに彼らはここに居過ぎ《オーバーヒア》だ」——あるいは、戦時中政府の計画の下で支給された、女性用の安物下着をほのめかすロンドンのジョークでは「ユーティリティ・クロージング(戦時配給衣料)の新しいズロースについて、何か聞いているかい。ぐいっと引っ張る《ヤンク》と、すぐに破けてしまうんだ」

一九五〇年代に生まれた西ヨーロッパ人たちにとって「アメリカ」は、ビング・クロスビーであり、ホパロング・キャシディ〔架空のカウボーイ〕であり、過大に評価されたドルだった。中西部からやってきた旅行者たちはみんな格子縞のズボンをはいていたが、ドルはそのポケットから大量にあふれ出ていた。一九七〇年代になると、アメリカのイメージが西部のカウボーイから、刑事コジャックの活躍するマンハッタンキャニオンへと移り変わった。私の世代はビング・クロスビーをエルヴィスに、そしてエルヴィスをモータウンとザ・ビーチ・ボーイズへと熱狂的に差し替えた。が、われわれはメンフィスやデトロイト——あるいはついでに南カリフォルニア——が現実にどんなところなのか、それについてはほんのわずかの知識さえ持っていなかった。

アメリカはこのようにきわめて身近なものだった——と同時に、それはまったく未知の場所でもあった。アメリカにやってくるまでに、私はスタインベックやフィッツジェラルド、それに南部の非凡な短篇作家のものをいくつか読んだ。それに加えて、あとはわずかに一九四〇年代のモノクロ映画の定番物から、たしかにアメリカの視覚的なイメージを作り上げていた。しかし、それもほんの断片的なもので、まとまりのあるイメージではない。その上、ほとんどのヨーロッパ人は、私でも数日掛ければ徒歩で横断できるほど狭い地方で生まれた。彼らとおなじで私も、アメリカの壮大なスケールやその多様性をつかみとることなどとてもできなかった。

私がはじめてアメリカにやってきたのは一九七五年である。ボストンに着陸した私は、いっしょに滞在する予定だったハーヴァード大の友だちに電話を入れることにしていた――が、公衆電話はダイム（十セント硬貨）しか使えない。いったいどのコインがダイムなのか私には分からない（コジャックはこんなものを使っていなかった）。私は親切な警官に助けてもらった。警官はアメリカの貨幣について何一つ知らない私をとてもおもしろがっていた。

イギリス人の妻と私はカリフォルニア州のデーヴィスまで、大陸を横切ってドライブすることになった。私は一年間、そこで教えるために招かれていた。中古のＶＷバグ［いわゆるカブトムシ］を買うつもりだった。が、最初に会った販売員に説得されて、ビュイック・ルセーバーを買うことになった。色はゴールド、オートマティックで、長さが十八フィートほどある。追い風で一ガロンにつき十マイルは走れるという。ビュイックに乗ってわれわれが最初に出かけた先はピザ屋だった。イギリスではピザがまだ珍しかった――それにサイズも小さい。直径が七インチで厚さが半インチほどだ。カウンターの向こうでボーイが、どのサイズにしますかと訊いた。われわれは何のためらいもなく、「大」と答えた――そしてそれを二人分注文した。厚紙でできた巨大な箱が二つ運ばれてきたときには、われわれも少々途方に暮れてしまった。それぞれの箱には、十六インチもあろうかというシカゴスタイルのピザが入っていた。十人分の食事だ。アメリカが大きさに取り憑かれていること、これこそ私が一番はじめに感じたことだった。第一の予感。

懐具合が悪いままにわれわれは西へと向かった——車を止めたのはわずかにわれわれの食料調達のためと、燃費の悪いビュイックにガソリンの補給をするためだけだった。サウスダコタ州のスーフォールズで、私ははじめてアメリカのモーテルに泊った。料金は信じがたいほど安かった。試しに私は、シャワー付きの部屋にグレードアップすることはできないのかと訊いてみた。フロント係は私の発音が理解できなかったふりすると、あからさまに見下した様子で説明をした。「ここの部屋にはみんなシャワーが付いてます」。これはヨーロッパ人の耳には信じがたいことだった。実際にそれを目にして、はじめてわれわれは彼の言葉を信じることができた。第二の予感、アメリカ人は潔癖症である。

サウスダコタ州のラピッドシティー（「放牧地戦争《レンジウォー》終結の地」）、それにリノを経由して、われわれがデーヴィスに着いた頃には、奥の深いアメリカ文化に対して、われわれもかなりの尊敬を払うようになっていた。むろん車を除いての話だが。アメリカは「大きな」国だ——大きな空、大きな山、大きな草原——それに加えて、すべてが美しい。明らかに醜い側面でさえ、その背景によってなんとか周囲に馴染んで適応している。たとえば、アマリロ市から西へ何マイルも続くガソリン・スタンドと安モーテルは、これがヨーロッパのどこかならこの世の終わりのようになるだろうが（ミラノ郊外の似たような光景はグロテスクそのものだ）、これがテキサス州西部の壮大な配列に置かれるとロマンティックに夕靄の中に融け込んでいる。

はじめて車で大陸を横断して以来、私は七回ほどこの大陸を横切った。古くからの入植地——シャイアン、ノックスビル、サバナ——はそれなりに連続性を維持している。が、今日のヒューストンやフェニックスやシャーロットを愛する者がはたしているだろうか。荒涼としたおびただしい数のオフィスビルと交差点。それは九時から五時まで、人を惑わすようにせわしなく動き、夕暮れ時に機能を停止する。オジマンディアスのようなこれら脱都会地は、ひとたび水が出たり、ガソリンの高騰のために存在の意味がなくなれば、たちまち、そこから生まれ出た湿地帯や砂漠へと逆戻りしてしまうだろう。

さらにそこには、この国の植民地時代にしっかりと根付いた、古い海岸沿いの入植地がある。かつて私はニューオーリンズで無一文になったことがあった（コインランドリーで金を奪われたのだ）。そのときにたまたま、ペンシルベニア州のハリスバーグへ車を届けてくれという申し出を受けた。それはナショナルフットボールリーグのピッツバーグ・スティーラーズに所属する、スターティングメンバーのラインバッカーへ届けるためだ。車は長くてスリムなアメリカ製のマッスルカー［大排気量のスポーツカー］だった。ボンネットには、にんまりと笑った虎の絵が描かれていて、虎は皮のコートを思わせぶりに開いている。予想はしていたものの、われわれは五十マイル走る毎に止められた。車を停車させると、白バイの警官が威張りくさった様子でやってきて、派手に装飾をした高級車に乗り、スピード違反をした自信過剰なやつを、いまにも叱り飛ばしてやろうといった風情なのだ……。が、そこで彼が発見したのは、かわいそうなケンブリッジ大学のチューターと、恐れおののいている彼の妻だけだった。しばらくするとわれわれも、この車の効果をむしろ楽しむようになった。

以前私は、ネブラスカ州のノースプラットで、ある悲観的な啓示を受けたことがある。その場所は都市と名のつくようなところから、はるかに何百マイルも離れていて、もっとも近い海からでも何千マイルも離れていた。どこだか分からないそんな場所の真ん中で、八フィートもの高さのトウモロコシが生えた畑に囲まれながら、「私」は一人きりだと感じた。こんな場所に住む人は、いったいどんな気持ちがするのだろう。自分たち以外の国の人々が何をしていて、その人々は自分たちについて何を考えているのか。アメリカ人のほとんどは、そんなことにまったくの無関心を決め込んでいる。が、それもさして驚くには値しない。それではいったい中国はどうなのか。が、中国人はアメリカ人ほど深刻な状態には陥っていなかった。

ミシシッピデルタからカリフォルニア州南部にかけては、小さな町や入植地が風景の中に点在している。それはまるで目の覚めるような眺望で一幅の絵を見ているようだ。ダラスから北西へ、テキサス高原のもっとも人里離れたディケーターへ向かって車を走らせると、それぞれの入植地にあるのは、ガソリンスタンドが一つと冴えないモーテルが二つほど（それもたいていは閉まっている）だけで、ときどきコンビニエンスストアがあったり、トレーラーハウスの小さな塊があったりする。しかしそこには地域の共同社会をほのめかすようなものは何もない。が、わずかに教会だけはある。ヨーロッパ人の目には、たいていそれは、大きな十字架をてっぺんにつけた倉庫と大差がなかった。しかし、小さなショッピングセンターや帯状の住宅の中で、教会はひときわ目立って見える。町では宗教がけっしてただの気晴らしではなかった——それはしばしば、すぐにそれと見てとれる社会的なもの、そして、さらに高い努力へとつながる唯一のものだった。こんな場所に私が住んでいたとしたらどうだろう。私もまたおそらくは神が選んだ「選民」の仲間入りをしていることだろう。

　しかし、私のような職業に従事している者にはその必要がない。アメリカに関して、とびきりすぐれている点は何かといえば、それは大学だった。が、ハーヴァードやイェール、そしてそれに類する他のすべての《エ・トゥッティ・クワンティ》大学ではない。たしかにこれらの大学はすばらしい。しかし、それはアメリカに特有のものではない——そのルーツを探れば、それは大洋を渡ってオックスフォードやハイデルベルクなどの大学へと行き着くものだからだ。しかし、アメリカのように「公立」大学を誇り得る国は、世界中のどこを探しても見つからない。ところどころに広告板があばたのようにして立っている物寂しい中西部の雑木林の風景や、ザ・モーテル6、それに食品チェーンが軍事パレードのように並ぶところを、数マイルほど車を走らせると、突然、目の前に——十九世紀のヨーロッパ紳士たちが夢見た、何か教育上の幻想のようにして——現われる……図書館だ。それもただの図書館ではない。ブルーミントンのインディアナ大学が誇るのは、九百以上の言語で書かれた七千八百万冊に及ぶ蔵書である。それがインディアナの石灰石で作られた壮麗な二つの塔を持つ、霊廟のような建物の中に収められている。

これと似たような、人気《ひとけ》のないトウモロコシの風景を横切って、北西へ百マイル少々車で走ると、シャンペーン・アーバナのオアシスが姿を見せる。そこは一千万冊を越す蔵書の図書館のある、あまり魅力的とはいいがたい大学町だ。公有地の払い下げにより設立されたこれらの大学の中で、もっとも小さなものでさえ——バーリントンのヴァーモント大学、あるいはララミーにぽつんと立っているワイオミング大学のキャンパス——古くて由緒のあるヨーロッパの大学が、ひたすらうらやましく思うほどのコレクションや資料、施設、それに大望を誇っていた。

インディアナ大学やイリノイ大学の図書館と、その図書館のほとんどの窓から見える波打つ草原のコントラストが、アメリカ内陸部の驚くべきスケールとバラエティーを物語っている。これは、遠くにいてはとても理解しがたい何かだった。ブルーミントンの国際的なアカデミック・コミュニティーから南へ数マイルのところに、クー・クルックス・クラン［白人至上主義の秘密結社KKK］の昔からの中心地がある。それはテキサス大学の、他に類を見ないすぐれた文学上の財産が、信じがたいことに、大学を取り巻く高い丘陵地の狭量と偏見のまっただ中に存在しているのとよく似ている。アウトサイダーにとってこれはかなり不安を感じさせる配置だ。

アメリカ人はこのようなパラドックスを苦もなくやり過ごす。大学が教授を採用するのに——これはかつて私が、アトランタの近くの大学を考えてみるように勧められたときがそうだった

――近くに国際空港があるという条件を持ち出してくるのは、ヨーロッパの大学ではとても考えられないことだ。空港から簡単にあなたは「エスケープ」することができるという。ウェールズのアベリストウィスに打ち上げられた、故国のないヨーロッパの大学教師は、とてもこうした条件に注目することなどしないだろう。こんな具合で、アメリカ人は臆面もなく告白をする――いったいどうやって、私が最後にシャイアン州立大学に落ち着いたかっていうのかい？――これに対して、比較的一人ぼっちのイギリス人は、せっかくのサバティカル（長期有給休暇）をオックスフォードで過ごしたことについて、悲しげにぶつぶつと泣き言をいう。

私自身のものの見方《パースペクティヴ》についていうと、デーヴィスで過ごしたその年に受けた影響を、いまもなお引きずっている。カリフォルニア大学デーヴィス校は、もともと大学の農業部門の拡張として設立されたもので、サクラメントリヴァーのデルタ地帯――サンフランシスコと、とくにどことは特定できないが、その周辺のちょうど中間あたり――にあった。それはデルタの水田が広がる中、小高い場所に危うげに建てられていた。デーヴィス校はいまでは三千三百万冊の蔵書と、国際的なレベルの研究施設を誇り、グリーンエネルギー計画では国の指導的な役割を担っている。私が知っていた同僚で、もっとも興味深い人たちの中には、デーヴィスで一生を過ごす者もいた。しかし当時の私はこれを不思議なことだと思った。一年が終わると私は、ケンブリッジの旧き英国の親しみやすい世界へと用心して退却した。しかし、そこには以前とまったくおなじものなど何一つなかった。ケンブリッジ大学それ自体がどこか衰弱していて、何かこちらに束縛を強いている感じがした。パンケーキのように平べったいフェンランドも、水田とおなじように遠く感じられる。どのような場所でもということは、どこか他のどこにもない場所でということだ。

ジョン・ダン［一五七二―一六三二］は愛人を「アメリカ」に見立てて詩を書いた。ニューファンドランドはエロティックな発見を待っている。が、アメリカ自体は拒絶と誘惑を交互にくりかえす愛人だった――彼女は太り過ぎて、自慢たらたらの中年女に過ぎないのだが、なおある種の魅惑をたたえていた。疲れ果てたヨーロッパ人にとっては、矛盾とその珍奇さが魅力の一部をなしている。それは何度でもくりかえして自己発見（つねに他の者の手によってだが）に従事する古くて新しい国、産業革命以前の神話に覆われた危険で無垢な帝国だった。

私はこの国に誘惑された。はじめは宙ぶらりんな気持ちで、大西洋を行きつ戻りつしながら心は揺れていた。そして、自分のアンビヴァレント（相反する）な愛情を大西洋の両岸に向けていた。私の祖先たちは必要に駆られて移住をした。恐怖と極貧のために。そこに選択の余地はなかった。したがって彼らはほとんど疑問というものを経験していない。が、私は自主的な移民だった。そして私はこの選択が一時的なもので、取り消すことさえできると自分自身にいうこともできた。長い間私は、ヨーロッパに戻って教えるという選択をもてあそんでいた――が、自分がほとんどヨーロッパ人だと感じたのは、私がアメリカにいるときだった。ヨーロッパ＝アメリカ人だった私は、ボストンへ着陸してから二十年、すっかりアメリカ人になってしまっていた。

19　中年の危機

妻を替える男がいる。車を替える男もいる。中には性を転換する男もいる。中年の危機の特徴は、何か人目を引くほど変わったことをして、自分の若い時分との連続性を証明してみせることだ。たしかに「変わった」というのは相対語だ。この危機に必死で取り組んでいる人は、たいてい他のすべての人とおなじことをする——結局は、それがいま、中年の危機のさなかにいることを自分で知る方法でもある。しかし私の場合は少し違っていた。ちょうどその年齢だったし、その段階でもあった（二番目の妻と離婚をしようとしていた）。それに中年に特有のもやもやとした状態を経験していた。いったいどうしたというんだ？　とにかく私は自分の道を取った。チェコ語を勉強することにしたのである。

一九八〇年代のはじめ、私はオックスフォード大学で政治学を教えていた。仕事は安定していたし、職務上の責任もあった。それにすてきな家もあった。至福のわが家については、往々にして高望みが過ぎてしまいがちだ。が、私はその不足には慣れていた。しかし私は、それまでに没頭していた学問から、自分が徐々にかけ離れていくような気がした。当時のフランス史は追い剝ぎに襲われたような状態だった。社会史ではすべてのものに、いわゆる「カルチュラル・ターン」(文化的変容)や「ポスト」を付ける流行のおかげで、私はだらだらした大げさな長談義をむりやり読まされた。それは学問的に傑出したものとして、新たに作られた「学問分野の下位区分」によって、前へと押し出されたものだった。下位区分の信奉者たちは、やけに手近なところから植民地化をはじめていたのである。私はあきあきしていた。

一九八一年四月二四日に「ニューステーツマン」[イギリスの左派週刊誌]は、チェコの反体制派の人物から寄せられた一通の手紙を掲載した。それはヴァーツラフ・ラチェックという偽名を使って書かれたもので、E・P・トムソンのエッセーに対して礼儀正しい抗議を行なっていた。エッセーの中でこの偉大なイギリスの歴史家は、冷戦とそれに付随する罪について、東側と西側の双方に共同の責任があると述べた。それに対して「ラチェック」はたしかに、共産主義がもうちょっと責任を取るべきではないのかと提言をしていた。トムソンはこれに答えて、人を見下したような却下の長い回答を寄せた。それはチェコの反体制派の「ナイーヴな」自由への願望と、彼自身のいう「イギリスの自由の防衛」とを引きくらべたもので、それには次のような譲歩の言葉が付け加えられていた。トムソンは自ら誤解と気づくこともなく「チェコの知識人がなぜそんな風に考えるのか、その理由を理解するのはそれほど難しいことではない」と述べた。

私はこれを読んで、トムソンの傲慢さに腹を立てた。そしてそれを伝えるために記事を書いた。私の介入――そしてそこに現われていた同情――が、六八年に亡命していたヤン・カヴァン[チェコの外交官・政治家」に会うために、私がロンドンに招かれるという段取りを導き出した。われわれが会ったときには、カヴァンはひどくヒステリックになっていた。すでに彼はテムズテレビジョンのインタビューを受けていて、そこでうっかり、人々を混乱に巻き込みかねないチェコの地下組織について、情報を漏らしてしまったという——彼はそれを心配していた。私にすぐに放送局へ出向いて、その放映を中止させてほしいとでもいうのだろうか。

カヴァンが私のことを、それほどまでに影響力のある、オックスフォード大学の隠れたドンだと思ってくれたのはとても光栄だった。が、私はむろん分別をわきまえた人間だ。それなのに、私はドンのふりをしてスタジオへと向かった。番組のエディターは礼儀正しく私のいうことに耳を傾けてくれた。そして彼は、私がチェコスロヴァキアや地下組織の反体制派、あるいはカヴァン自身についてさえ、まったくといっていいほど知識がないことを瞬時につきとめた。さらに、私の職業から判断しても、さしたる影響力のない人物であることを見て取った。……そして、ていねいに私をドアの外へといざなった。

次の夜、フィルムは予定通りテレビで放映された。私の知るかぎりでは、この暴露によってひどく悩まされた者など一人もいなかった。が、ヤン・カヴァンの評判は大きな打撃を受けた。何年も経ったあとで、共産主義のチェコスロヴァキア社会主義共和国が崩壊したときに、彼の政敵がカヴァンを旧体制に協力したかどで告訴した。その際にテムズテレビのインタビューが補強証拠として引き合いに出されたのである。

その夜、オックスフォードに帰った私は、カヴァンに力を貸すことのできなかったことに決まりの悪い思いをした。自分の田舎くささがひどく恥ずかしかった。そして私はある決心をした。それはのちにそれなりに重大な決心だったことが判明するのだが、チェコ語を習得しようと思ったのだ。一つには、テムズテレビが私を無視したことがきっかけとなった。自分が重要人物でないことなど、私にとってはどうでもよかった。が、自分が重要でないのと知識が足りないのと、この両方だと思われたことに腹が立った。ある場所や問題について詳細で長い説明をしようとするのに、その土地の言語が私に馴染みがなかったことは、生まれてはじめての経験だった。政治学者たちがひっきりなしにこれをしていることは、私にも分かっていた。が、それこそまさしく私が政治学者ではない証拠だったのだから。

そんなわけで、一九八〇年代初頭の年初から、私は新しい言語の勉強をはじめた。まず、『チェコ語独習』《ティーチ・ユアセルフ・チェク》を買い求めた。二番目の妻の長期不在（私は次第にこれを歓迎するようになった）に便乗して、私は毎夜、この本に二時間を充てることにした。その教授法は昔ながらのやり方をしていたので、元気づけられるようで親しみが湧いた。ページ毎に文法が記され、スラブ語族特有の複雑な動詞の活用や、名詞・形容詞の語形変化に重点が置かれている。ところどころに語彙や訳文、それに発音や重要な例外などが組み込まれていた。手短かにいえばそれは、私がドイツ語を習ったときの教授法そのままだった。

この入門書で数カ月間勉強したあとで私は、孤立した独習者の限界を突破するためには、きちんと指導を受けるべきだと思った。当時オックスフォード大学では第一級の語学教育が行なわれていた。それは馴染みの言語やエキゾチックな言語をとりまぜた、多数の言語の授業だった。私は、チェコ語の初級者及び中級者レベルのクラスに加入するために正式な手続きをした。いま思い出してみると、クラスにはたった二人しか学生がいなかった。同級生はオックスフォード大で私の先輩に当たる歴史学者の妻で、彼女自身、才能のある言語学者だった。彼女に追いついていくために私に必要とされたのは、努力と集中力だったのである

一九八〇年代の後半になると、私は受け身の言語能力を身に付けていた。受け身のと強調しているのは、視聴覚教室から一歩外へ出ると、チェコ語が話されているのを実際に耳にすることなどほとんどなかったからだ。チェコを訪れたこともほんの数回しかない。私はすでに——中年期のはじめになると——未知の言語をマスターするにはかなりの時間が必要なことに気づいていた。しかし、チェコ語を読むという点では、十分満足のいく程度にそれができた。最初に読んだのはカレル・チャペックの『トマーシュ・マサリクとの対話』だった。これはチェコのもっとも偉大な劇作家と初代の大統領との間で行なわれた、一連のすばらしいインタビューと対話である。チャペックのあとで読んだのはヴァーツラフ・ハヴェル［一九八九年、チェコスロヴァキア大統領となる］だった。そして私は彼について書くことをはじめた。

チェコ語の学習は私をチェコスロヴァキアへと導いてくれた。一九八五年と八六年に私はチェコへ旅をしている。本を密輸する小さな軍隊の一兵卒として入国した。この密輸隊の兵士はロジ

ャー・スクルートンによって募集されたもので、チェコの大学から追放されたり、あるいは大学へ出席することを禁じられた講師や学生たちを支援するものだった。私は個人のアパートメントで、熱心に耳を傾ける若者たちに向かって講義をした。部屋を埋め尽くすほどたくさん集まった若者たちは、議論に飢えてはいたが、アカデミックな評判や流行についてはまったく知るところがなかった。私はもちろん英語で講義をした（が、年配の教授たちはむしろドイツ語を好んで使っていたようだ）。チェコ語を使う機会があったのは、私服の警官から突然、とても本気とは思えぬような質問を受けて、それに答えたときくらいだ。警官は反体制派のアパートメントの外で、街灯の下に立ち、アパートメントにやってくる人たちに「いま何時でしょう」と尋ねては、彼らが外国人かどうかを確かめていた。

当時のプラハは陰鬱で寂しい街だった。グスタフ・フサークのチェコスロヴァキアは共産主義の標準からすれば、豊かだったかもしれない（ハンガリーに次いで二番目だったわけだから）。が、チェコはぞっとするような元気のない国だった。その頃の共産主義体制を目にした者は誰一人として、崩壊しつつある社会に閉じ込められ命運尽きたドグマの見込みに、いかなる幻想を抱くこともできなかった。しかし私はそこで、熱狂と興奮の渦巻く中に身を置いて日々を過ごしていた。そして、そのたびに元気づけられ、胸高鳴ってオックスフォードへと帰ってきた。

私は東欧史を教えはじめた。そして——多少の不安を覚えながら——東欧史を書きはじめた。とくに私は、東欧で非公式な地下活動をしている反体制派に強い興味を抱き、彼らと関わりを持つようになった。ヴァーツラフ・ハヴェル、アダム・ミシュニク〔ポーランドの歴史家・評論家〕、ヤノス・キス〔ハンガリーの政治学者〕、それに彼らの友人たちが書いたものを読んだり、彼らと議論を交わしたり、（ときには）彼らと会って話をすることで、一九六〇年代の終わり以来——少なくとも私にとっては——不案内だった、チェコの切羽詰まった状況に対する政治的情熱や、学問的、知的関心を私は再発見することになった……それは私がその十年間で、思い出すことのできる何事にも増して、はるかに深刻で重大な出来事だった。中東欧に没頭したことによって私が生き返ったといえば、いささか誇張に過ぎるだろうか。そうでもないと思う。

オックスフォードに帰った私は、専門家や中東欧からの亡命者のもとをしばしば訪れた。そして、ソビエト圏内から追放された知識人たちを受け入れるプログラムを作った。この暗い、そして愚かにも研究が遅れているヨーロッパの一地域、そこに関心を寄せる若い歴史家やその他の人々。私は彼らの仕事を斡旋しはじめた——このプロジェクトは、私がニューヨークへ移ってからもなお、大きな財政上の支援を受けながら続けていくことになる。

とりわけポーランドを通して、その国で、また亡命先で新たにできた友人たちを通して、私は自分自身の素性である東欧のユダヤ人にもつながりを持つことができた。中でも特筆すべきは、これについても私は引き続きばつの悪い思いをしたのだが、それまで私がまったく知ることのなかった、豊かで魅力的な文学を発見したことだ。この無知は、もっともすぐれたイギリスの教育にさえ見られる欠点で、偏狭な性質をその特徴とするが、これについてはもちろん私自身にも責任があった。

換言すると、チェコ語を学ぶことは、私をまったく異種の学者に、歴史家に、そして人間にしてしまった。たとえば私がポーランド語を選んでいたら、違いはずいぶん大きかっただろうか。友人たちはおそらくそう考えただろう。彼らにとって、チェコ語は小さなスラブ系言語に過ぎないし（あとになってロシア人の同僚たちがポーランド語についていったこととおなじだ）、たとえば、ウェールズの歴史に等しいものを、どうしたわけか私が専門に選んでしまったのだから。が、私の考えは彼らとは違っている。ポーランドの（あるいはロシアの）ように、はっきりとした文化的偉大さを持つ感覚は、まさしく私が避けて通ろうとしたものだ。むしろ私が好んだのは、著しくチェコ的な性格だった。そこにあるのは不安と文化的な不安定、それに懐疑的な自己嘲笑だ。こうしたことはユダヤ人の書いたものから私にはすでに馴染みのものだった。誰よりもカフカがそうなのだが、カフカはまた卓越したチェコの作家でもある。

チェコに取り憑かれることがなかったら、私が一九八九年十一月にプラハにいることはなかっただろう。そのとき私は広場のバルコニーから、ハヴェルが大統領を引き受ける場面を目撃した。また、ブダペストのゲレルト・ホテルに座って、ヤノス・キスが、ポスト共産主義といっても社会民主主義のハンガリーに向けた彼の計画を説明する声に、耳を傾けることもなかったかもしれない。当時でもさびれていたこの地域にとっては、それでも最善の希望だったのである。そして数年後、北トランシルヴァニアのマラムレシュ地方で、ルーマニアのポスト共産主義のトラウマについて、エッセーを書くためにノートを取っている自分を見い出すこともなかっただろう。

　そして何よりも、一九四五年以降の『ヨーロッパ戦後史』を私はけっして書くことがなかっただろう。どのような欠陥があろうとも、この本が希少なのは、ヨーロッパの歴史を二分して、一冊の物語に統合しようと思った決断のためだ。ある意味で『ヨーロッパ戦後史』には、フランス的な歴史の流行から解放された批評家になるよりも、むしろ、ヨーロッパの総合的な歴史家になろうとした私の試みが反映されている。私が行なったチェコでの冒険は、新しい妻を与えてはくれなかったし（それはずっとのちになって、それも間接的に与えてくれたが）、新車を与えてくれたわけでもない。しかし、その冒険は、私が望み得る最良の中年の危機だった。それは私を治療して、ポストモダンの学会が病む、方法論的な自己中心主義という業病から永久に解放してくれた。それは私を、好むと好まざるとにかかわらず、信頼できる公共の知識人にしてくれた。世の中には、われわれの西洋哲学で夢見られているよりも、さらに多くの事柄があり、私は——遅ればせながら——その内のいくつかを目にした。

20　囚われの魂

何年か前に私は、ポーランドとリトアニアの国境近くにある村クラスノグルダに行き、チェスワフ・ミウォシュ〔一九八〇年にノーベル賞を受けた詩人〕の改修された旧領主館を訪れた。私を招いたのは「ボーダーランド基金」の理事長クシュシュトフ・チュジェフスキで、この基金はもっぱら、この地方のたがいに相容れない記憶を研究して、地元住民たちを和解させようとしていた。真冬のことで、あたりは見渡すかぎりの雪原、ところどころに氷で覆われた木立と、国境を示す柱があるだけだった。

チュジェフスキは熱弁をふるって、先祖から伝わるミウォシュの家のために計画した文化交流について語った。その間も私は自分の考えにのめり込んでいた。ここから七十マイルほど北のピルヴィシュキアイ（リトアニア）では、父の家系のアヴィガイルの一族が住み、そこで死んだ（ナチスの手に掛かって死んだ者もいた）。われわれのいとこのマイヤー・ロンドンは一八九一年に、近くの村からニューヨークへ移住した。彼はそこで一九一四年に、社会主義者としては二人目の連邦議会議員に選出されたが、その後失脚を余儀なくされた。それは、彼の社会主義によって妨害を受けたニューヨークの富裕なユダヤ人たちと、シオニストのプロジェクトに投げかけた、彼の名高い嫌疑に愕然としたアメリカのシオニストたちの、恥ずべき連携によるものだった。

ミウォシュにとってクラスノグルダ――「赤い土」――は彼の「生まれた国《ネイティヴ・レルム》」（オリジナルのポーランド語では「ロジンナ・エウロパ」）。したがって、より正確な訳は「ヨーロッパの故国」あるいは「ヨーロッパの家系」）だった。(1) が、いま、この荒涼とした白い風景を眺めている私にとっては、それはイェドヴァブネやカティン、それにバービーヤール――ともにここからは至近距離にある――の、いうまでもないことだが、身近な暗い記憶を象徴するものだった。チュジェフスキはおそらくこのすべてを承知していた。事実彼には、ヤン・グロスがイェドヴァブネの虐殺について書き、ポーランドで物議をかもした本の出版に関して個人的な責任があった。(2) しかし、二十世紀最大のポーランド詩人［ミウォシュのこと］は、この地域にいつまでもしつこくつきまとう悲劇を超越していた。

ミウォシュは一九一一年に、当時ロシア領だったリトアニアで生まれた。実際、多くの偉大なポーランド文学者たちとおなじように、彼もまた地理的な条件から判断して、厳密な意味では「ポーランド人」ではなかった。ポーランドで現存するもっとも重要な詩人の一人であるアダム・ザガイェフスキはウクライナで生まれた。イェジー・ギェドロイツ――二十世紀が生んだ亡命文学の重要人物――はベラルーシで生まれた。ポーランドに文学の復活をもたらした、十九世紀の偶像的な存在アダム・ミツキェヴィチもまたベラルーシの生まれだ。とりわけリトアニアの首都ヴィリニュスは、ポーランド人、リトアニア人、ドイツ人、ロシア人、ユダヤ人、そしてその他の人々の国際的な混合都市だった（アイザイア・バーリンは、ハーヴァード大学の政治学教授ジュディス・シュクラーとおなじように、近隣のリガで生まれている）。

ミウォシュは大戦間のポーランド第三共和国で成長して、侵略と占領を生き延びた。戦後、新生の人民共和国で文化担当のアタシェとしてパリへ派遣されたときには、すでにひとかどの詩人となっていた。しかし一九五一年、彼は西側へ亡命する。そしてその二年後に、彼の書いたものではもっとも影響力の大きかった『囚われの魂』を刊行した(3)。この本が描いていたのは、知識人たちがスターリン主義に惹かれていく様子、さらに一般的には、権威と権威主義がインテリにとっていかに大きな魅力になったかということだった。これは一度も絶版になることのない、きわめて洞察力に富んだ不朽の報告となった。

ミウォシュがこの本の中で研究しているのは四人の同時代人たちだ。そして、彼らが自主から服従へと至る道筋の中で、その犠牲となっていく自己欺瞞について述べ、「帰属感」に対する知識人たちの要望、と彼が呼んでいるものについて強調している。彼が主題とした人物の内二人――イェジ・アンジェイエフスキとタデウシュ・ボブロフスキ――は、イギリスの読者にも馴染みがあるかもしれない。アンジェイエフスキは『灰とダイヤモンド』の作者として（この作品はアンジェイ・ワイダによって映画化された）、ボブロフスキは焼け付くようなアウシュヴィッツの回想記『皆さん、ガス室へどうぞ』の作者として。

しかし、ミウォシュの本がもっとも読者の記憶に残るのは、次の二つのイメージによってである。一つは「ムルティビングの丸薬」。ミウォシュはこの言葉に、スタニスワフ・イグナツイ・ヴィトキェヴィッチのあまり知られていない小説『貪欲』（一九二七）の中で出会っている。この物語で中欧の人々は、正体不明のアジア系民族が大挙して、いまにも侵攻してくるという予報に直面する。そして彼らは小さな丸薬を飲むのだが、それが彼らを恐怖と心配から解き放ってくれた。薬の効き目に元気づけられた人々は、新しい支配者たちを単に受け入れただけではない。嬉々として積極的に彼らを歓迎した。

二つ目のイメージは「ケトマン」のそれだ。この言葉はアルチュール・ド・ゴビノーの『中央アジアの宗教と哲学』〔一八六五〕から借りたもの。本の中で、フランスの旅行家は、ペルシア人が行なっていたアイデンティティーの方法を報告している。それは「ケトマン」と呼ばれている方法で、この方法を自分の中に取り込んだ人々は、あることを口にしながら別のことを信じるという矛盾を抱きつつ生きることができる。つまり彼らは、支配者たちが繰り出す新たな要求に応じながら、その一方心の中のどこかで、自由な思索人——あるいはともかく、他人の考え方や命令に自分自身を自由に従わせることのできる思索人——の自分を保持していると信じていた。

ミウォシュによれば、ケトマンは「慰安をもたらし、可能性という夢を育ててくれる。そして柵で囲んだだけでも、そこでは空想という癒しが与えられる」。引き出しの中にとどめ置くために書くことは、内なる自由の証となる。少なくとも、読者がそれを読みさえすれば、読者は彼のことをまともに受け止めてくれるだろう。

西側の経済システムは芸術家や学者たちを冷淡に扱っているが、その冷淡さに対する恐怖心が、東側の知識人たちの間に広がっている。彼らは、自分たちが善良な愚か者と見られるよりも、むしろ知的な悪魔として扱ってもらう方がよいという。

「ケトマン」と「ムルティビングの丸薬」について語りながら、ミウォシュは同調者、裏切られた理想主義者、それにひねくれた事大主義者たちの心の状態を鮮やかに分析する。彼のエッセーはその繊細さで、アーサー・ケストラーの『真昼の暗黒』の上を行くが、容赦のない論理性ではレーモン・アロンの『知識人たちの阿片』には及ばない。私はこのエッセーを、長い年月の間、私の気に入りだった講座でよく教えたものだ。「中欧および東欧のエッセーと小説の概観」というのがその講座名で、そこではミラン・クンデラ、ヴァーツラフ・ハヴェル、イヴォ・アンドリッチ、ヘダ・コヴァーリ、パウル・ゴマなどの著作を取り上げた。

しかし私は気がつきはじめていたのだが、クンデラやアンドリッチの小説、あるいはコヴァーリやエフゲニア・ギンズブルクの回想などは、馴染みのない題材であるにもかかわらず、アメリカの学生たちにはとっつきやすかった。それに対して『囚われの魂』はしばしば理解不能という声に出会った。ミウォシュはミウォシュで、彼の読者なら、信奉者たちの心の状態を直感的に理解できるのは、ごく当たり前のことだと思っている。信奉者とは、「歴史」そのものに自分を重ね合わせて、表現の自由を許さない体制と、熱狂的に手を結んでしまう男や女たちのことだ。一九五一年になってミウォシュは、この現象——それが共産主義であろうと、ファシズム、あるいはその他の政治的な抑圧のいずれであろうと——がそれほど珍しいものではないということを、当然のことながら見通すことができた。

そして実際、私が一九七〇年代にこの本をはじめて教えたときには、時間のほとんどを費やして、自称急進的な学生たちに、「囚われた魂」がなぜよくないのか、その理由について説明をした。しかし、それから三十年経っても、若い私の聴講者はあっけないほど簡単にけむに巻かれてしまう。なぜひとかどの人物が、自分の魂を「どんな」考え方にでも売り渡してしまうのだろうか。ましてや抑圧的な考え方にまで。二十一世紀が終わるまでには、北アメリカの学生の中で、マルクス主義者に出会う者などほとんどいなくなるだろう。非宗教的な信仰に対する自己犠牲的な傾倒がどのようなものなのか、それは学生たちの想像力の範囲をはるかに越えていた。私が手はじめに行なった仕事は、人々がなぜマルクス主義に幻滅するようになったのか、その理由を説明することだった。今日、われわれが直面している克服しがたいハードル自体が錯覚そのものを説明している。

現代の学生たちには、この本の要点がどこにあるのかがわからない。全体の課題がまったく役に立たないように見えてしまう。抑圧、苦しみ、アイロニーはもちろん、宗教的な信念でさえ彼らは理解することができる。それなのに、観念的な自己欺瞞とは何なのか？　こんな調子でミウォシュの死後の読者たちは、彼がその無理解ぶりをみごとに描いた西洋人や亡命者たちに似ていた。「彼らはどうやって金を支払えばよいのか分からない――海外の人たちには分からないのだ。彼らはどんなものを、いくら出して買えばよいのか分からない」

おそらくたしかにその通りだろう。しかし、囚われた心の状態は一つだけではない。形はそれ以上にある。ほんの数年前、ジョージ・W・ブッシュのヒステリックな戦争への扇動に、やすやすと心奪われた知識人たちの、ケトマンのようなトランス状態を思い出してみることだ。彼らの中で、大統領を褒め称えた者などほとんどいなかっただろう。ましてや彼と世界観をおなじにする者などいなかった。それなのに彼らは、例によってブッシュのうしろに並んだ。そして一方で彼ら自身、個人的な秘密を留保していたことは疑いのないところだ。その後、自分たちが間違っていたことが明らかになると、彼らはそれを政府の無能のせいにした。ケトマン風の但し書きで彼らは誇らしげに主張する。実際のところ、「間違っていたわれわれは正しかった」――これはたとえ、無意識の内に、フランス人の同調者たちが残した「口頭弁論《プレドワイエ》」――「アロンとともに正しいよりも、サルトルとともに間違っている方がいい」――をまねたものだとしても、明らかに彼らの内奥をうかがわせるものだった。

今日われわれはなお、「イスラムファシズム」に対する十字軍を巡って、冷戦を再燃しようという、興奮したおしゃべりのエコーを聞くことができる。しかし本当のところ、われわれの時代に心が囚われているものはそれとは別の所にある。「市場」への現代人の信仰こそは、まさしく正確に、十九世紀に登場した大もとの分身（ドッペルゲンガー）――それは必要性と進歩、それに「歴史」に対する何の疑いもない信仰だ——の跡をたどっている。一九二九年から一九三一年まで、イギリス労働党で大蔵大臣を務めた、不運なフィリップ・スノーデンは、世界大恐慌に直面すると諸手を上げて降参し、資本主義の法則は不可避で、それに反対してみても意味がないと宣言した。これとおなじように、今日、ヨーロッパの指導者たちは、「市場」を緩和するために緊縮予算へいそいそと逃げ込んでいる。

しかし「市場」は——「弁証法的唯物論」とおなじで——ただの抽象的な概念にすぎない。それは超合理的（その議論は切り札を出してすべてに勝つ）であると同時に、不合理の極致でもある（それには疑問の余地がない）。この概念には熱心な信者たちがいる——彼らは創始者たちにくらべると二流の思想家たちだが、影響力は大きい。さらに続いているのが、その同調者たちだ。彼らは内心では教義の主張に疑問を抱いているかもしれない。が、そのことを説得する代わりのものが見つからない。そして三番目に登場するのが概念の犠牲者たちだった。とりわけアメリカでは、彼らの多くが丸薬を律儀に飲み込み、誇らかに教義の効力を褒め称えている。その便益について、彼らはけっして理解などしていないのだが。

中でも、イデオロギーが人々を捕らえる隷属状態がもっともよく見て取れるのは、代替案を心に思い描くことができない彼らの集団的な無能さだ。われわれは、無秩序な市場に対する何一つ制約のない信仰が、人を殺すことを十分に承知している。不安定な発展途上国で、最近まで「ワシントン・コンセンサス」［一九八九年に、アメリカの国際経済研究所のウィリアムソンが用いた語］と呼ばれたもの――そこでは財政緊縮政策、民営化、低関税、規制撤廃などが強調された――を厳しく履行した結果、何百万という人々の暮らしが破壊された。生命維持に必要な調合薬として、きびしい交易条件が講じられたのだが、その薬が多くの場所で、大幅に平均寿命を引き下げてしまった。しかし、マーガレット・サッチャーの不滅のいい回しによれば、「他に手だては何もない」

第二次世界大戦のあとで、共産主義がその受益者たちに与えられたという事実が、まさしくこの言葉の中にはあった。そして、スターリンを称賛する外国人の多くが、知的な監禁状態に追いやられたのは、「歴史」が共産主義者の未来に、明らかな代替案を提示することができなかったからだ。しかし、ミウォシュが『囚われの魂』を公にしたときには、西側の知識人たちはなお、真に競合することのできる社会的なモデル――社会民主主義、社会的市場、あるいは自由資本主義の改良型である統制市場など――について議論を重ねていた。今日、末席から奇妙なケインズ主義の抵抗があるとはいえ、意見の一致は支配的だ。

ミウォシュにとって、「東側の人間はアメリカ人を本気に受けとることができない。なぜならアメリカ人は自分たちの判断や思考習慣が相対的なものであるということを教えてくれる経験を一度もしたことがないからだ」。これは疑いもなくその通りだろう。しかもそれは、西洋の無知に直面したときにいだく東欧のいつまでも消えない懐疑主義を説明している。しかし、西側（それに東側）の解説者たちが、新しい汎正統性を前にしたとき、自ら進んで奴隷の状態になることに関しては、何一つ無実で潔白なものなどない。彼らの多くはケトマンのように、分別は十分にわきまえているものの、自分の主張を思い切って行なうことを好まない。少なくともこの意味において、彼らはどこか本質的に共産主義時代の知識人たちと共通している。ミウォシュが生誕して百年、彼の独創性に富んだエッセーが刊行されて五十七年が経ったいま、奴隷根性の知識人に対するミウォシュの告発は、これまでにも増して真実味を帯びている。「彼［知識人］の主要な特徴は自分自身で考えることへの恐怖感だ。」

（1） Czesław Miłosz, *Native Realm (Rodzinna Europa)* (1959; Doubleday, 1968).
（2） Jan Gross, *Neighbors: The Destruction of the Jewish Community in Jedwabne, Poland* (Princeton University Press, 2001).
（3） Czesław Miłosz, *The Captive Mind (Zniewolony umysł)* (1953; Vintage, 1981).

21　ガールズ、ガールズ、ガールズ

一九九二年、私はニューヨーク大学歴史学部長だった——私はまた六十歳になっていない、そしてホモではない、ただ一人の独身男性でもあった。可燃性の混合物だ。私の研究室の外には、掲示板にひときわ目立つように、大学のセクシャル・ハラスメントセンターの位置と電話番号が表示されている。歴史という学問はほとんど女性化された学問分野といってもよい。卒業生のグループは差別待遇——あるいはそれよりさらに悪いもの——のサインを見つけるべく、準備万端怠りない。身体上の接触は悪意を推定する根拠の構成要素となる。閉められたドアはもはやまぎれもない証拠だった。

私が学部長になった直後である。大学院の二年生が研究室に立ち寄った。以前プロのバレリーナだった女性で、東欧に関心を抱いていて、私といっしょに仕事をすることを人に勧められていた。しかしその学期には、たまたま私の授業がなかった。したがって私は別の機会にくるように、と彼女にアドバイスすることはできただろう。が、それをせずに私は彼女を招き入れた。ハンガリーの経済改革について、密室のディスカッションをしたあとで、私は課外の学習を提案した

――次の夜からさっそく学習を地元のレストランではじめた。二、三度課外の授業をしたあとで、虚勢を張って彼女を『オレアナ』の初演に誘った――これは大学キャンパスのセクシュアル・ハラスメントを下手に戯曲化したデヴィッド・マメットの芝居である。

　このような自己破壊的な行為を、私はどんな風にして説明すればよいのか。私の世界はどのような思い違いの世界だったのか。私だけは例の上品ぶった懲罰的行為に心を動かされずに過ごすことができる――つまり、私には性的正義のベルが鳴らないなどと考えていたとは。私は他の誰もと同じぐらいフーコーを知っていたし、ファイアストーン、ミレット、ブラウンミラー、ファルーディ、それにあらゆる女性《エ・トゥッテ・クワンテ》の書いたものに親しんでいた。[1] したがって、彼女がたまらなく魅力的な目をしていたとか、私の意図が……曖昧模糊としていたといってみても役には立たないだろう。では、私の言い訳は？「すいませんが、私は六〇年代の男なんです《プリーズ・サー、アイム・フロム・ザ・シクスティーズ》」

　六〇年代はじめに青春期を過ごした男子の生活は、奇妙に閉じ込められたものだった。われわれはなお両親の道徳的な世界に住んでいた。デートをすることは難しかった――車を持っている者などいないし、家はプライバシーを守るにはあまりにも狭すぎた。避妊の手段は手に入れることができたが、それも非難めいた薬剤師に面と向かう心づもりがあればの話だ。少年や少女たちに対しては、無垢と無知という揺るぎない世間の思い込みがあった。私の知っていた少年たちは、そのほとんどが男子校に通っていた。したがってわれわれはめったに女の子と会う機会がない。友だちと私は苦労してやっと手に入れたお金を、ストリートハムのロカルノ舞踏室で、日曜日の朝に開かれていたダンス教室のために使った。しかし、毎年恒例の懇親会のときには、ゴドルフィン&ラティマースクールの少女たちがやってきて、われわれみんなを見ては四六時中笑っていた。われわれはこの新企画を早々に切り上げてしまった。

たとえデートをしたとしても、それはまるでおばあさんの機嫌を取っているようなものだった。当時の少女たちは難攻不落のマジノ線のように、ホック、ベルト、ガードル、ストッキング、ガーター、スリップ、それにペチコートなどで身を固めていた。年長の少年たちは、あんなものはその気にさせる邪魔ものに過ぎない、簡単にかわせる、と請け合った。が、私にはそれが、恐ろしげなものに思えた。そんな感想を持ったのは私一人ではない。あの時代の映画や小説にはいくらでも、そのことを説明したものがあった。あの頃われわれはみんな「チェジルビーチ」［マキューアンの小説『初夜』の原題］に住んでいたのだ。

そののち、驚いたことにわれわれは、自分たちが「性革命」の一角にいることを知った。数カ月の内に若い世代の女性たちは、一世紀にわたって身にまとっていたランジェリーを脱ぎ捨て、パンティストッキングとともに（あるいは、それをはかずに）ミニスカートを身につけた。私の知り合いの男性で、一九五二年よりあとに生まれた人々は、そのほとんどが、先に挙げた下着については大半を耳にしたことさえなかった――ましてやそれを見たことなどまったくない。フランスのポップスターのアントワーヌが、モノプリ（フランスのKマートのようなところ）で避妊用のピルを買うことを楽観的に歌った。[2] ケンブリッジで私は、冷静にそして世知にたけた風をして、友だちがガールフレンドの妊娠中絶の手配をするのを手伝った。みんながみんな「火遊び」をしていたのである。

あるいはそれをすると主張していた。私の世代は理屈と実践とのギャップで頭がいっぱいだった――私はカリフォルニアにいたある男を知っている。彼の博士論文は「理論上の理論と実践、そして実際問題としての理論と実践」に焦点が絞られていた。性的にわれわれはこのコントラストを生きていた。理論の上では、自分が流行の先端を行っているという誇りを持っていたが、実践となると、依然としてわれわれは遵法者の一団だった。われわれは六〇年代の青春というより、むしろ、五〇年代の青春が作り上げたものだったのだ。われわれの世代では、驚くほど多くの者たちが若い内に結婚した――それもたいていは、最初に本気で付き合ったガールフレンドといっしょになっている。そしてその多くが、別れることなく結婚生活を続けていた。誰もがどのようなことをしてもよい、という奪われることのない権利を擁護していながら、われわれ自身は、多くのことをする機会をほとんど持つことがなかった。

先輩たちは『ラッキー・ジム』や『怒りをこめてふりかえれ』で描かれたような、閉所恐怖症的世界の中で成長した。彼らは、自分たちが違反をしないようにと教えられた限界に、あまりにも束縛されたために、研究室の年少者や女子学生を誘惑しようとしたのかもしれない。が、彼らは結局のところ無意識の内にルールに縛られていた。彼らは自分の空想の外で生きようとはしなかった。しかし、それとは反対にわれわれは、日常の生活から空想を何とか識別しようと骨を折った。六〇年代の自己中心主義――「戦争より、セックスをしよう《メイク・ラブ、ノット・ウォー》」「あなたのやりたいようにしなさい」「何もかもさらけ出そう」――はたしかにタブーを打ち破った。が、それはまた良心に目隠しをしてしまった。立ち入り禁止になるものなど、何一つなかったのである。

一九八一年、オックスフォード大学に到着した直後に、私はある学生とそのボーイフレンドを夕食に招待したことがあった。妻と私は田舎の村で暮らしていた。若いカップルが家に着いたときには、すでに雪が激しく降っていた。カップルは一晩泊まっていかざるをえないだろう。私は深く考えもせずに、ダブルベッドの置いてある非常に小さな客室を使うように指示して、二人におやすみなさいといった。それからだいぶ経って、突然私の頭に浮かんだのは、二人はいっしょに寝ているのだろうかという考えだった。二、三日してから、私はそっとそのことを口してみると、若い女性は私の肩をぽん叩いて、「分かってるわトニー、心配しないで。あなたは六〇年代のタイプよね」といった。

われわれのあとからくる世代は――古いスタイルの拘束から解放されたが――新たな制限を自らに課すことになる。一九七〇年以降、アメリカ人はハラスメントの気味のあるものはどんなものでも、ひたすら避けるようになった。それはたとえ末永く続きそうな友情や、いちゃつく楽しみを打ち捨ててさえも実行された。十年前の人々のように――理由は非常に異なっているが――

彼らは驚くほど過失に用心深かった。私はこれを重苦しいものに感じた。ピューリタンたちは欲望を抑制することについては、理にかなった神学上の根拠を持っていた。が、いまの遵法者たちに、そのような語るべき物語はない。

しかし、にもかかわらず、現代の性的関係に対する懸念は、ときに滑稽な気晴らしを与えてくれる。私がニューヨーク大学の人文学部長をしていたときだったが、若い有能な教授が、彼の学科にいた大学院生によって訴えられた。教授からいかがわしい誘いを受けたというのだ。教授は明らかに、彼女を備品の収納室へ連れていき、自分の思いのたけを彼女に伝えた。訴えられた教授は事の次第をすべて打ち明けてその事実を認めた。そして妻にはいわないでほしいと私に懇願した。私の同情は分裂した。若い男性はたしかに愚かな行動をした。しかし、そこには脅迫という問題はなかったし、成績の評点と性的な関係を取り引きしようという申し出もなかった。が、それでもやはり彼は厳しい非難を受けた。実際、彼の職歴は台なしにされてしまった——学部は彼の終身在職権を否定した。というのも、彼の授業を受けにくる女性がまったくいなくなってしまったからだ。その間も、彼の「犠牲者」にはお定まりのカウンセリングが施されていた。

それから何年か経ってからだ。私は大学の弁護士の事務所に呼ばれた。あのおなじ若い女性に、今度はニューヨーク大学が訴えられたというのである。それでは、その弁護のために私に証人になれとでもいうのだろうか。注意しろ、と弁護士は私に警告した。「彼女」は実は「彼」だったという。そしてその「彼」が大学に対して訴えを起こしている。大学が服装倒錯者としての「彼女」の要望を真剣に受け止めなかったというのだ。われわれはこの訴訟を受けて立った。が、思いやりがないと相手に思われてはいけない。

そこで私はマンハッタンの最高裁判所へ出向いて、複雑な大学内のハラスメントについて、困惑した表情の配管工や主婦たちからなる陪審員団に説明をした。学生の弁護人は私に肉薄してきた。「あなたは私の依頼人が、トランスジェンダー（性差を越えようとする）の傾向を持つことに偏見を抱いていたんじゃありませんか」「どうして私がそんな偏見を持つことができるんですか、それが私には分かりません」と私は答えた。「第一、私は彼女を女性だと思っていました——それがまた、彼女が私に思って欲しかったことだったんじゃありませんか」。大学側が勝訴した。

別のケースでは、ある女子学生が不満を漏らしたことがあった。彼女に対して「私が差別をした」というのだ。それも彼女が身を許すことをしなかったのがその理由だという。学部の女性苦情処理係《オンブズウーマン》——非の打ちどころのないすばらしい信任状を持った聡明な婦人だ——が調査をしてみると、被害届けを出した女子学生が憤慨したのは、私のゼミへ参加するように誘われなかったからだということが分かった。彼女はてっきり、ゼミに参加する女性はみんな、特別扱いをされている（それにお返ししている）に違いないと思っていた。そこで私は説明した。それは参加した女性たちがみんな頭がよく、すぐれていたからだと。それを聞いた若い女性はびっくりした。彼女が想像していた差別の形はただ一つ、性的なものしかなかったのである。私が単なるエリート主義者かもしれないという考えは、けっして彼女の頭には思い浮かばなかった。

この物語はなかなか啓示的である。性的にあけすけな文学——ミラン・クンデラなどがその明らかな例だ——をヨーロッパの学生たちと議論しているとき、彼らはその話題について楽しげに語っている。が、それとは逆に若いアメリカ人は、男でも女でも——ふだんは明るくつねに前向きなのだが——性の話になるととたんにそわそわし出して、黙り込んでしまう。限界を越えるのを恐れるあまり、このテーマに関わることを渋って気乗りがしない。そう、セックス——あるいは専門用語を使うと「ジェンダー」——はたしかに、彼らが現実の世界で大人の行為を説明しようとしたとき、最初に思いつくことだった。

ここでは他の多くの領域で行なったように、われわれは六〇年代をあまりに真剣に取り上げ過ぎてしまったようだ。セックス（ジェンダー）はわれわれがそれを否定するときと同様、それにあまりにこだわりすぎるといびつになってしまう。社会階級や所得の区分の代わりをジェンダー（あるいは「人種」「民族性」「私」）が務めることは、政治学を気晴らしの趣味にしている人々にのみ起こり得ることで、概してそれは自分自身を世界に投影することだった。

どうしてすべてのことが「私」にまつわるものになってしまうのか？　私が重要だと考えていることが、社会全体にとって重要だろうか？　私の個人的な欲求が、当然のこととして広い関心に訴えかけるものだろうか？「個人的なことはすべて政治的」とでも言いたいのだろうか？

もしすべてが「政治的」だとしたら、政治的なものなど何もなくなってしまう。私はガートルード・スタインがオックスフォードで、現代文学の講演をしたときのことを思い出している。「女性問題についてはどうなのですか」と誰かが質問した。スタインの答えはボストンからバークレーまで、すべてのカレッジの掲示板で掲示され、飾られてしかるべきものだった。「すべてのものが、必ずしもすべてのことを説明し得るわけではありません」

われわれの青年期のふざけたモットーが、のちの世代にとっては彼らの生活様式となった。少なくとも六〇年代では、われわれが何をいったとしても、セックスは……セックスに関することで、それ以外でないことをわれわれは承知していた。が、それでもやはり、その後に起こったことは、われわれのあやまちであり落ち度だった。われわれ——左翼で学者で教師——は政治を、実際の権力の方が比喩的な意味合いより、数段興味深いと思っている人々にゆだねてしまった。政治的公正、男女間の政治闘争、とりわけ傷ついた感情に対する過敏症（あたかも感情には、損なわれてはいけない権利があるように）。これらがわれわれの遺産となるのだろう。

私はなぜ研究室のドアを開けておかなくてはいけないのだろう。あるいはなぜ私は、学生を芝居に連れていくべきではないのか。もし私が躊躇したら、私は最悪な共同体主義の自己検閲を、自分の中に取り込むことになったのではないか——そして告訴されるはるか以前に、自分自身の罪を予測して、他の人々のために小心な見本を提示することになったのではないだろうか。その通りだ。そしてもし理由がこれだけだというなら、私は自分の行為の中に何一つ悪い点を見い出せない。しかし、もしオックスブリッジの年月で身に付け、洗練された自信がなかったとしたら、私もまた自分の信念を貫く勇気に欠けていたかもしれない――けれども私はあっさり認めよう。たしかに知識人の傲慢さと世代的な例外意識の揮発混合物は、弱みなどないという思い込みに往々にして火を付けてしまうものである。

実際、ビル・クリントンの自己破壊的な逸脱、あるいはトニー・ブレアの、嘘をついてでも戦争(その必要性を評価できるのは彼だけだった)に踏み込む権利が自分にはあるとする主張は、ともにこのような無制限の資格を自分は保持しているという感覚だった。しかし注意すべきは、彼らの恥知らずな肉体関係や気取った態度にもかかわらず、クリントンもブレアも――ブッシュやゴア、ブラウンなど、その他多くの私と同世代の者たちとおなじように――はじめて真剣にデートした相手といまもなお結婚生活を続けていることだ。これについては、私は彼らとおなじようにいい張ることはできない――私は一九七七年に一度、そして一九八六年には再び離婚をしているからだ――しかし、他の点については、過激な態度と国内のしきたりとの奇妙な六〇年代特有のブレンドが、私をもまた罠にかけ陥れていた。それで、明るい目をしたバレリーナとこっそりとデートをしていた私は、尾行していたにちがいないセクハラ警察からどのようにして逃れたのか?

処方箋――私は彼女と結婚した。

（1） 順にそれぞれ、『性の弁証法』『性の政治学』『レイプ・踏みにじられた意志』『バックラッシュ――逆襲される女たち』の著者である。

（2） 「国を豊かにするにはどうすればいいのかって？　モノプリでピルを売ればいいじゃない」（「エリュキュブラシオン（あほだらソング）」一九六六）

22　ニューヨーク・ニューヨーク

一九八七年、私はふと思いついてニューヨーク大学へやってきた。イギリスの大学教育に対するサッチャーの攻撃がちょうどはじまっていた。オックスフォード大学でさえ見通しは暗かった。ニューヨーク大学には私の心に訴えかけるものがあった。この大学はけっして最近の設立というわけではない——創立は一八三一年だ——にもかかわらず、ニューヨーク市の主要な大学の中では新しい方だった。「山の上の町」［マタイ伝五―一四］というわけにはいかないが、この大学は新しい方向に向かってより開かれている。それは世間と交渉を断ったような、オックスブリッジの世界とは対照的で、世界都市の中心に立つ「グローバル」な大学として、自ら臆面もなく公言している。

しかし、「世界都市《ワールドシティー》」とはいったい何なのだろう。人口一千八百万人のメキシコシティー、あるいはそれより百万人少ないサンパウロ、このいずれの都市もスプロール現象で不規則に拡大した都市である。しかし、どちらも世界都市と呼ばれることはまずないだろう。それとは反対にパリ——その中心地区はこれまでけっして人口が二百万を越えることがなかった——は「十九世紀の首都」［ベンヤミン］だった。それでは訪問者の数が世界都市の条件になるのだろうか。そのときには、オーランド（フロリダ州）が巨大な主要都市《メトロポリタン》となるだろう。もちろん一国の首都であることは、それだけで何も保証しない。マドリッドやワシントンＤＣ（当時のブラジリアのようなものだった）を考えてみてもそれは明らかだ。また世界都市の条件は富の問題でさえないだろう。近い将来には、上海（一千四百万人）やシンガポール（五百万人）が確実に、地球上でもっとも富み栄えた場所となるだろう。それならはたして、この二つの都市が世界都市となるか。

私はこれまで世界都市といわれる四つの都市に住んだ。ロンドンはナポレオンの敗北からヒトラーの台頭まで、世界の商業及び金融の中心地だった。パリ――ロンドンの永遠の競争相手――はヴェルサイユ宮殿の建造からアルベール・カミュの死まで、国際的にもあらゆる文化を吸引する場所だった。ウィーンの絶頂期はおそらくもっとも短いものだったろう。その盛衰はハプスブルク帝国の末期と合致していた。が、ウィーンはその数年間を強い輝きで飾った。そしてそのあとにはニューヨークがきた。

これらの都市の黄昏を経験したことは、私のさまざまな幸運の巡り合わせだった。それぞれの都市は全盛期には尊大に構え、自信に満ちあふれていたが、衰退期となると些細な美点しか目に付かなくなってしまう。そのために人々は、その都市にいることがどれほど幸せか、それを以前ほど多く語らない。「スウィンギング・ロンドン」の絶頂期でさえ、都市の自己宣伝にもどこか脆弱なところが見られた。それはまるで都市が自分で、絶頂の時期はただの「小春日和《インディアンサマー》」にすぎないことを知っているかのようだった。

今日、イギリスの首都は確かに地理的には中心の位置を占めている――その恐ろしくけばけばしいまでに膨れ上がった空港は、世界でもっともごった返したせわしい空港だ。それにロンドンは、過去何年もの間残念なことに欠けていた、最良の劇場と色とりどりのコスモポリタニズムを自慢できるようになっている。が、それはことごとくが、他の人々の多額な金を当てにした危うげなものだ。キャピタル（資本）のキャピタル（首都）なのである。

私がパリに着いた頃には、世界中の人々がもやはフランス語を話すことをやめていた（フランス人はこの事実を認めるのに手間取った）。いまやいったい誰が、十九世紀後半にルーマニア人がしたように都市を造り直したりするだろう。カレア・ヴィクトレイ（戦勝大通り）のようなグラン・ブールヴァールを通してまで、ブカレストは「東欧のパリ」になろうとした。フランス語には、自己の内面を不安になって見つめ、自己への疑問に取りつかれてしまう気質を表すノンブリリスム（「無益な自己満足的瞑想」）という単語がある。彼らは一世紀以上にわたってこんなことをしてきたのだ。

私がニューヨークに到着したのは、ちょうど喪失のほろ苦さを経験していた時期だった。芸術においてもこの都市は、一九四五年から一九五〇年代に至るまで世界をリードした。現代の絵画を見たいと思えば、あるいは現代の音楽やダンスを経験したいと思えば、クレメント・グリーンバーグ［美術評論家］、レナード・バーンスタイン［作曲家・指揮者］、それにジョージ・バランシン

〔バレエ振付家〕のニューヨークへやってくればよかった。文化は消費の対象どころではなかった。人々はニューヨークに押し寄せ、文化をさえも生み出した。その数十年のマンハッタンは、興味深いそして創造性に富んだ人々がうろうろし、たむろする十字路のようだった――他の人々は彼らの跡を追ったが、近づくのがやっとだった。

ユダヤ人のニューヨークもまたそのピークを過ぎていた。「ディセント」〔民主左派の月刊誌〕または（とくに）「コメンタリー」〔一九四五年創刊の文芸月刊誌〕が世間の人々に、あるいはたがいの雑誌に対して問いかけることを、はたしていま、誰がいったい重要だなどと思うだろう。一九七九年にウッディ・アレンは、二つの言葉を一つにして「ディセンタリー」という言葉を作り、多くの観客の笑いをとることができた（映画『アニー・ホール』を見よ）。それでは今日はどうなのか。このような新聞〔ニューヨーク・レビュー・オブ・ブックス〕や、他の何か小さな新聞などに注ぎ込まれた、不釣り合いなほど大量のエネルギーはひたすら「イスラエル」問題へと向かっている。おそらくこれはアメリカが「ノンブリリスム」に到達する最短の道だろう。

ニューヨークの知識人たちは自分のナイフを折り畳んで、郊外へ帰ってしまった――あるいはアカデミックな部門で彼らは、他の人々にはまったくの無関心を決め込んで、勝負がつくまでとことん戦っている。もちろんロシアやアルゼンチンでも、文化のエリートたちが、自己にばかり言及するつまらない口喧嘩をしている点ではおなじことだった。が、それは単に、モスクワとブエノスアイレスがともに世界の舞台で、なぜ重要ではないかという理由の一つにすぎない。ニューヨークの知識人たちはかつて世界の舞台で重要な存在だった。が、そのほとんどはウィーンカフェの常連とおなじ道をたどっていった。つまり彼らはパロディーと化してしまった。自分自身や彼らの慣習のパロディー、それにたいていは、地元の関心しか論議しないというパロディーである。

しかし、それでもニューヨークはなお世界都市でありつづけている。アメリカの大都市というのではない、それならシカゴだろう。ニューヨークは、端っこに位置している。イスタンブールやムンバイと同様、この都市に特有の魅力は、かなたの首都圏に対して厄介な関係を持っているところにある。それはまるで外に向かっているようで、ずっと内陸で居心地の悪い人々にとっては魅力的に感じられる。これまでニューヨークは、パリがフランス的であるようにアメリカ的であったことは一度もない。ニューヨークはいつでも何か他のものだったのである。

ニューヨークに到着した直後に、私はぶらりと地元の仕立屋に入って、洋服の寸法を体に合うように直してもらった。私の寸法を計ると、年配の主人は私を見上げて「洗濯物はどこへ持っていくんだい」と訊いた。「ああ」と私は答えた。「角の中国人のクリーニング屋へ持っていく」。彼は立ち上がると私を長い間、険しい目つきで見つめて、パリ、ケンブリッジ、ロンドン南部、アントワープの皮を一枚一枚剝がした。そして東の方を指差し「何で中国人の所へなんか洗濯物を持って行くんだい」といった。

今日、私は洗濯物を仕立屋のジョゼフの所に持ち込み、イディッシュ語特有の語句でやりとりをしたり、ユダヤ人のロシアについて（彼の）思い出話を聞く。そこから二ブロック南にあるバー・ピッティで昼食をとる。フィレンツェ出身のオーナーはクレジットカードを見下している。トスカナ料理はここがニューヨークでは一番だ。昼食をここでとらないときには、代わりに次のブロックへ急いで、イスラエル人の作るファラフェルを選ぶこともできる。角のアラブ人から、ジュージューと音を立てるラムを買った方がさらにいいかもしれない。

五十メートルほど向こうには、行きつけの理髪師たちがいる。ジュゼッペ、フランコ、サルヴァトーレ、三人ともシチリア島の出身だ——彼らの「英語」はチコ・マルクス［コメディアンでマルクス兄弟の長兄］のような響きを持つ。長い間、彼らはグリニッチビレッジにいたのだが、本気でそこに落ち着くことはできなかった。さて彼らはこれからどうするつもりなのか。終日、シチリア訛りで叫び合っていて、それは、彼らの娯楽と情報の源であるラジオの音をかき消してしまうほどだ。ラジオはイタリア語の放送局から二十四時間絶え間なく流れている。家へ帰る途中で、私はクロードの作ったミルフィーユを楽しむ。クロードはブルターニュ出身の無愛想なパティシエだ。彼は娘をロンドンスクール・オブ・エコノミクスに通わせている。ここで私は極上のエクレアをいっしょに注文する。

私のアパートメントから二ブロック以内にあるのは、およそこんなところだ——が、まだ見落としていたのが、シーク教徒のニューススタンド、ハンガリア人のベーカリー、ギリシア人の軽食レストラン（本当はアルバニア人だが、われわれも知っていながら知らないふりをしている)。通りを三つほど東へ行くと、ウクライナ人のレストラン「リトル・ハプスブルギア」、東方帰一教会、ポーランド人の食料品店、それにもちろんユダヤ人の経営する老舗のデリカッセンもある――東ヨーロッパの定番料理がコーシャーの表示を付けて売られている。ここで欠けているものといえばウィーン風のカフェだけである――これを見つけるためには、いかにも徴候的だが、ニューヨークの裕福な住宅街へと出かけなくてはならない。

このような変化に富んだ様子は、たしかにロンドンでも見られる。しかし、現代のロンドンの文化は、地区と所得によって小グループに細分化されている――金融の中心地カナリーウォーフは、ロンドンの中心にある少数民族の飛び地から離れている。私の近所から歩いて行ける距離のウォールストリートとは対照的だ。パリにも隔離された地区がある。そこでは、アルジェリアからきた出稼ぎ労働者の孫たちが、セネガルの露天商人たちと仲良くしていた。アムステルダムにもスリナム人やインドネシア人たちが住む地区がある。が、これらは帝国の残した副産物であり、ヨーロッパ人たちがいま「移民問題」としてさかんに言及しているものだ。

しかし、このことを美化してはならない。私は確信しているのだが、近隣の商人や職人たちは、けっしておたがいに会ったりしないし、ほとんど話をすることもないだろう。夜になれば彼らはクイーンズやニュージャージーへと帰ってしまう。ジョゼフやサルバトールに、「世界都市」で住めて幸せだろうといってみても、おそらく彼らは軽蔑したように鼻を鳴らすだけだろう。が、しかし、彼らは現に住んでいる――それはちょうど、二十世紀のはじめにホックストンで、手押し車に果物を載せ、街道で売っていた少年たちとおなじだった。ケインズが『平和の経済的帰結』の中で記念として書き留めたコスモポリタンのロンドン、そのおなじロンドンで市民だった少年たちと変わらない。たとえ少年たちがケインズの語ったことを、まったく理解できなかったとしても。

ニューヨークでディナーパーティーに出席したときのことだった。その席上で、アメリカの最強の三組を挙げるとすると、どんなものになると思うかと訊かれた。私は躊躇することなく答えた。「トマス・ジェファーソン、チャック・ベリー、それにニューヨーク・レビュー・オブ・ブックスだ」と。三つのランク付けを強要されるのを避けるために、私はまたアメリカ憲法修正第五条［黙秘権を認めている］の栄光を思い起こさせた。冗談をいっていたわけではない。トマス・ジェファーソンは説明を要さないだろう（が、現在の教科書検閲のムードでは、彼はいくらか防御策を行使するだろう）。チャック・ベリーは弁解無用だ。しかし、ニューヨーク市の揺らぐことのない国際的な影響力は、完璧なまでに「ニューヨーク・レビュー・オブ・ブックス」（一九六三年創刊）に要約されている。おそらくそれはニューヨーク全盛期の最後の生き残りだろう。

今日、「ロンドン・レビュー・オブ・ブックス」「ブタペスト・レビュー・オブ・ブックス」「アテネ・レビュー・オブ・ブックス」があり、また「ヨーロッパ・レビュー・オブ・ブックス」の提案や「ユダヤ・レビュー・オブ・ブックス」まであるのは偶然のことではない。それぞれがそれなりに、同音異義のモデルの影響に同意を示している。しかし、そのどれもがみんな不十分だ。それはなぜなのだろう。ロンドン・レビュー・オブ・ブックスはたしかに模範的だ（が、ここで臨時の寄稿家となるには私は不適格だろう）。しかし、それははっきりいって「ロンドン」の産物だ。したがって大都市の左翼主義を反映している。ということは、たとえそれがオックスブリッジ的ではないにしても、間違いなくイギリス的である。他のものも明らかに党派性が強いか、偏狭的だ。ブダペストで私は、ハンガリーの作家コンラート・ジェルジ［一九三三年生まれ］についてエッセーを依頼されたので、それを書いたのだが、原稿は「不敬罪《レゼマジェステ》」のゆえをもってボツにされてしまった。「パリ・レビュー・オブ・ブックス」を創刊するという企画があったが、地元でもそれは、出版社の誇大広告と文壇の情実交換の場になるだろうと思われて駄目になった。

「ニューヨーク・レビュー」(1)を特徴づけているのは、まさにそれがニューヨークを扱っているわけではないという点だ。そもそもこの雑誌はニューヨーク市民によって書かれているわけではない。市そのものとおなじで、雑誌はその原点とはほとんど関わりがない。もしニューヨークが世界都市だというのなら、それは二番街にあるウクライナ人のレストランのおかげではないし、ブライトンビーチをコロニー化したウクライナ人のおかげですらない。彼らはクリーブランドからシカゴに至るまで、他の多くの土地でも見かけることができる。ニューヨークが世界都市である所以は、キエフで教養あるウクライナ人たちが、ニューヨークでもっともよく知られた雑誌を読んでいるという事実によるものだ。

われわれはアメリカ時代の終末期を経験しつつある。が、国家あるいは帝国の衰退は、どのような影響を世界都市のライフサイクルに及ぼすのだろう。現代のベルリンは、中規模の、むしろ自分のことだけにかまけている国にありながら、文化的なメトロポリタンを形成中だ。パリについていえば、フランスの国家的な衰退がはじまってからでさえ、およそ二世紀の間、その魅力を保ち続けていたことをわれわれは見てきた。

ニューヨーク――自分の祖国にいるより、より一層くつろいでいることのできる都市――はおそらく、先の都市よりさらにうまくやるかもしれない。ヨーロッパ人としても私は、EUと付かず離れずのイギリス衛星都市〔ロンドン〕にいるよりニューヨークにいる方が自分自身でいられるような気がする。それに私にはここに、おなじ気持ちを共有できるブラジル人やアラブ人の友だちがいる。たしかにわれわれはみんながそれぞれに不満を持っている。それに私は他の都市で生活することなどとても考えられないのに、それとは違った目的となると、むしろ私は向かうべき場所を数多く持っている。しかし、これがまた非常にニューヨーク的な感情なのである。チャンスが私をアメリカ人にした。が、私はニューヨーク市民であることを自分で選んだ。おそらく私はつねにニューヨーク市民だったのだろう。

（1）情報公開《フル・ディスクロージャー》――ときおり私はここで意見を発表している。

23　エッジピープル

「アイデンティティー」は危険な言葉だ。この言葉は現代ではまともな使われ方をしていない。イギリスでは「ニュー・レイバー」（新しい労働党）の役人たち――他のどの民主主義国よりも数多い有線監視カメラを設置していながら、それになお満足していない――が、義務としてのＩＤ（身分証明書）を導入するチャンスとして、これまで、しきりに「テロとの戦い」を思い起こさせようとしてきた（いまのところ成功していないが）。フランスやオランダでは、人為的に誘導されたアイデンティティーに関する「国民的な議論」が、移民排斥感情の政治的な利用――そしてマイノリティーをターゲットにした、経済的な不安をそらすあからさまな策略――をカムフラージュするための薄っぺらな隠れ蓑になっている。イタリアでは二〇〇九年の十二月に、アイデンティティーの政策が北イタリアのブレシア県で、一軒一軒をしらみつぶしに捜索するという形で矮小化された。それは地方自治体が恥知らずにも、「ホワイトクリスマス」［コッカーリオ市長による行政措置］を約束するとして、黒い顔をした迷惑な者たちを追い出そうとしたのである。

アカデミックな世界でも、この言葉はおなじように災いをもたらす使われ方をされている。大学生たちは今日、一連のアイデンティティー研究の中から選択することができる。「ジェンダー研究」「女性研究」「アジア太平洋系アメリカ人の研究」、及びその他多数の研究。このような、アカデミズムを越えたプログラムのすべてが持つ欠点は、それらがある民族上のマイノリティーや、地理上のマイノリティーに集中的に投入されていることではない。欠点は、マイノリティーのメンバーたちに「彼ら自身について」学ぶようにと励ましていることにある——それによってプログラムは、同時に、一般教育という目標を否定し、プログラムが弱体化させると主張してきた宗派やゲットーのメンタリティーを、かえって強化する結果となっている。あまりにも頻繁に見られるのは、このようなプログラムが、それを行なう義務のある人たちの雇用創出計画になっていて、それ以外の関心事が前向きに奨励されていないことだ。黒人は黒人について研究し、ゲイはゲイについて研究する。以下同様だ。

そして、これは往々にして起こることだが、アカデミックな嗜好はたいてい流行のあとを追う。これらのプログラムは共同体主義の自己中心主義がもたらした副産物なのである。今日われわれはすべてがハイフンで結ばれている（外国系だ）——つまりアイルランド系アメリカ人、ネイティヴ・アメリカン、アフリカ系アメリカ人など。ほとんどの人々は、もはや先祖が話していた言葉を使わないし、彼らの母国についてその多くを知らない。とくにその一族がヨーロッパから出ている場合にはなおさらそうだろう。被害者であることを自慢したがる世代のあとに続いた彼らは、自分たちがほとんど知らないことを、アイデンティティーの誇らしげなバッジとして身に付けている。彼らは自分たちの祖父母が被ったこと、そのものなのである。このコンペティション（競争）となるとユダヤ人が傑出している。アメリカのユダヤ人たちはその多くが、悲しいことに、自分たちの宗教や文化、伝統的な言語、歴史などについてまったく無知だった。しかし彼らは、アウシュヴィッツについてはよく知っている。それで十分だったのである。

アイデンティティーのぬるま湯などというものは、つねに私には縁もゆかりもないものだった。私はイギリスで育った。そして英語は、私がそれによって考えたり書いたりした言語である。ロンドン——私の生まれた所——は、この何十年の間に目まぐるしく変化した。が、それにもかかわらず、私にはそこがいつまでも馴染みの場所だった。私はイギリスという国をよく知っている。その偏見や好みを共有さえしている。が、イギリス人について考えたり、語ったりするときには、無意識の内に三人称を使っている。私はけっしてイギリス人にアイデンティファイ（同一化）することはない。

これはいくぶんかは、私がユダヤ人であることからくるものかもしれない。私が育ったときには、ユダヤ人はキリスト教のイギリスの中で唯一、かなりの数を占めたマイノリティーだった。そしてそれは、さほど強くなかったとはいえ、間違えようのない文化的偏見の標的とされていた。一方で、私の両親は、まとまりを持ったユダヤ人の共同体とはまったく離れて暮らしていた。われわれ家族はユダヤの祭日を祝うことをしなかったし（私はつねにクリスマスツリーや復活祭の卵を持っていた）、ラビの禁止命令に従うこともなかった。ただ、祖父母とともにする金曜日の夕食だけは、唯一ユダヤ教の慣習に従っていた。イギリスで学校教育を受けたおかげで、私はユダヤ教の多くの儀式や慣習より、むしろイギリス国教会の典礼によりいっそう親しみを感じる。したがって、もし私がユダヤ人として成長したとしても、それは明らかに非ユダヤ的なユダヤ人として育った。

イギリス人らしさに対するこの薄い関係は、父の生まれた場所（アントワープ）に由来したものなのだろうか。おそらくはそうだろう。が、父もまた従来の「アイデンティティー」を欠いていた。彼はベルギーの市民ではなく、ツァーの帝国からアントワープへやってきた無国籍移民の子供だった。今日われわれがいえるのは、父の両親が、当時まだ、ポーランドやリトアニアにはなっていない場所で生まれたということだけだろう。が、この新たにできた二つの国のどちらも、ベルギーのユダヤ人夫婦を冷たくあしらったに違いない——ましてや市民権などを与えるはずがない。母は（私とおなじように）ロンドンのイーストエンドで生まれた。したがって生粋のロンドン子だった。が、彼女の両親はロシアとルーマニアの出身者だ。母はどちらの国についてもまったく知識がないし、その言語を話すこともできなかった。何十万ものユダヤ人移民とおなじように、母の両親はイディッシュ語でやりとりをしていた。その言葉は彼らの子供たちにとって、何一つ役に立つものではなかった。

このようにして私はイギリス人でもなく、またユダヤ人でもなかった。が、しかし、私は自分がこの両者であることを強く感じている――さまざまな仕方で、そしてさまざまなときに。おそらくこのような遺伝子による身元の確認は、われわれが想像するほど重要ではないのではないか。それでは、私が年月を重ねるにつれて獲得していった選ばれた親和性についてはどうだろう。私ははたしてフランスの歴史家だろうか。たしかに私はフランスの歴史を学んだ。それにフランス語も上手に話す。が、フランスにいる私の仲間で、アングロ・サクソンの学生たちの大半と違い、私はけっしてパリに心を奪われることがなかった。そしてつねにパリに対しては、アンビヴァレントな（相反する）感情を抱いていた。フランスの知識人のように考えたり、書いたりしているといわれて、私は非難を受けたこともあった――これは辛辣なお世辞だ。しかしフランスの知識人たちは、傑出した例外を除くと、おおむね私に感銘を与えなかった。彼らは私が幸いにも、当然、そこから締め出されることになるクラブのようなものだった。

それでは、「政治的な」アイデンティティーについてはどうなのだろう。ロシア革命を身近に感じながら成長した、独学のユダヤ人たちの子供として、私は早い時期から、マルクスのテクストや社会主義者の書いた歴史に、たとえうわべだけの薄っぺらなものだったとはいえ精通していた――それは、一九六〇年代に登場した「新左翼」という、いちだんと荒々しい緊張に対して、私に予防接種を施してくれたし、その一方で、私をしっかりと社会民主主義の陣営にとどめおくように働きかけてくれた。今日、「パブリック・インテレクチュアル」（この肩書き自体あまり役に立たないが）として、私は左翼的なものならどんなものとでも関わり合いを持っている。しかし、大学の内部では、同僚の多くが私のことを反動的なディノサウルス（恐竜）と見なしている。明らかにその通りだろう。私は、ずっと前に亡くなったヨーロッパ人たちが残した、テクストの遺産を学生たちに教えている。また、明快さの代わりだといって、「自己表現」を持ち出してくるやり方に、私はほとんど我慢ができない。努力はわずかなものでも成果の代わりと見なす。私は自分の学問を、何はさておきまず事実に依拠したものと考えている。それは「理論」に依拠するものではない。さらに私は、今日、歴史学としてまかり通っているものを、ことごとく懐疑的な目で見ている。学界にゆき渡っている規範からすれば、私は救いがたいほど保守的だということになる。保守的なのはどちらだろう？

イギリスに生まれ、アメリカで教えているヨーロッパ史の研究者として、また、現代のアメリカで「ユダヤ人らしさ」とされている多くのことに、少々窮屈な思いをしているユダヤ人として、そして、自らラディカルと称する同僚たちと、しばしば意見の食い違いを見せる社会民主主義者として、私は自分が「根なし草のコスモポリタン」というおなじみの侮辱に、慰めを求めるべきなのだと思う。が、この侮辱は私にとってあまりに不正確だし、その志からいっても、故意と思えるほどあまりに普遍的にすぎる。私は根無し草とはほど遠い。対照的ともいえるさまざまな伝統に、十分すぎるほど根ざしているからだ。

いずれにしても、このようなレッテルはそのすべてが私を不安にさせる。われわれが承知していることは、イデオロギーの運動にしても、政治運動にしても、それがあらゆる形態をした排他的な結束をなしていないかどうか、十分に警戒しなければならないということだ。われわれが近づかないように注意すべきは、明らかに魅力のない「なんとかイズム」――ファシズム、ジンゴイズム（好戦的愛国主義）、ショービニズム――ばかりではない。より魅力的なものからも身を遠ざけるべきだ。たしかにコミュニズムがそうだろう。が、ナショナリズムやシオニズムもまたそうだ。それから、国民としての誇りというやつがある。サミュエル・ジョンソンがはじめてこう言ってからもう二世紀以上たっているが、パトリオティズム（愛国心）はいまだに――この十年をアメリカで暮らした者なら誰でも証言できるように――卑怯者の最後の隠れ家なのである。

私は端《エッジ》が好きだ。そこでは国々や共同体、それに忠誠心や親族関係、さらにはルーツなどが、たがいにぶつかり合っている――またそこは、コスモポリタニズムがアイデンティティーとなる程度が、通常の生活状態ほど大きくない場所だ。かつてはこのような場所がたくさんあった。もちろん、二十世紀になってからも、多数のコミュニティーと他言語を包含した都市はたくさんあった――コミュニティーはしばしばたがいに対立し合い、ときには衝突もした。が、ともかく都市の中で共存していた。サラエボがその一例だろう。アレクサンドリアはもう一つの例だ。タンジール、サロニカ、ベイルート、イスタンブールもその資格を持つ――チェルノフツィやウージユホロドのような小さな町も同様だ。アメリカのコンフォーミズム（大勢順応主義）の基準からすると、ニューヨークはこうした国際的《コスモポリタン》ではない都市と、それが持つさまざまな面を共有している。それこそ私がこの都市に住んでいる理由だった。

たしかに、つねに縁《ふち》に、あるいは周辺にいるという言明には何かわがままで身勝手なところがある。このような要求が許されるのは、非常に特殊な権利を行使するある種の人物に限られる。ほとんどの人々は、ほとんどのときに、むしろ目立たないことを好む。目立つことは危険だから。すべて他の人々がシーア派だとしたら、当然、自分もシーア派である方がよい。デンマークでは誰もが背が高く色が白いとしたら、誰が——もし選択が可能なら——好きこのんで背が低く、褐色の肌でいることを選ぶだろう。そして、開かれた民主主義の中でさえ、故意に自分が属する共同体の性質に逆らって行動することは、ある程度の頑固さを必要とする。とりわけ、その共同体が小さいときにはなおさらそうだ。

しかし、もし交差する辺境に生まれ、そして——大学の終身地位保証という特殊な制度のおかげで——その場所に自由にいることができるとしたら、それは明らかに有利な地位のように私には思える。イギリスしか知らない者が、イギリスについて何を知っているというのだろう。もし自分が生まれた共同体へのアイデンティフィケーション（同一化）が、私の自己感覚の基本となっていたのだとしたら、私はおそらく、イスラエル——「ユダヤ人国家」「同胞」——を勢い込んで批判することはせず、その前にためらい躊躇するだろう。組織への帰属について、より発達した感覚の持ち主である知識人たちは、本能的に自己検閲を行なう。彼らは内輪の恥を人目にさらす前によく考えるからだ。

亡くなったエドワード・サイードと違って私は、国を愛することの意味を知る人々を理解できるし、彼らに共感することさえできる。私は彼らの感情を不可解なものと見なしてはいない。ただ私は彼らの仲間に入らないだけだ。が、この数年、年を追う毎に、このような激しい、とどまることのない忠誠心――国や神や観念や人に対する――が私を脅かすようになってきた。文明という薄っぺらなベニヤ板は、われわれに共通の人間性という、おそらくは錯覚からくる信仰に基づいている。が、それが錯覚であろうとなかろうと、ともかくわれわれはそれに執着するに越したことはないのだろう。おそらく、こうした信仰と、人間の不作法にそれがもたらす抑制だけが、戦時や社会不安のときには真っ先に働くのである。

われわれは厄介な時期にさしかかっているのではなかろうか。われわれの安心感や安定感に混乱をもたらそうとしているのは、テロリストや銀行家、それに気象条件だけではないだろう。グロバリゼーションそのもの――平和につながる多くの幻想をともなった「均一《フラット》な」地球――が、自分たちの指導者に保護を求めようとする、何十億という人々の不安と疑念のもととなるだろう。窮乏した人々や住居を追われた人々が、デリーからダラスに至るまで、ゲーティッド・コミュニティーのますます高くなる壁を叩き続けるとき、「アイデンティティー」はみずぼらしく、こわばったものになってしまうだろう。

「デンマーク人」あるいは「イタリア人」、「アメリカ人」あるいは「ヨーロッパ人」であることは、単なるアイデンティティーではなくなってしまうだろう。それは、それが排除する人々にとって一つの拒絶、一つの非難となるだろう。国家は消滅するどころか、その真価をいまやまさに発揮しようとしているのかもしれない。市民権やカードを保持した居住権の防御が、政治上の切り札として巧みに使われるだろう。正しいと認められた民主主義国家では、狭量なデマゴーグたちが、自暴自棄になった新来者たちに向かって、はたして彼らが、イギリスやドイツやフランスの「アイデンティティー」にふさわしいかどうかを断定するために、「審査」——知識や言語や考え方の——の実行を求めるだろう。いや、彼らはすでにそれを行ないつつある。この華やかな新しい世紀にいながら、われわれは寛容な人々、辺境の人々がそこにいないことを寂しく思うだろう。つまりエッジピープル、私の同胞がいないことを。

24　トニ

トニ・アヴィガイルと会ったことは一度もない。彼女は一九二六年にアントワープで生まれ、生涯の大半をそこで暮らした。私たち二人は親類の間柄だった。彼女は私の父のいとこに当たる。私がよく覚えているのは彼女の姉のリリーだ。背が高く寂しげな女性で、私は両親といっしょに、よく彼女の住む小さな家を訪問した。家はロンドンの北西部のあたりにあった。おたがいに会わなくなってから久しいが、残念なことである。

ユダヤ人であることの意味を、自分に問いかけたり——あるいは人から問いかけられたり——するときにはいつも、私はアヴィガイル姉妹（真ん中にベラという娘がいた）のことを思い出す。この質問については、すべてのケースにあてはまる答えはない。それはつねに、私にとってユダヤ人とは何を意味するのか、という問題だったからだ——そしてそれは、同胞のユダヤ人にとって、それが意味するものとはっきり異なっていた。アウトサイダーたちには、このような懸念は不可解だろう。聖書の言葉を信じないプロテスタント教徒、ローマ法王の権威を捨てると誓うカトリック教徒、あるいは自分にとって、ムハンマドは預言者ではないというイスラム教徒、彼らはいずれも支離滅裂な部類に属する。が、ラビの権威を拒絶しても、ユダヤ人はなおユダヤ人である（たとえラビ自身が定義した母系から判断したとしても）。それは違うだろうなどと、いったい誰が彼にいうのだろう。

私はラビたちの権威を拒絶している――彼らのすべてを（そしてこのためにラビ風な権威を自分の側に持っている）。私はユダヤ人の社会生活に参加していないし、とくにユダヤ人と努めて付き合うこともしていない――そして、何より決定的なのは私がユダヤ人と結婚しなかったことだ。が、私は「背教の」ユダヤ人ではない。第一その必要条件にけっして合致していないからだ。私は「イスラエルを愛して」はいない（これは現代的な意味でもそうだし、本来の一般的な、ユダヤの人々を愛するという意味でもそうだ）。そして、たがいに感情が行き来をしているかどうかについても、まったく私は気にしていない。しかし、誰からでもよし、あなたはユダヤ人なのかと訊かれたときにはいつでも、私は躊躇することなくその通りだと答える。そうでないなどとは、とても恥ずかしくて答える気になれない。

この前提条件が持つうわべだけのパラドックスは、私がニューヨークにやってきてからというもの、ますますはっきりとしてきた。ユダヤ人のアイデンティティーに対する好奇心が、ここにきてさらに顕著なものとなってきたからである。アメリカに住む私の知り合いのユダヤ人たちは、そのほとんどが、取り立ててユダヤ人の文化や歴史について十分な知識を持っているわけではない。彼らはイディッシュ語やヘブライ語を知らなくても平気だし、めったに宗教儀式にも顔を出さない。そして顔を出したときには、その行動は私に珍妙な印象を引き起こす。ニューヨークに着いた直後に、私はバルミツヴァ［十三歳の成人式］に招かれた。シナゴーグへ行く道すがら、帽子を持ってこなかったことに気がついて、それを取りに家へ引き返した——あとで分かったのだが、宗教儀式とは名ばかりの短い式の間中、出席した人の誰一人として帽子をかぶっている者などいなかった。たしかにそこは「改革派の」シナゴーグだった。私はもっとよく知っておくべきだったのだが、改革派のユダヤ人たち（イギリスでは「リベラル」という名で知られていた）はこの半世紀というもの、気の向くままに、シナゴーグへは帽子をかぶって来なかった。が、それでもやはり、もったいぶった儀式の履行と、深く根付いた伝統からの選択的離脱との対照は、そのときの私に強い印象を与えた。それはいまでもなお、アメリカのユダヤ人のアイデンティティーが持つ代償的な性格を解く鍵として私を引きつけている。

何年か前のことだった。マンハッタンで開かれた慈善の祝賀食事会に出席したことがある。芸術やジャーナリズムの分野で著名な人々のために催された会だった。セレモニーの途中で中年の男性が上体を前にかがめて、テーブル越しに私を見つめながらいった。「トニー・ジャットさんですね。イスラエルについてひどいことを書くのは、もう本当にやめてください」。こんな言葉に誘われて、私はその男に尋ねた。いったい私の書いたもののどこがそんなにひどいのですか。

「それは分からない。あなたが正しいのかもしれない――私はイスラエルに行ったことがないから。しかし、われわれユダヤ人はたがいに協力し合い、いっしょにいなければいけない。いつの日にか、イスラエルが、われわれに必要となる日がくるかもしれないのですから」。抹殺主義的な反ユダヤ主義が回帰するのはもはや時間の問題だ。ニューヨークは住むことができない場所となるかもしれないという。

アメリカのユダヤ人たちは、中東で土地の保険証書にサインをしておくべきだった。それも一九四二年のポーランドにわれわれが戻ることがないように、というのだ。私はこの意見はちょっとおかしいと思う――そして、相手にもそのことをいった。しかし、さらに好奇心をそそられるのはやりとりの背景だった。この夜、会に集まっていた受賞者の大半はユダヤ人だった。アメリカのユダヤ人は、これまでのユダヤ人社会のどの場所やどの時代とくらべても、はるかに成功しているし、まわりに同化し、尊敬され、影響力をふるうことのできる存在となっている。それなのになぜアメリカにおいては、現代のユダヤ人のアイデンティティーが、これほどまでに執拗に、われわれの絶滅の想起――そして予期――に執着するのだろうか。

もしヒトラーが登場しなかったら、ユダヤ主義は実際、溶解するようにして消え去っていたかもしれない。十九世紀の後半を通じてヨーロッパの多くの地域で、ユダヤ人の孤立が破綻しはじめるとともに、ユダヤ主義の宗教的で共同体主義的な、そして儀式偏重主義的な境界が徐々に浸食され消失しつつあった。何世紀にもわたった無知と、たがいに強制し合った分離が終末を迎えようとしていた。同化――移住や結婚、それに文化の弱体化による――がまさに進行していたのである。

いまにして思うと、一時的な影響は往々にして混乱という形を取ることがよくある。ドイツではユダヤ人の多くが、自分はドイツ人だと考えた――そしてただそれだけの理由で恨みを買うことになった。中欧では、とりわけプラハ―ブダペスト―ウィーンという、あまり典型的とはいえない都市が作る三角形の中で、宗教から離れたユダヤ人のインテリたちが――自由業によって影響力を持ち――ポスト共同体主義の時代に、ユダヤ人が生活するための特徴あるベースを作り上げた。しかし、カフカやクラウスやツヴァイクの世界は脆弱だった。それは崩壊しつつあったリベラルな帝国という、特殊な環境に依存した世界だった。したがって、民族ナショナリズムの嵐に直面すると、何一つなすすべがなかった。文化的なルーツを探し求める人々に対して、それは悔恨と郷愁を越えるものをほとんど提供することができなかったのである。その当時、ユダヤ人の間で支配的な軌道はやはり同化へと向かうものだった。

この構図を私は、自分の家族の中でも見てとることができる。祖父母たちはユダヤ村から出て、自分たちとは異質な環境の中へ、けっして友好的とはいえない形で入っていった――この経験は一時的に、ユダヤ人の持つ防御的な自己認識を強めることになった。しかし、彼らの子供たちにとっては、おなじ環境がまったく当たり前の生活となった。ヨーロッパに住むユダヤ人で、私の親の世代の人たちは、イディッシュ語を無視したし、移民家族の期待をまったく無にした。そして共同体主義的な儀式や制限を拒絶した。一九三〇年代になると、彼らの子供たち――私の世代だ――が「母国」の思い出として持ち続けているものは、ほんの一握りの記憶にしか過ぎなくなってしまった。それはイタリア系アメリカ人が「パスタの日」に対して抱く郷愁、またアイルランド系アメリカ人が「聖パトリックの日」に対して抱く郷愁とおなじものだった。したがって、母国の思い出に託した意味合いも、おなじように取るに足りないものとなった。

しかし状況は異なった展開をする。解放された若いユダヤ人の世代はその多くが、自分は完全にポスト共同体主義的な世界と同化したと一途に思っていたのだが、その彼らがいやおうなく、市民のアイデンティティーとしてユダヤ主義に再導入されることになる。彼らはもはやそれを勝手に断ることができない。宗教――かつてはユダヤ人の経験の基盤をなしていた――はさらに遠く、周辺へと追いやられてしまっていた。ヒトラーのあとでは、シオニズム（それまでは少数の党派主義者だけが好んでいた）が現実的な選択肢となり、ユダヤ人であることは一つの非宗教的な特性となった。それも外部に起因した特性だった。

それからというもの、現代のアメリカにおけるユダヤ人のアイデンティティーは、死人の霊《ディブク》のように奇妙な性格を帯びるようになった。アイデンティティーは二重の臨死体験をもとにして生き続けた。その結果として現われたのが、仲間のユダヤ人たちにさえ、不釣り合いに思える過去の苦しみに敏感になることだった。私はイスラエルの将来についてエッセーを書き、それを刊行した直後にロンドンへ招かれた。「ユダヤクロニクル」――ユダヤの地方紙――のインタビューに応じるためだ。私は不安を抱えながら出向いた。「選ばれた民」への自分の不完全な帰属化を、さらに非難されるものと予期していたからだ。が、驚いたことに、エディターはマイクのスイッチをオフにすると、「はじめる前にちょっとお伺いしたいのですが、どうしてあなたは、あんなにひどいアメリカのユダヤ人たちといっしょに暮らしていらっしゃるのですか」といった。

しかし、この「ひどいアメリカのユダヤ人」という言葉はユダヤ人自身の意に反して、何か重要な点をついている。だいたい、自分がユダヤ人であることを強く主張することに、どのような意味があるのだろう――すでに信仰は希薄となり、迫害も減少し、コミュニティーは崩壊したというのに。彼らが求めているのは、そこに住むつもりのない「ユダヤ人の」国家、そして、不寛容な知識人たちがこれまでにも増して、ユダヤ人を公認から除外する国家なのだろうか。あるいはまたそれは、他の目的のために引き合いに出すには、かなり当惑する「民族の」加入基準ということなのだろうか。

たしかにユダヤ人であることが、生活の条件となっていた時期はあった。が、今日の合衆国では、もはや宗教がわれわれを規定することはない。シナゴークに属しているユダヤ人は、全体のちょうど四十六パーセントに当たる。そして、わずかに二十七パーセントのユダヤ人が、少なくとも月に一度はシナゴーグへ行く。正統派のユダヤ教徒はシナゴーグのメンバーのたった二十一パーセント（ユダヤ人全体の十パーセント）である。手短かにいうと「古い信徒」は小数派に過ぎないということだ(1)。現代のユダヤ人は温存された記憶を頼りにして生きている。ユダヤ人であることはおおむね、ユダヤ人であることがかつて意味したものを、ただ記憶しているだけに過ぎない。実際、ラビの教義が示すあらゆる命令の内、もっとも永続的で、もっとも特徴的なのは「ザコール」――「記憶せよ」だ。ほとんどのユダヤ人はこの命令を採り入れ、自己のものとした。しかもそれが彼らに要求したものについては、きわめて確固とした意味を持てないままに。われわれは記憶する民族だ……何かを。

それではわれわれは、何を記憶にとどめておくべきなのだろうか。ひいおばあさんが故国のピルヴィストクでこしらえていたラートカなのだろうか。私はそうは思わない。背景やシンボルを剝ぎ取ってしまえば、それは単なるアップルケーキと変わりがないからだ。それでは子供時代に聞いたコサックのテロの話だろうか（私はその話をよく覚えている）。が、このような話が、コサックについて聞いたことのない世代に、はたしてどのような反響を及ぼし得るというのだろう。コサックにとって記憶は貧弱な基盤にしかなりえない。歴史上の命令が持つ権威は、それを現代でくりかえすには力不足で、曖昧模糊としたものになってしまう。

この意味では、アメリカのユダヤ人たちがホロコーストの脅迫観念に耽っているのは正しい。それが参照となり、典礼や実例、それに道徳的な指示を与えてくれるからだ――歴史的な近接性とともに。しかし彼らはひどいあやまちを犯している。記憶の手段を記憶の理由と混同してしまっているからだ。ヒトラーがわれわれの祖父母を皆殺しにしようとしたことの他に、われわれが真にユダヤ人であることを証明するものはないのだろうか。この考えをわれわれが乗り越えることができないかぎり、孫たちがわれわれと一体化する理由はほとんどなくなってしまう。

今日のイスラエルでは、憎むべき非ユダヤ人たちがどれほどのことをなし得るのか、それを彼らに思い起こさせるよすがとして、ホロコーストが公式に引き合いに出されている。ディアスポラ（国外離散）の中で、ホロコーストの記念は二重の形で活用されていた。一つは妥協することのない親イスラエルを正当化すること、そしてもう一つは、涙もろい自己愛に役立たせることだ。これは私には、たちの悪い記憶の濫用のように思われる。が、その代わりに、われわれが呼び覚ます伝統を真に理解できるように、でき得るかぎり近くまで、ホロコーストがわれわれを導いてくれるとしたらどうだろう。

ここでは記憶することが、けっしてユダヤ人たちに限られることのない、より広い社会的な義務の一部となる。われわれは自分と同時代の人々に対する義務について、ためらいなく十分にそれを受け入れることができる。が、われわれより前に生きた人々に対するわれわれの義務については、はたしてどうなのだろう。未来にわれわれがなすべきことについてはわれわれも気軽に話す――しかし、過去に対してわれわれの負った恩義についてはどうなのだろう。俗っぽい方法によるは以外に――それは慣例や大きな建造物を残すというやり方だ――われわれのできることは、まず思い出すことだろう。さらに思い出すという義務を、われわれの世代を越えて次の世代に伝達すること、そしてそのことによって、過去の恩義に十全に報いることだろう。

私は食卓を囲む人々の意見とは違って、ヒトラーが再来すると思っていない。それに私は、ヒトラーの犯した罪を、会話を遮断する機会として思い出すことはしたくない。なぜならそれは、疑いや自己批判に対する受け身の無関心として、そして自己憐憫への退却として、ユダヤ人であることを取り繕うことになるからだ。私はむしろ、正統派の影響を受けていないユダヤ人の過去を呼び覚ます方を選ぶ。それこそが対話を閉鎖するより、むしろそれを押し開くことになるからだ。私にとってユダヤ主義とは、集団的な自己反省と心地のよくない真実語りの感性に他ならない。それは、かつてわれわれが知らされていた、不器用で何にでも異議を唱える「ダフカ」[2]のような性質だ。が、これでは不十分で、他の人々と交わす対話の接点にとても立つことができない。われわれもまた自分自身に対しては、もっとも厳しい批判者でなくてはならない。私は過去に対するこの責任を、自己に課せられた、返済しなければならない債務だと感じている。そしてこれこそが、私がユダヤ人であることの理由だ。

トニ・アヴィガイルは一九四二年にアウシュヴィッツに移され、そこでガス室に入れられて死んだ。私の名前は彼女にちなんで付けられている。

（1）「全国ユダヤ人人口調査（NJPS）二〇〇〇―〇一」七ページを参照。http://www.jewishfederations.org/getfile.asp?id=3905 を見よ。

（2）ダフカ（Dafka）は「人と反対の行動をとる人」の意。［Dafka＝Defending America for Kowledge and Action は、パレスチナのデモンストレーションに反対し、アメリカとイスラエルを支持する行動グループのこと。アメリカの大学キャンパス内で活動する］

おわりに

25　魔の山々

スイスを愛することはどうやら、いけないことになってしまっているようだ。スイス人や彼らの国に対して愛情を表現することは、タバコを吸うことや『ゆかいなブレディ一家』への郷愁を告白するのと同じだという。そんなことをしたら、たちまちあなたは過去三十年の出来事についてまったく知識のない、許しがたいほど無知な、平凡でどうしようもない陳腐な人間という烙印を押されてしまう。スイスに対する偏愛ぶりを少しでも口にしようものなら、それを耳にした若者はそっとあくびをするし、リベラルな同僚たちは疑いの目で見る（「あなたは戦争について何も知らないのですか？」）。家族の者たちはやさしく笑っている。ああ、またあの話ね。しかし私は気にしない。私はスイスを愛している。

　するとこんな反論が返ってくる。なるほどスイスといえば山ですね。でもあなたがアルプスをお望みなら、フランスにはもっと高い山「モンブラン」がありますよ。イタリアに行けばもっといいものが食べられるし、オーストリアならさらに安上がりで済む。決定的なことをいえば、ドイツの方が人々はずっと優しい。スイス人自身についていうと、「同胞愛、そして五百年の平和と

民主主義はいったい何をもたらした？　鳩時計だよ」〔映画『第三の男』でのハリー・ライムのせりふ〕

事態はさらに悪くなる。スイスは第二次世界大戦の被害から、非常に幸運なことに免れた――そしてベルリンと交易をしたり、ナチスが収奪した資産の洗浄をした。ヒトラーを促して、ユダヤ人のパスポートに「J」のマークを入れさせたのはスイス人である――さらに常習犯的なショービニズムに駆られた見苦しい運動の一環として、ミナレットの建設禁止を投票で決めたのもスイス人だ（国内にはほんの四つしかミナレットはなかった。それに住人のほとんどはボスニアの亡命者たちで在俗のイスラム教徒だった）。さらにスイスは世界の脱税者を保護しているという。が、スイスの銀行が、ほんの一握りの富裕な外国人犯罪者の利益をはかって行なっていることが、アメリカのゴールドマン・サックスが、まじめに納められたアメリカの税金を何百万ドルも使って利潤を得ているのにくらべて、なぜそれほど悪いのか、それが私にははっきりと分からない。

それなら、なぜ私はスイスが好きなのだろう。それはまず第一に、この国が数々の欠点という美徳を持っているからだ。しかし、それは単に冴えないということではないのか？　たしかにそうだろう。が、「冴えない」はまた「無難な」「ほどよい」「汚染されていない」などの言葉でい い換えることができる。数年前のことだ。私は当時九歳だった下の息子といっしょに、ジュネーヴへ飛行機で行った。空港に着陸すると、二人は鉄道の駅へと降りた――それはスイス人がさも面倒くさげに、空港の真下に作った駅だった――そしてカフェの中で座って列車の到着を待った。「ずいぶんきれいだね」と息子は感想を述べた。実際そこはきれいだった。それは目立って素朴で汚されていなかった。もしわれわれが、シンガポールやリヒテンシュタインからきたとしたら、おそらくこの空港はそれほど人目を引かなかっただろう——が、ケネディー国際空港から乗った少年にとってはそうではなかった。そのときまでに彼が経験したのは、ヒースロー空港のごてごてとした安手のショッピングモールだけだったから。

スイスは清潔にしておくことに取り憑かれている。以前、インターラーケンから列車に乗ったことがあった。そのときに私は、年配の婦人から叱責された。ほんのちょっとの間だけ、私の左足の外側が向かいのシートの角に触れてしまったのだ。イギリスでなら誰も気がつかないし、気にもしないことだ。したがって、こんな厚かましい干渉に出会えば、当然、こちらがびっくりさせられるところだろう。が、ここはスイスである。明らかに市民の規約を破ったことに対して、私はただただ当惑してしまった——ここでは私も、公共の利益に責任を分け持つ者と見なされ、その社会に組み込まれているのである。たしかに仲間の市民によって整理整頓を要求されるのは腹立たしい。が、彼らの無神経な冷淡さは長期的に見ると、害を及ぼすどころかはるかにそれを超越している。

スイスは混合したアイデンティティーの可能性——そのためにそれは便益ともなるのだが——の特筆すべき一例だ。私がこれによって意味しているのは言語（ドイツ語、フランス語、イタリア語、ロマンシュ語）の混合ではないし、きわめて顕著な――しばしば見過ごされているが――地理的な多様性でもない。私がいいたいのは対比《コントラスト》ということである。ドイツではすべてのものが効率的だ。したがって、そこには精神を養う多様性がない。イタリアは絶えず人の関心を引く。そこには安らぎがない。が、スイスには対比が満ちている。効率的だがどこか田舎くさい。美しいが味気がない。もてなしはいいのだが魅力がない――少なくとも、スイスの幸せの多くがそれに依存している外国人にとってはそうだ。

対比の中でもっとも重要なのは、変わりやすい表面の光彩と、その底に横たわる不変のものだ。数年前の夏に、私はクライン・マッターホルンの頂上へ旅行をした。この山はツェルマットの上方にあり、氷河スキーのリゾート地として有名だった。太陽の光線でまだらになったゲレンデには――ばかばかしいほど値段の高いレストランのベンチが並んでいる――マイクロビキニを身に付け、ファーブーツを履いた、だらしのないイタリア女たちが、いかついロシアの男たちと肩を寄せ合っていた。男たちはヘリコプターで頂上へ降り立ち、最新のスキー用具を誇らしげに見せびらかしている。これはまさしく『デビー・ダズ・ダヴォス』［アメリカのポルノ『デビー・ダズ・ダラス』にトーマス・マン『魔の山』の舞台ダヴォスを掛けてある］だ。最悪のスイスである。

やがて彼らの近くに、どこからともなく小柄な三人の老人が現われた。血色のよい分別のありそうな顔には、ウールや革が巻かれていて、頭には実用本位の帽子が載っている。手には頑丈なクライミングスティックが握られていた。老人たちはベンチに肉付きのよいお尻をどっかと下ろし、革のブーツの紐をゆるめた。自分たちの前で繰り広げられている「甘い生活《ドルチェ・ヴィータ》」に対して気品あふれる無関心を示しながら、年老いたスキー登山者たちは、理解しがたいスイスドイツ語でたがいに挨拶を交わし合っていた。その言葉は非常に骨の折れるアクセントだった――そして十分に汗をかいたのだろう。彼らはビールを三つ、陽気なボディス姿のウェイトレスに注文した。こちらはすばらしいスイスである。

一九五〇年代に、両親と私は何度もスイスへ旅行した。ちょうどその頃は両親の羽振りがよい、括弧つきの短い時代だった。が、いずれにしても、スイスはその当時、それほどお金のかかる場所ではなかった。子供心に私が感動したのは、すべてのものがきちんと整頓され「秩序立って」いたことだ。われわれはだいたいいつでも、フランスを経由してスイスへ行った。その頃のフランスは貧乏で疲れ果てた国だった。フランスの村では家々に、まだ砲弾で傷つけられた跡があばたのようにして残っていた。デュボネ［ベルモットの銘柄］の広告は引き裂かれて、ぼろぼろになっていた。食べ物はよかった（ロンドンの生徒でさえそういえるほどだ）が、レストランやホテルはじめじめとして、フランス人たちにとっても朽ちかけた感じがしたのだろう。安くて侘しげだった。

スイスへ行くときには国境を越えるのだが、国境はたいてい、風が吹きすさび、雪の降りしきる峠や山頂だった。……そしてこざっぱりとした土地へと入っていく。そこにあるのは花で飾り立てられた山荘《シャレー》、エアブラシを吹き付けたような通り、繁華なにぎわいを見せる商店、洗練され、すっかり満足している市民たち。スイスは、つい先頃終わりを迎えた戦争とはまったく無縁だった。私の子供時代はモノクロームだったが、スイスは色とりどりだ。赤や白、茶色、緑色、黄色、それに金色。そしてホテルがすごい。私が子供だった頃には、スイスのホテルといえば、つねにそれは新鮮な松の香りを思い起こさせた。それはあたかも、まわりの森から直接飛んできたかのようだった。ホテルには至るところに、暖かくてがっしりとした木材が使われていた。分厚い木製のドア、木で作られた階段、堅固な作りの木製ベッド、甲高い声で時を知らせる木の時計など。

ダイニングルームには大きなピクチャーウインドウがあった。花があり、ぱりっとした白いリネンの数々も――そして、これは真実ではないかもしれないが、いま振り返ってみると、あたりには誰一人いなかったように思う。もちろんクラウディア・ショーシャ〔『魔の山』に登場するロシア女性〕の声などけっして聞こえなかった。が、のちに私は、彼女がダイニングルームの一つで、忍び泣きしている姿を想像した。そのとき彼女は、あの暗い目でテーブルの上を見渡していた。その一方で私は――ハンス・カストルプ〔『魔の山』の主人公〕のように――無言で彼女に、ご一緒にいかがですかと懇願した。が、現実にそこにいた人々は、年配の鈍感そうなカップルばかりだった。スイスはあなたに夢を見させてくれる。が、それは限られた夢に過ぎない。

記憶はいたずらをする。われわれがいつも休日を過ごしたのはベルナーオーバーラント地方だったし、このことは私も知っている。それはドイツ語圏のスイスだった。が、私がこの地方に好んで結びつけてしまうのは、たどたどしいフランス語の練習をはじめてした経験だ。それはチョコレートを選んだり、道を尋ねたり、スキーを習ったりしたときに試みた。そして列車の切符を買うときにも。私にとってスイスはつねに、列車にまつわる思い出ともつながる。スイスの列車に特有の美点はことごとく、ルツェルンから少しはずれた所にある交通博物館の中に、人を誘うような形で、しっかりと封じ込められている。ここでは世界で最初に走った列車について知ることができる。さらに世界初の、そして技術的にもっとも完成度の高い鉄道トンネルや、ヨーロッパでもっとも高所を走る鉄道についても——博物館のクライマックスは驚くべきユングフラウ鉄道だ。この鉄道はアイガーの中心部をトンネルでくぐり抜けて登っていく。そして海抜一万一千二百二十五フィートの常設駅で終点となる。

スイスは興味深いことに、イギリス国鉄が「場違いの葉」〔レール上に落ちた葉〕——つまり「場違いの雪」だ——と呼び習わしていたものには、けっして煩わされることがない。それはちょうど小柄な山男たちが、威圧するようなクライン・マッターホルンを、何一つ悩まされることなく下っていくのとおなじだった。彼らの曾祖父たちがこしらえた列車は、山男たちとおなじようにして、何十年もの間、何の苦もなくやすやすと、ブリークからツェルマットへ、クールからサンモリッツへ、そしてベーからヴィラールへとゴトゴト音を立てながら、上り下りしていた。

ミラノからチューリヒへ、アルプス《トランスアルピーニ》を越えてくるものは、アンダーマットでゴッタルド山塊を深々と輪切りにする。アンダーマットはスイスの中核にあり、ライン川とローヌ川がこの町に、山塞から凍てついた水を押し流してくる。その一方で、頭上数百フィートの所では、氷河特急《グレッシャー・エクスプレス》がジグザグに進む恐ろしいラックレール鉄道を、ぐるぐると回りながら登っていく。そして車窓からは、ヨーロッパの屋根が一望の下に見えてくる。このルートを車で行くことは難しい。ましてや自転車や徒歩で行くのはさらに困難だ。いったいこのルートはどのようにして築かれたものなのだろう。それを拓いたのはいったいどんな人々だったのか。

私のもっとも楽しい思い出はミュレンのそれだ。最初に行ったのは八歳のときだった。ミュレンはシルトホルン山塊へ向かうちょうど中間点にある、まだ観光化されていない昔ながらの村だった。そこへ行くにはラックレール鉄道かケーブルカーを利用するしかない。村へ着くまでには永遠とも思われるほど時間が掛かる——それに列車は最小の四両編成。そして村に着いても、ほとんど何もすることがない。とくに食べ物がおいしいわけでもないし、ショッピングは控えめにいってもありきたりでつまらない。

スキーをするにはいい場所だと聞いている。散歩にはたしかにいい。眺望は——深い谷の向こうにユングフラウの山並みが見えて——壮観だ。気晴らしの名に値するものといえば、客車が一両だけの小さな列車の、時計仕掛けのように正確な到着と出発くらいなものだ。列車は山腹のあたりを走り、ケーブルカー《フュニクレール》の先まで進む。列車が小さな駅を出発するときに立てるシューという電気音と、人の心を和ませるレールのゴトンゴトンという音だけが、この村の騒音公害といえばいえた。最後の列車が無事に車庫へ入ると、山地は黙り込んでしまう。

二〇〇二年、ガンの手術と一カ月間にわたったきつい放射線治療のあとで、私は家族を連れてミュレンにやってきた。逗留したホテルは高級だったが、それでも私には、八歳と六歳になる息子たちがちょうど自分がしたように、この場所を経験しているように思えた。二人はホットチョコレートを飲むと、山の花が咲き、小さな滝もある広々とした野原を横切るようにしてはい登り、大いなるアイガーをボーッと眺めていた——そして細い線路の中ではしゃいだ。私がひどい思い違いをしていなければ、ミュレンはまったく変わっていなかった。そしてそこではやはり、何もすることがなかった。天国。

私は、自分がどこかに根を下ろした人間だなどとは、けっして思ったことがない。われわれはたまたま、他ではなくある場所で生まれる。そして定まらない生活の中で、一時しのぎにさまざまな家庭を通り抜ける——少なくとも私はそんな生活を送ってきた。ほとんどの場所は入り交じった記憶を持っている。ケンブリッジやパリ、それにオックスフォードやニューヨークについても、万華鏡のように千変万化する出会いや経験を思い出さずに考えることなどできない。どんな風にして、そうした土地を思い出すのか、その思い出し方は気分によって変わる。が、ミュレンだけはけっして変わることがない。何一つ思わしくいかないものがない。

そこには、ミュレンの小型鉄道に沿ってちょっとした小道がある。その中ほどに一軒の小さなカフェがあった――沿線でただ一つのカフェだ。この店で出されるものは、どこにでもある普通のスイス料理だった。目の前を見ると、山が下の谷間に向かって険しく落ちている。背後は、少しよじ登りさえすれば、牛や山羊、それに羊飼いたちのいる夏の家畜小屋にたどり着くことができる。あるいはただ、次の列車をひたすら待つことだってできる。列車は規則正しく、予定通りに、寸分の狂いもなくやってくる。何一つ起こらない。それは世界でもっとも幸せな場所だ。われわれは人生において、出発する場所を自分で選ぶことはできない。が、われわれは自分の気に入ったところで一生を終えるのかもしれない。私は自分がどこにいることになるのか分からない。とりわけ、こんなちっぽけな列車では、どこへ行こうにも行きようがない。永遠に、そしていつまでも。

訳者あとがき

本書は Tony Judt, *The Memory Chalet*（The Penguin Press, 2010）の全訳である。

トニー・ジャットは、二〇一〇年八月六日、ニューヨーク・マンハッタンの自宅で息を引き取った。享年六十二歳。第二次世界大戦後のヨーロッパを描いて、記念碑的といわれた『ヨーロッパ戦後史』（みすず書房）の著者で、これまでアメリカの外交政策について、きわめてポレミカルなエッセーを発表してきたパブリック・インテレクチュアル（公共の知識人）でもあった。

二〇〇九年九月、ジャットは筋萎縮性側索硬化症（ルー・ゲーリック病）を発症したが、不治の病が進行する中で人工呼吸器をつけながら、講演を行ない、執筆を続けた。本書はその間に口述筆記によって著された回想録である。二十五篇のエッセーのうち、四篇を除いて「ニューヨーク・レビュー・オブ・ブックス」に連載された。

タイトルの『記憶の山荘』は「思い出の山荘」ということではない。「記憶の起動装置あるいは貯蔵庫としての山荘」の意味だ。

ジャットは十歳のときに冬休みの十日間だけ、両親や妹とともにスイスの山荘に出かけた。アルプス地方に特有の屋根の突き出た木造のペンションで、シャレーと呼ばれている。ジャット一家が滞在したシャレーは、レマン湖南東の高級スキーリゾート地ヴィラールの麓、鄙びたシュズィエールの村にあった。そこからは、名峰モンブランを擁するフランス・アルプスの山々が一望できた。

病床で身動き一つできない最晩年のジャットは、羊の数を数える代わりに物語を作ることで耐え難い夜をやり過ごした。そのときつねに思い浮かべて出かけていったのが、このシャレーである。玄関口から入って、廊下を通り抜け、バーやダイニングルーム、ラウンジへ向かう。階段を上がると二階はベッドルームだ。建物の至る所に記憶の糸口がある。ジャットは糸をたぐるように、そこから思い出を引き出した。少年時代の学校生活、ロンドンのグリーンラインバス、列車の一人旅、安息日に訪れる祖父母の家での食事、イスラエルのキブツ生活、ベトナム反戦デモ、アメリカで過ごした日々など、記憶の糸は夜毎に織り成されて物語となった。

記憶は部屋ごとに分類され、ある部屋には食べ物の思い出、別の部屋には旅のそれといった具合に、きちんと整理されていたわけではない。そのありようは、むしろ「ミクロの地理学」とでも呼ぶべきもので、「この引き出しは、あの壁際のあの戸棚のもの」といったように連想によって想起された。

この方法をジャットは、ジョナサン・スペンスの『マテオ・リッチの記憶の宮殿』から学んだという。イタリアのイエズス会士マテオ・リッチは、十六世紀後半、キリスト教伝道のために明代中国へ赴いた。中国人に伝授した記憶術は、記憶の保管所として宮殿を思い描くというものだった。記憶する者は、宮殿の内部を逐一熟知していなくてはならない。各イメージは宮殿の定められた場所にしっかりと固定され、その箇所を思い浮かべると、ただちにイメージは連想を伴った。

そのイメージの喚起を促したのが音や匂いや色である。ジャットのエッセーにはとりわけ、おびただしい数の匂いが登場する。食べ物はもちろん、駅の匂い、戦後ロンドンに立ち込めたスモッグの匂い、港町ブーローニュの匂い、グリーンラインバスの匂い、少年時代を過ごしたロンドン・パトニー地区の匂い……。忘れかけていた懐かしい匂いが、次々にイメージの連鎖を生み出す。二十五篇のエッセーは一つ一つが、湧き出す記憶の水脈であり、それが四方八方へと流れ出て、全篇を美しい回想の地図にしている。

「病が重くなった最後の数カ月、妻のジェニファー・ホーマンズ、息子のダニエルとニコラスが、ジャットのためにデスクトップのモニター上でスライドショーをしてみせた。映し出されたのは、家族で過ごした休日の幸せなスナップ、それに連なる山々（とりわけアルプス連峰）と鉄道駅の映像——列車と山々はふたつながら、彼が個人的な情熱を傾けたもの——だった」（ティモシー・ガートン・アッシュ）

トニー・ジャットの思想的背景及び彼の著作については、『ヨーロッパ戦後史』の長部重康氏による解説、『荒廃する世界のなかで』（みすず書房）の訳者付記をご覧いただきたい。ここでは本書を読まれる参考として、『荒廃する世界のなかで』のために森本醇氏が作られた略伝と本書から得た情報を交えた、簡単な年譜を添えておくことにする。

一九四八年　ロンドンのイーストエンドで生まれる。両親は非宗教のユダヤ人。

一九五二年（四歳）　ロンドン南西部パトニー地区に住んだ。九歳のときに妹が生まれる。

一九五八年（十歳）　ロンドン郊外からサリー州キングストンアポンテムズへ移る。十九歳までキングストンで暮らす。

一九五九年（十一歳）　ウォンズワース区バタシーの名門中等学校・私立エマヌエル校へ入学。十七歳まで通う。

一九六二年（十四歳）　ロンドンの書店でアルバイト。

一九六三年（十五歳）　イスラエルのキブツへ行く。

一九六四年（十六歳）　パリ・シオニストの青年会議に出席、基調演説をする。

一九六五年（十七歳）　二月、上ガリラヤのキブツで働く（一九六六年七月まで）。エマニュエル校を中途退学。運転免許を取る。

一九六六年（十八歳）　ケンブリッジ大学キングズカレッジへ入学。奨学生となる。

一九六七年（十九歳）　イスラエル軍の予備兵となる。六日戦争（第三次中東戦争）勃発。イスラエル軍の運転手、翻訳係を務める。

一九六八年（二十歳）　キングズカレッジでベトナム戦争反対の抗議行動に参加。春、五月革命のパリへ行く。

一九六九年（二十一歳）　歴史で学士号取得。大学院へ進み、六年間奨学金を受けた。キブツ再訪。

一九七〇年（二十二歳）　奨学金付き招待学生としてパリのエコル・ノルマル・スュペリユールへ行く（一年間）。

一九七二年（二十四歳）　キングズカレッジで博士号取得。カレッジのジュニアー・フェローに選出される。一九七八年までキングズカレッジで現代フランス史を教える。

一九七八年（三十歳）　アメリカのカリフォルニア大学バークレー校へ。社会史を教える。

一九八〇年（三十三歳）　オックスフォード大学のセント・アンズ・カレッジで、フェローおよびチューターを務める（一九八七年まで）。政治学を教える。

一九八五年（三十七歳）及び八六年（三十八歳）　チェコスロバキアへ旅する。

一九八八年（四十歳）　ニューヨーク大学教授。歴史学を教える。キングズカレッジのフェロー、副学部長を務める。

一九九二年（四十四歳）　ニューヨーク大学史学部長。

一九九五年（四十七歳）　ニューヨーク大学のヨーロッパ研究を主導するレマルク研究所長に就任。

一九九六年（四十八歳）　アメリカ芸術科学アカデミーのフェローに選出される。

二〇〇七年（五十九歳）　イギリスアカデミーのコレスポンディング・フェローに選出される。

二〇〇九年（六十一歳）　オーウェル賞の特別賞受賞。


さて、本書の章題のいくつかは、書名にもなった「記憶の山荘」のスペンスをはじめとして、ジャットの幅広い関心を示すようにさまざまなジャンルのタイトルを踏まえている。「パリ・ワズ・イエスタディ」はジャネット・フラナーの『パリ点描』（講談社学術文庫）の原題、「若者ジャットよ、西へ行け」は一獲千金をもとめてフロンティアを目指したアメリカ人のスローガンのもじり、「囚われの魂」はポーランドの詩人ミウォシュの本、「ガールズ、ガールズ、ガールズ」はモトリー・クルーの四枚目のアルバム・タイトル、「ニューヨーク・ニューヨーク」はスコセッシ監督の映画、「魔の山々」はもちろんトーマス・マン、など。もしかしたら「言葉」ですら、サルトルの自伝のことを思いながら付けられたかもしれない。本文の記述にみられる目配せに最小限の訳注は入れたが、訳者に気付かなかったものも、きっと多いことだろう。

本書の翻訳を勧めてくださったのは、みすず書房の尾方邦雄氏である。トニー・ジャットの「白鳥の歌」ともいうべきこの回想録は、表現の密度が濃く、翻訳には苦労もあったが、尾方さんの協力を得られて仕上げることができた。深甚な感謝を捧げたい。

森　夏樹

二〇一一年四月

著者略歴

（Tony Judt, 1948-2010）

ロンドン生まれ，ケンブリッジのキングズ・カレッジ，パリのエコル・ノルマル・スュペリユール卒業．オックスフォードのセント・アンズ・カレッジでフェローおよびチューターを務めた後，ニューヨーク大学の教授に就任．1995 年からレマルク研究所の所長としてヨーロッパ研究を主導する．『ニューヨーク・レビュー・オブ・ブックス』その他に寄稿．著書『マルクス主義とフランスの左翼』（1990）『半過去』（1992）『責任という重荷』（1998）など．2005 年に刊行された『ヨーロッパ戦後史』（邦訳　みすず書房，2008）はピュリツァー賞の最終候補となるなど高く評価される．2007 年度ハンナ・アーレント賞を受けた．2010 年 8 月 6 日，ルー・ゲーリック病により死去．没後『荒廃する世界のなかで』（みすず書房，2010）が刊行された．

訳者略歴

森夏樹〈もり・なつき〉1944 年大阪生まれ．翻訳家．訳書　ケイヒル『聖者と学僧の島』，フォックス『アレクサンドロス大王』，ウッドワード『廃墟論』，クラッセン『ユダの謎解き』，ヒルマン『麻薬の文化史』，タトロー『バッハの暗号』（以上，青土社）など．

トニー・ジャット
記憶の山荘■私の戦後史
森 夏樹訳

2011年 4 月 5 日 印刷
2011年 4 月 15 日 発行

発行所 株式会社 みすず書房
〒113-0033 東京都文京区本郷 5 丁目 32-21
電話 03-3814-0131（営業） 03-3815-9181（編集）
http://www.msz.co.jp

本文組版 キャップス
本文印刷所 萩原印刷
扉・表紙・カバー印刷所 栗田印刷
製本所 青木製本所

ISBN 978-4-622-07594-3
［きおくのさんそう わたしのせんごし］